늙은 떡갈나무한테 시집간 처녀 이야기

늙은 떡갈나무한테 시집간 처녀 이야기

글·그림 하일지

이숲

이 책은 2014년에 출간한 나의 열두 번째 장편소설『누나』의 증보판이다. 초판의 이야기를 일부 수정하고, 새로운 이야기를 덧붙여 넣었다. 그리고 무엇보다, 초판에는 없는 33점의 그림을 그려 넣었다. 이런 변화에 걸맞게 책의 제목마저 '늙은 떡갈나무한테 시집간 처녀 이야기'로 바꾸었다.

『경마장 가는 길』을 시작으로 30년간 소설을 써오면서 나는 소설의 형식적 변화를 끊임없이 추구해왔다. 무엇을 쓰느냐가 아니라 그것을 어떻게 쓰느냐가 내게는 항상 중요했다. 아무리 내용이 특이하고 재미있는 것이라 할지라도 남들이 흔히 쓰는 낡은 형식으로 써서는 무가치하다고 생각했다. 그도 그럴 것이 형식이 곧 작가의 세계관이요, 소설이 예술이 되기 위해서는 형식적 독창성이 없으면 안 된다는 생각을 젊은 시절부터 하고 있었다. 화가들이 19세기 회화 형식을 그대로 답습하지 않고 끊임없이 새로운 형식을 탐구해야 하는 것이나 마찬가지로 말이다.

소설가와 화가를 둘 다 해본 나의 경험을 말씀드리자면, 형식적 탐구에 대한 압박감은 소설가일 때가 훨씬 심했다. 화가들도 끊임없는 형식적 변화를 추구하지만 전 생애를 통해 몇 차례만 의미 있는 뚜렷

한 변화가 이루어지는 것 같다. 하나의 새로운 형식이 발견되면 상당 기간 '자기복제'를 하는 것이 어느 정도 용납되는 것 같다. 피카소의 예를 들어 말하자면, 그가 개척한 입체파 형식의 그림을 얼마나 많이 생산했던가? 유사한 형식의 그림을 양산했다고, 피카소를 폄훼하는 일은 없다. 거기에 비하면 소설가에게는 형식적 자기복제가 용납되지 않는다는 것이 나의 믿음이다. 말하자면 한번 사용한 형식을 다른 소설에서 그대로 차용해서 안 된다는 것이다. 따라서『경마장 가는 길』『위험한 알리바이』『새』『진술』그리고『우주피스 공화국』등을 거쳐오면서 나는 내용이 아니라 형식상 변화를 나름대로 진지하게 모색해왔다.

이제 이 소설,『늙은 떡갈나무한테 시집간 처녀 이야기』에서 내가 추구했던 새로운 형식에 대하여 잠시 언급해보겠다. 나는 이 소설에서 '믿을 수 없는 화자'의 믿을 수 없는 서술에 특히 관심을 가졌다.

생각해보면, 소설문학의 오랜 관례에 따라 독자들은 화자의 서술을 문맥 그대로 진실이라고 생각하고 믿어왔다. 사건의 정황에 대한 서술은 말할 것도 없고, 인물이 느끼는 내밀한 심리적 세부까지 독자들은 화자의 서술을 한 치의 의심도 없이 액면 그대로 믿게끔 쓰여 있다. 그런 소설에서는 화자의 진술에 모순이나 과장이 있어서는 안 된다. 이것은 소설문학사를 통하여 너무나 오랫동안 통용되어온 형식이라고 할 수 있는데, 나는 오래전부터 이런 고식적 형식에서 벗어나 믿을 수 없는 서술로 한 편의 소설을 써보고 싶었다. 이런 형식적 모험은 나의 열한 번째 소설『손님』과 단편소설『승천』에서도 시도되었다. 그러나 본격적으로 시행된 것이 바로 이 소설『늙은 떡갈나무한테 시집간 처녀 이야기』이다.

이 소설은 산업화 이전인 1960년대 충청북도 단양의 한 산촌에 사는 12세 소년의 서술로 이루어져 있다. 그 소년은 지각이 깨어 있지 못해서 그의 서술 또한 때로 황당하고 비현실적이다. 그런데 바로 그것이 산업화 이전 사회 사람들의 의식이었을 거라고, 나는 생각했다. 따라서 그 시대 사람들의 삶과 의식을 잘 드러내려면 믿을 수 없는 소년의 진술이 합당하다고 생각했다.

화자의 서술이 그러하듯이 이 소설의 구성 또한 완결되고 완전하지 않다. 자꾸만 덧붙여 보완해야 하는 열린 형식으로 되어 있다고 할 수 있다. 바로 이 점 또한 이 소설에서 내가 기대했던 효과이다. 따라서 작가인 나뿐 아니라 독자들도 끊임없이 새로운 이야기를 덧붙이고 싶은 충동을 느끼게 된다. '스스로 자라는 형식', 이것이 현대소설이 추구하는 미학적 최고 지향점 중 하나이다. 따라서 이 소설의 제3, 제4 증보판을 만들어야 한다는 의무감이 오래전부터 나를 짓누르고 있었다.

그러나 교단에서 물러난 뒤부터 나는 숨이 막힐 만큼 바쁜 나날을 보내고 있다. 뜻하지 않게도 화가로 변신하여 수많은 국내외 전시 일정에 쫓기고, 시급히 완성해야 할 다른 책들과 나의 소설『진술』을 바탕으로 리투아니아 연극인들이 준비하고 있는 연극과 무려 20년 전부터 염원해 왔던 영화 「우주피스 공화국」을 만드는 일 등으로 쫓기고 있다. 게다가 나도 이제 칠순을 바라보고 있어서 내게 주어진 시간이 그다지 많지 않다. 이런 형편이라서 이 책의 또 다른 증보판을 낼 수 있을지 장담할 수 없다.

이 책에 수록된 그림들로 말하자면 주로 2021년에 내가 그린 것들이다. 이 그림 또한 이 소설의 서술이나 마찬가지로 어설프고 황당하고 과장되어 있다. 이 또한 이 소설의 이야기 당시 사람들의 삶과 의식을 있는 그대로 표현하기 위한 것이라 할 수 있다. 그림 또한 장차 더 많이 그려 넣으면 좋겠다는 생각이 들지만, 일단 33점으로 중단할 수밖에 없다. 왜냐하면 내가 그려야 할 또 다른 형식의 그림들이 있으니 말이다.

내가 30년 동안 거래했던 출판사로부터도 손절당하고, 한국 사회로부터 철저히 왕따 되어 있을 때 내 소설과 그림을 알아보고 이 증보판을 내자고 나선 이숲 출판사의 이나무 대표님께 감사드린다.

2022년 5월 20일
하일지

작가의 말 5

박수만과 박노마 11
귀신을 보는 할멈 18
몽달귀신이 된 허도 27
조죽 36
가영이네 집 뒤란 48
중절모 54
늙은 떡갈나무한테 시집간 처녀 60
아기 장수의 형님 태돌 영감 68
큰 진 영감네 밤나무와 작은 진 영감네 대추나무 81
산 너머 남촌에는 누가 살길래 92
오석기의 장래 희망 97
떡 102
정미소 집 처녀의 젖통 가리개 106
소두영네 소 111
소소소미-이 도도도라-아 119
백양나무가 된 성춘희 123
동출이 작은어머니의 비밀 135
문둥이의 노래 141
허풍쟁이 상구 152
티티새를 닮은 아주머니 160
질경이 씨앗으로 짠 기름 168

봉남이네 라디오   179

뱀이 된 동호 어머니   184

착한 기염이   189

나무의 비밀   194

태화사 가는 길   200

벼락 맞아 죽은 사람의 딸   217

나무 이름 대기 차차차   224

호랑이 보시   231

겨울 이야기   238

김화의 안경과 팬티스타킹   243

봄 손님   248

난쟁이가 되어 돌아온 사람들   257

시체 찾기   265

복수   274

커다란 물고기에게 강간당한 처녀   278

물레방앗간 나그네   285

목신의 노래   292

가영이의 소원   299

계모   307

박수만과 박노마

　새벽이 오기 전에 나무들은 길거리를 걸어 다녔다. 우체국 앞 상수리나무도 향교 앞 은행나무도, 신작로를 따라 늘어선 미루나무도 삼삼오오 무리를 지어 길거리를 싸돌아다녔다. 바람이라도 부는 밤이면 나무들은 휘휘 소리까지 내며 걸어 다녔는데, 흡사 밤늦도록 휘파람을 불며 동네를 누비고 다니던 부랑자들 같았다. 나무들이 길거리를 활보하는 밤이면 나는 으레 오줌을 쌌다.

　동네 부랑자 중에서도 제일 재수 없는 건 박 대장의 아들 박수만이다. 박수만의 자지는 실한 왜무처럼 큰데, 커다란 독버섯 모양으로 불그스름한 대가리가 훌떡 까져서 정말 흉측했다. 그 기괴한 자지가 부끄럽지도 않은지 박수만은, 멋을 내려고 일부러 그렇게 했겠지만, 시커먼 머리카락을 한 움큼이나 자지 윗부분에 붙여놓았다.
　그런 박수만과 그의 무리가 언제부터인지 저녁마다 우리 집 주위를 배회하며 휘파람을 불곤 했다. 그런 밤이면 나는 잠들지 않으려고 애썼다. 누나를 감시해야 했기 때문이다. 엄마가 살아 있다면 내가 굳이 누나 걱정을 하지 않아도 되겠지만, 엄마가 없으니 나라도 누나를 감시해야 했다.
　물론 나는 누나를 믿어야 했다. 나보다 다섯 살이나 많은 내 동복이니 말이다. 게다가 이복동생들을 제외하면 우리 가족은 모두 도회지에서 살다 왔고, 엄마가 죽고 가세가 기울어 비록 끝내지는 못했지만, 누나는 한 학년이 열세 학급이나 되는 큰 학교에서 5학년까지 다녔으니 이 마을 시골 처녀들과는 어디가 달라도 달랐다. 누나는 글씨도 반듯하게 쓸 줄 알았고, 책도 잘 읽었다. 그런 누나의 눈에 밤마다 몰려다니며 휘파람이나 부는 대장장이 아들과 그 무리가 얼마나 한심해 보였겠는가. 그러니 내가 굳이 누나를 걱정할 필요는 없었다.

그러나 지난해 심한 학질에 걸려 오랫동안 고생하던 누나는 어느 날 아침 공복에 금계랍을 한꺼번에 세 알이나 먹어버렸다. 그 빨간색 알약이 얼마나 독했던지 조신했던 누나가 갑자기 허옇게 눈알을 까뒤집고 히히히 소리 내 웃으며 빙글빙글 마당을 돌았다. 방에는 이복동생이 똥을 싸놓고 울고 있었는데도 그런 것은 안중에도 없는 것 같았다. 놀란 아버지가 누나의 따귀를 찰싹찰싹 때리며 정신 차리라고 소리쳤지만 소용없었다. 누나는 연신 히히히 웃으며 헛소리만 해댔다. 약을 토하게 하려고 쌀뜨물을 받아 먹여보기도 했지만 소용없었다. 결국 아버지는 누나를 들쳐 업고 읍내를 향해 내달렸다. 다 큰 처녀가 아버지 등에 업혀 가는 모습은 등굣길 아이들의 구경거리였다. 다행히도 누나는 차차 정신이 돌아오는 것 같았다.

"아버지, 그냥 걸어갈게요."

누나가 그렇게 말했다. 아버지는 괜찮으냐고 물었고, 누나는 괜찮다고 했다. 아버지 등에서 내린 누나는 길가에 주저앉아 멍하니 강을 굽어보았다. 아주 오랫동안 시퍼런 강물만 바라보던 누나는 이윽고 내게 학교에 안 가고 뭐 하느냐고 물었다.

그 일이 있은 뒤 그토록 누나를 괴롭혔던 학질은 똑 떨어졌다. 그러나 그때부터 나는 누나를 믿지 못하게 되었다. 괜찮다고는 하지만 누나가 제정신이 아닐지도 모른다고 염려했던 것이다. 그래서 하루는 누나에게 박수만이 얼마나 망측한 인간인지를 일러두려고 지난여름 물가에서 멱을 감다가 본 박수만의 자지에 대해 들려줬다. 내 이야기를 들은 누나는 키득키득 웃기만 했다. 아마도 내 말을 믿지 못하는 것 같았다. 그래서 내가 덧붙여 말했다.

"증말이야. 내 눈으로 똑똑히 보았단 말이야. 그리고 「한 많은 38선」에서는 인민군으로 나갔던 놈이야."

박수만의 여동생 박노마도 재수 없기는 마찬가지였다. 어느 여름날 아침 내가 자고 있는데 문밖 봉당에 앉아 박노마가 누나와 재잘재잘 이야기를 주고받고 있었다. 눈을 떠보니 해는 벌써 중천에 있고 방문은 활짝 열렸는데, 나는 알몸으로 방바닥에 널부러져 자고 있었다. 새벽녘에 오줌을 싸는 바람에 계모가 또 옷을 홀딱 벗겨버린 것이 틀림없었다. 오줌을 쌌기로서니 다 큰 아들의 깝데기를 홀딱 벗겨버린 계모가 야속했지만, 그걸 탓할 겨를이 없었다. 문밖에서 얼굴이 까무잡잡한 박노마가 말끄러미 내 자지를 바라보고 있었으니 말이다. 나보다 두 살이나 어린 것이 당황한 기색 하나 없이 내 자지를 말똥히 바라보고 있으니 요망하고 재수 없는 계집아이가 아닐 수 없었다.

원망스럽기는 누나도 마찬가지였다. 다 큰 동생이 발가벗은 채 자고 있는데 이웃집 계집아이가 왔으면 문이라도 닫아주고 수다를 떨든지 말든지 해야 하지 않는가? 이래저래 화가 나서 누나에게 내 팬티와 바지가 어디 있느냐고 소리쳤다. 누나는 빨랫줄을 가리키며 아침에 빨

박수만과 박노마, acrylic on canvas 65x53cm, 2021. © 하일지

아 널었는데 아직 덜 말랐다고 했다. 나는 괜찮으니 빨리 달라고 소리 쳤다. 그러자 누나는 계모가 입던 치마 하나를 던져주며 이거라도 입고 있으라고 했다. 나는 어쩔 수 없이 고무줄을 넣은 커다란 치마를 모가지만 내놓고 입었다. 그제야 박노마는 이제 구경거리가 없다고 생각한 듯 자리에서 일어나 자기 집으로 돌아갔다. 정말 얄미운 계집아이고, 생각할수록 분통 터지는 일이었다.

그러나 마냥 화만 내고 있을 수만은 없었다. 내가 걱정했던 건 노마가 동네방네 소문을 내고 다니면 어쩌나 하는 것이었다. 내 자지를 보았다는 소문이 같은 반 피가영이의 귀에까지 들어가는 날이면 정말이지 창피스러워서 더는 학교에 다닐 수 없을지도 몰랐다.

물론 내 자지는 박수만의 그것처럼 흉측하게 크지도 않고 대가리가 훌떡 까지지도 않아서 특별히 흉잡을 만한 것은 없었다. 멋을 부리려고 자지에 머리카락을 붙여놓지도 않았으니 말이다. 그런데도 노마가 내 자지 보았다는 소문을 내고 다닌다면 나는 감당하기 쉽지 않을 것 같았다. 5학년이나 된 아이가 오줌을 싸 팬티까지 홀랑 벗겨진 채자고 있었다는 말까지 덧붙인다면, 나는 영락없이 아이들의 놀림감이될 것이었다.

그래서 나는, 노마가 만약 소문을 내고 다닌다면 나도 노마 오빠박수만의 자지를 보았다는 소문을 내고 다니면 어떨까 생각해보았다. 흉측하게 생긴 데다가 멋을 내려고 머리카락을 한 움큼이나 붙였으니 박수만의 자지는 충분히 소문 거리가 될 만도 했다. 그러나 그걸 소문 냈다가는 화가 난 박수만이 대장간에서 쓰는 커다란 해머를 들고 와 내 머리통을 내려칠지도 모를 일이었다. 그리고 누나에게도 무슨 해코지를 할지 알 수 없었다. 「한 많은 38선」에서 국군을 괴롭혔던 걸로 보아 능히 그러고도 남을 놈이었다.

가장 좋은 방법은 나도 노마의 보지를 보는 것이었다. 내가 보지를 보고 나면 그 계집아이는 내 자지 보았다는 소문을 내지 못할 테니 말이다. 그런데도 그 계집아이가 소문을 낸다면 나도 소문을 내면 그만이었다. 게다가 노마도 자기 오빠처럼 멋을 부리려고 보지에 한 움큼 머리카락을 붙이고 다닌다는 헛소문이라도 내면 호기심 많은 사내아이들은 궁금증을 참지 못해서 노마의 치마를 걷어 올리고 팬티를 왈칵 벗겨버리곤 할 거라는 생각을 하자, 나는 갑자기 통쾌해졌다.

그런데 문제는 노마의 보지를 어떻게 보느냐는 것이었다. 몰래 다가가 팬티를 갑자기 확 벗기고 볼 수는 있겠지만, 그건 점잖은 사람이 차마 할 일이 아니었다. 게다가 박노마 같이 요망한 계집아이의 보지는 보라고 해도 굳이 보고 싶지도 않았다. 도끼 자국처럼 쪽 찢어진 것 말고 뭐 특별한 것이 있겠는가.

아편쟁이 조순규의 딸 조춘자의 보지는 좀 특이하기는 했다. 제 아버지가 아편을 해서 그런지 오줌 눌 때 보니 금계랍처럼 빨간색이었다. 그렇다고 해서 특별히 볼 만한 것은 아니었다. 보고 있기가 민망할 만큼 흉측할 뿐이었다. 아버지는 아편쟁이 조순규를 경멸했고, 나는 아편쟁이 딸 조춘자의 그 빨간 보지를 경멸했다. 그러던 터라 나는 여자아이의 보지 따위에는 관심도 없었다.

오석기의 여동생 오춘매의 보지도 좀 특이할 것이다. 몇 해 전 겨울밤, 깊은 잠에 빠져 있다가 오줌이 마려워 일어난 오춘매는 잠에 취해서 요강인줄 알고 화로에 걸터앉아 버렸다. 그 바람에 심한 화상을 입었는데, 그 딱한 계집아이의 보지를 나 같이 점잖은 사람이 왜 굳이 보고 싶겠는가?

　다행히도 박노마는 내 자지 보았다는 소문을 내고 다니지는 않았다. 그렇기는 하지만 나는 그런 재수 없는 계집아이에게 내 자지를 보여주고 말았다는 것이 못내 억울했다. 피가영에게 그것을 보여줬더라면 그토록 억울하지는 않았을 것이다. 바로 그 점 때문에 나는 가영이에게 마음속으로 늘 미안했다.

귀신을 보는 할멈

내가 박수만과 박노마가 재수 없다고 생각하는 진짜 이유는 박수만의 자지가 해괴망측해서도 아니고, 박노마가 내 자지를 봐서도 아니었다. 그들의 할머니가 귀신을 본다는 것이다.

박노마의 할머니는 귀신 같이 생겼다. 폭삭 늙은 얼굴에는 검은 사마귀가 덕지덕지 나 있고, 헝클어진 머리는 수세미 같았다. 조그마한 두 눈은 흡사 까마귀 눈처럼 동그랗고 눈알은 노르스름했다. 정말이지 보는 것만으로도 재수가 없어지는 할멈이었다. 그래서 나는 그 할멈을 보게 될까 봐 박 대장의 대장간 쪽으로는 잘 가지 않았다. 어쩌다 그 할멈을 보게 되면 재수없을까 봐 침을 세 번 뱉고 세 번 깨금발 뛰기를 했다. 나뿐 아니라 동출이도 병근이도 그렇게 했다. 그런데 그 할멈은 귀신을 볼 수 있다.

박노마의 할머니가 귀신을 보게 된 건 어릴 때 까마귀 눈알을 먹었기 때문이라고 한다. 본래 까마귀는 눈이 워낙 좋아서 귀신도 볼 수 있다. 공동묘지에서 까마귀가 까옥까옥 하는 것도 알고 보면 귀신을 향해 우는 것이다. 그런 까마귀의 눈알을 먹었으니 귀신을 보게 된 건 당연했다. 그래서 사람들은 흔히 눈이 좋아서 뭐든 귀신같이 잘 찾아내는 사람을 두고 '까마귀 눈알을 먹었나?'하는 것이다.

사람들은 까마귀 눈알을 잘 먹지 않는다. 귀신이 보이면 무서울 테니 말이다. 그런데도 박노마의 할머니가 까마귀 눈알을 먹게 된 건 어릴 때 심한 삼눈을 앓았기 때문이라고 한다. 까마귀 눈알 덕분에 삼눈은 나았지만, 그때부터 두 눈이 까마귀 눈처럼 동그랗고 눈알이 노르스름하게 변해서 귀신을 보게 되었다고 한다.

뭘 깜박깜박 잘 잊어버리는 사람에게 흔히 '까마귀 고기를 먹었나?'하고 핀잔하는데, 까마귀 고기를 먹으면 기억력이 없어진다고 믿는 건 미신이다. 학교 선생님도 그렇게 말했다. 그것은 과학적인 생각이 아니라고 말이다. 그것은 까마귀 고기를 먹지 못하게 주의를 주기 위해서 하는 말인데, 까마귀 고기를 먹다가 자칫 눈알까지 먹게 되면 귀신을 보게 되기 때문이다. 그래서 사람들은 아무리 배가 고파도 까마귀 고기는 먹지 않는다. 그런데도 박노마의 할머니는 까마귀 눈알을 먹었으니 어떻게 되었겠는가?

삼눈에 걸리면 붕어 세 마리를 대가리가 겹치게 종이에 그려놓고, 해가 돋을 때 바늘로 그 붕어 눈을 꼭 찔러 방문에 붙인 뒤 떠오르는 해를 바라보며 '붕어 세 마리가 삼눈 앓지 사람이 삼눈 앓나?'하고 세 번만 말하면 삼눈 따위는 씻은 듯이 낫는다. 그런 간단한 방법은 모르고 까마귀 눈알을 먹었다니, 참 미련한 짓을 했다. 삼눈에 까마귀 눈알이 좋다는 미신은 영월 쪽에서 건너온 게 틀림없다. 박노마의 할머니가 본래 영월 상동 사람이니까 말이다.

그런가 하면 어떤 사람은 박노마의 할머니가 귀신을 보게 된 건 저승에 갔다 왔기 때문이라고 말하기도 했다. 어른들 말에 따르면 십여 년 전에 박노마의 할머니는 심한 장질부사를 앓다가 죽었다고 한다. 그래서 마을 사람들은 박 대장 집에 모여 장례를 치르고 있었다고 한다. 그런데 사흘째 되던 날 밤에 병풍 뒤에서 부스럭거리는 소리가 났다고 한다. 그래서 병풍 뒤로 가 보았는데, 글쎄 박노마의 할머니가 관 뚜껑을 열고 일어나 앉아 있더라는 것이다. 그때 일은 생각만 해도 소름이 끼친다는 듯이 어른들도 치를 떨었다.

사흘 만에 되살아난 박노마의 할머니한테서 사람들은 저승에 갔다 온 이야기를 들었다고 한다.

혼령이 된 박노마의 할머니가 가장 먼저 본 것은 누렇게 보리가 익은, 끝없이 넓은 보리밭이었다고 한다. 보리밭 사이로는 황톳길이 나 있어서 그 길을 따라 걸어갔다고 한다. 가다가 배가 고파 보리깜부기를 몇 개 꺾어 먹었다고 한다. 그런데 깜부기 가루가 얼굴에 묻어 그것이 지금까지 남아 할멈 얼굴에 난 검은 사마귀가 되었다고 한다.

"그렇지만 지금은 보리 철도 아닌데 무슨 보리밭이 있었겠어요?"

처음 그 이야기를 듣고 있던 누군가가 할멈에게 물었다고 한다. 그러자 할멈은 여기와 거기는 철이 다른 것 같더라고 했다고 한다.

그야 어쨌든, 보리밭 사이로 난 황톳길을 따라 한참 가다 보니 저만치 도포를 입은 사람들이 가고 있었다고 한다. 처음에는 그 사람들이 장에 가는 줄로만 알았다고 한다. 그런데 곰곰이 생각해보니 그날이 장날이 아니었다고 한다. 그래서 장날도 아닌데 어딜 가느냐고 물었다고 한다. 그랬더니 누군가가 "저승 가지 어딜 가요?" 하고 말했다고 한다. 그 말을 듣고서야 가만히 보니 그 사람들이 모두 죽은 혼령들이었다고 한다. 박노마의 할머니도 아무 생각 없이 그 혼령들을 따라 갔다고 한다.

그렇게 한참을 가다 보니 강이 나타났고, 강가에 이르러 보니 키

저승 가는 할멈, acrylic on canvas 65x53cm, 2021. © 하일지

가 구 척이나 되는 뱃사공이 기다리고 있었다고 한다. 혼령들은 모두 배에 올랐고, 박노마의 할머니도 배에 올랐다고 한다.

그렇게 저승으로 갔던 박노마의 할머니가 이승으로 돌아오게 된 사연은 다소 모호했다. 배에 오르다가 신발 한 짝을 강에 빠뜨려서 신발을 찾으려고 배에서 내렸다는 말도 있고, 배를 타고 건너갔는데 얼굴에 시커멓게 보리깜부기가 묻은 걸 보고 염라대왕이 낯을 찌푸리며 세수하고 오라고 해서 돌아왔다는 말도 있다.

사람이 죽으면 제일 먼저 죽은 사람의 얼굴에 보리깜부기를 칠해 주는 풍속은 그렇게 해서 생겼다. 죽은 사람을 되살아나게 하려고 말이다. 때때로 사람들이 '보리깜부기 칠해줄 사람도 없다'고 말하는 걸 듣게 된다. 이 말은 일점 자식이 없다는 뜻인데, 자식이 없어 죽은 뒤에 얼굴에 보리깜부기를 칠해 줄 사람이 아무도 없다는 말이다.

그야 어쨌든, 저승에 갔다 온 뒤로 박노마의 할머니는 죽은 혼령을 보게 되었다고 한다.

까마귀 눈알을 먹어서 그렇건, 저승에 갔다 와서 그렇건 박노마의 할머니가 귀신을 보는 건 틀림없는 것 같았다. 그래서 그렇겠지만 그 재수 없는 할멈은 때때로 "저기 굶어 죽은 귀신 가네.", "저기 목매달아 죽은 귀신 가네.", "저기 물에 빠져 죽은 귀신이 가네."하고 혼잣말처럼 중얼거렸다. 이 말을 들으면 아이들은 질겁했다.

그런데 그 재수 없는 할망구는 때때로 아이들을 놀려먹으려고 일부러 그런 말을 하는 것 같기도 했다. 한번은 그 할멈의 말을 듣고 새파랗게 질린 우리가 딱했던지, 허도가 이런 말을 했기 때문이다.

"거짓말이야. 너네들 놀려먹으려고 일부러 하는 말이야."

허도는 진지한 청년이었기 때문에 믿음이 가긴 했다. 게다가 그는 책도 많이 읽는 사람이었다. 그렇기는 하지만 천품이 워낙 착하고 자상해서 누구에게나 듣기 좋은 말만 했다. 그래서 우리는 허도의 이 말도 곧이곧대로 믿을 수만은 없었다. 게다가, 우리를 위로하려고 그렇게 했겠지만, 그날 허도는 이런 말까지 덧붙였다.

"세상에 귀신은 없단다."

귀신이 없다는 그의 말을 우리가 어떻게 믿을 수 있겠는가? 귀신이 없다면 서낭당은 왜 지었으며, 제사는 왜 지내는가? 밤이 되면 귀신의 울음소리가 도처에서 들려오고, 귀신을 보았다는 사람도 부지기수인데, 세상에 귀신이 없다는 허도의 말을 우리가 어떻게 믿을 수 있겠는가.

귀신이 있느냐 없느냐는 질문에 대한 학교 선생님들의 대답은 다소 모호했다. 박병량 선생님은 귀신은 있다고도 할 수 없고 없다고도 할 수 없다고 말씀하셨다. 유용우 선생님은 귀신이 있는 것 같기는 한데 자신은 한 번도 본 적이 없다고 말씀하셨다. 그러나 여자 선생님들의 의견은 사뭇 달랐다. 김춘희 선생님은 확신에 찬 표정과 목소리로 귀신은 있다고 하셨다. 그 근거로 전쟁 때 남편을 잃은 자기 사촌 언니 하나가 몇 년째 남편의 시신조차 찾지 못해 애태우고 있었는데, 어느 날 형부의 혼령이 언니 앞에 나타나 자기는 지금 어느 다리 밑에 있다고 일러주었고, 거기에 가 보니 정말 형부의 시신이 살아생전 모습으로 누워 있더라는 것이다. 박영자 선생님도 유사한 이야기를 하며 귀신은 확실히 있다고 말씀하셨다. 그러나 듣고 있던 백남철 선생님은 비시시 웃으며, 귀신이 있다면 김일성 같이 나쁜 놈은 왜 안 잡아가느냐고 했다.

귀신을 보는 할멈, acrylic on canvas 65x53cm, 2021. ⓒ 하민지

저승에 갔다 왔기 때문에 그런지는 모르지만, 박노마의 할머니는 세상에 무서운 것이 없는 사람이었다. 가을철이 되면 그 깊은 대산(大山) 골짜기를 일주일이고 열흘이고 혼자 돌아다니며 버섯이며 더덕을 캐고, 도토리를 주웠다. 어떤 때는 약에 쓴다고 머리가 두 개 달린 살모사나 금계랍처럼 빨간 독사를 잡아오기도 했다. 그렇게 혼자 산속을 헤집고 다니다가 밤이 되면 굴속에 들어가 잔다고 한다.

"그러다 굴속에 짐승이라도 들앉았으면 어쩌려고?"

듣고 있던 계모가 걱정스러운 표정으로 말했다. 그러나 그 할멈은 호랑이도 무서워하지 않는다고 한다. 한번은 실제로 호랑이 굴속에 들어간 적이 있는데 굴 저편에 호랑이 새끼 세 마리가 놀고 있는 걸 보고 이쪽에서 그냥 잤다고 한다.

그렇게 무서운 것이 없는 사람이니 마을에 궂은일이 있으면 불러다 시켰다. 사람이 죽으면 염하기 전에 시체 닦는 일이라든가 어린애가 죽으면 뒷산 애장터에 갖다 묻는다든가 하는 일 따위가 그런 것이었다.

그야 어쨌든 그 재수 없는 할멈의 손녀인 박노마가 내 자지를 봐버렸으니 장차 이 일을 어쩌면 좋은가 하는 생각에 나는 잠이 오지 않았다. 그리고 그날 내가 오줌을 쌌다고 깝데기를 홀딱 벗겨버린 계모를 나는 두고두고 원망했다.

몽달귀신이 된 허도

    허도는 세상에 귀신은 없다고 했다. 그러나 정작 허도 자신은 몽달귀신이 되었다.

    도창골 어귀에 사는 허표와 허도 형제는 아편쟁이도 아니고 노름쟁이도 아니었다. 박수만이나 박노마처럼 재수 없는 사람들도 아니었다. 어쩌다 내가 그 집 앞을 지나가면, 마당에 앉아 있다가도 자리에서 일어나 반갑게 인사하곤 했다. 나 같은 아이에게까지 그렇게 인사하는 어른은 세상에 흔치 않을 것이다. 그런데 그 집은 가난했다. 먹을 것이 없어 온 가족이 사흘을 굶었다는 소문이 들릴 때도 있었다.

    허표는 그래도 나았다. 아이가 셋이나 딸린 건강한 아저씨였으니 말이다. 문제는 동생 허도였다. 장가도 못 간 허도는 몇 년 전부터 폐병을 앓아 앙상하게 해골만 남았고, 얼굴은 핏기 없이 창백했으며, 팔다리는 아이처럼 비썩 말라 있었다. 그런 허도가 사흘을 굶었다면 정말 큰일이었다.

    "그 집은 왜 그렇게 가난해?"

    어느 날 나는 누나에게 물었다.

    "너무 착해서 그렇대."

    누나가 대답했다. 나는 이해할 수 없었다.

    "착한 사람은 왜 가난해지는 거야?"

누나는 어떻게 대답해야 할지 모르는 것 같았다. 누나가 대답하지는 않았지만, 나는 이해할 수 있을 것 같았다. 옛날에 우리가 처음 이 마을로 들어왔을 땐 정말이지 먹을 것이 없을 만큼 가난했는데, 그때 허표네는 끓여 먹으라고 좁쌀 한 되를 퍼주기도 했으니 말이다. 착한 사람은 그렇게 자기 것을 아끼지 않고 남에게 퍼주니 가난해질 수밖에 더 있겠는가? 이런 생각을 하면서 나는 절대 착한 사람이 되지 않기로 마음먹었다. 그래서 다시 누나에게 물었다.

"착한 사람이 되지 않으려면 어떻게 하면 돼?"

누나는 잠시 생각하다가 말했다.

"남이야 죽든 말든 신경 안 쓰면 되겠지 뭐."

"그거야 뭐 쉽네."

"그렇지 뭐."

우리가 이런 대화를 하는 동안 말 없이 바느질만 하던 계모가 누나를 핀잔하며 말했다.

"야, 이 기집애야! 뭘 안다고 떠들어? 허표네가 가난한 건 착해서가 아니라 장리를 먹어서 그래."

이 뜻밖의 말에 나는 어안이 벙벙해졌다.

"세상에서 제일 무서운 게 뭔지 아니?"

계모가 우리에게 물었다. 나는 귀신이라고 말할까 하다가 말았다. 그렇게 말했다가는 자칫 핀잔을 받게 될지도 모른다고 생각했기 때문이다. 우리가 아무 말도 하지 않자 계모가 말했다.

"세상에서 제일 무서운 건 장리를 먹는 거야. 일단 먹었다 하면 일년 내내 땀 흘려 농사지어보았자 헛수고가 되는 거야. 그러니 가난해질 수밖에."

착해서 그렇건 장리를 먹어서 그렇건, 폐병쟁이 허도가 사흘을 굶었다는 게 못내 마음에 걸렸다. 그래서 내가 다시 말했다.

"성한 사람은 굶더라도, 병든 사람한테는 뱀이든 개구리든 닥치는 대로 잡아서 먹여야 할 거 아니야?"

누나가 대답했다.

"뱀이나 개구리 잡는 건 어디 쉽니? 허표 아저씨는 일은 안 하고 그것만 잡으러 다니냐?"

"산에 가면 뱀은 우글우글해. 물레방앗간 뒤쪽 봇도랑을 따라가면 개구리야 몇 말이라도 잡을 수 있어. 마음만 먹으면 잡지, 왜 그걸 못 잡아?"

누나는 귀찮다는 듯이 말했다.

"그게 그리 쉬우면 네가 해봐라."

"그게 뭐 그리 어렵다고……"

막상 큰소리치긴 했지만, 뱀 잡기가 쉬운 일이 아니라는 건 나도 알고 있었다. 겁이 많아서 뱀만 보면 달아나기에 바빴으니 말이다. 물론 귀신보다 뱀이 더 무섭다고 말할 수는 없겠지만, 나한테는 뱀도 많이 무서웠다. 뱀 잡는 데는 차라리 동출이 동생 동숙이가 나보다 나을 것이다. 아직 학교에도 들어가지 않은 꼬맹이 계집아이가 뱀만 보았다 하면 무슨 원한이 사무친 듯한 눈으로 돌팔매질부터 해댔으니 말이다.

개구리 잡는 것도 그랬다. 방앗간 뒤편 봇도랑을 따라가면, 아닌 게 아니라 개구리가 많긴 했다. 그러나 그 풀숲에는 개구리를 잡아먹으려고 숨어 있을 뱀이 무서워 함부로 들어갈 수도 없었다.

나는 동출이를 찾아갔다. 동출이는 나보다 키는 작지만 나이가 한 살 더 많아 6학년인데, 산에도 잘 오르고 나무도 잘 타서 하루는 커다란 부엉이를 잡아오기도 했다. 특히 개울에서 물고기 잡는 데는 귀신이었다. 겨울이면 개울의 바위를 들쳐 겨울잠 자는 개구리를 잘도 잡아내곤 했다. 게다가 동출이는 뱀도 무서워하지 않았다. 뱀만 보았다 하면 동숙이나 마찬가지로 끝끝내 쫓아가 옴팡지게 때려죽였다.

동출이네 식구가 뱀만 보았다 하면 그토록 눈에 쌍심지를 켜고 때려잡는 건 동출이 어머니가 예배당에 나가고부터였다. 예배당 전도사가 뱀을 사탄이라고 가르쳤기 때문에 동출이 어머니는 뱀은 보는 족족 때려죽여야 한다고 아이들에게 가르쳤다.

동출이에 비하면 솔직히 나는 아무것도 할 줄 몰랐다. 나무에 오를 줄도 몰랐고, 물고기를 잡을 줄도 몰랐다. 그렇다고 내가 동출이한테 기가 눌려 지내지는 않았다. 왜냐하면 내가 동출이보다 훨씬 똑똑하다는 걸 알고 있었기 때문이다. 나는 동출이보다 공부도 잘하고, 말도 잘했다. 그 재수 없는 전도사의 말을 곧이곧대로 믿을 만큼 순진하지도 않았다. 나는 그래도 도회지에서 살다 온 사람이니 말이다. 동출이도 충분히 약은 아이이긴 하지만, 그 애쯤은 충분히 꼬득일 수 있을 것 같았다.

"작년 추석날 밤에 공회당에서 했던 연극 생각나지?"

동출이를 찾아간 나는 대뜸 이렇게 물었다.

"「한 많은 38선?」"

"응. 봉남이 형이 그때 주인공이었지. 지금은 월남에 있지만……"

"김 선달 아들 진수도 배우로 나와 엄청 웃겼지. 박수만은 나쁜 인민군이었고.”

“맞아. 그런데 그때 그 연극 대본을 누가 썼는지 알아?”

“대본이 뭔데?”

“연극을 하려면 미리 글로 다 써야 할 거 아니야. 배우들이 하는 말 한 마디 한 마디까지. 그걸 대본이라고 하는 거지.”

동출이는 처음 듣는 이야기라는 듯한 표정을 짓고 있었다. 그런데도 나는 계속했다.

“그런데 그때 그 연극 대본을 허도가 썼대.”

“허표 동생 허도?”

“그래. 지금이야 병이 들어서 그렇지 옛날에는 꽤 똑똑한 사람이었던 것 같아. 그런 대본은 아무나 쓸 수 있는 게 아닌데 말이야.”

“학교 다닐 땐 공부도 잘했대.”

“그리고 얼마나 착한 사람인데……”

이렇게 시작해서 10분쯤 지났을 때 동출이가 말했다.

“그렇지만 여름 개구리는 잘 안 먹는데….. 영양가도 별로 없고.”

“그런 거 따질 겨를이 어디 있어, 사람이 죽게 생겼는데?”

동출이는 결국 지게작대기 하나를 거머쥐고 앞장섰다. 그의 뒤를 따라 나는 잡은 뱀과 개구리를 담아 올 비료 포대를 들고 방앗간 뒤 봇도랑으로 향했다.

“뱀이든 개구리든 닥치는 대로 잡자.”

“알았어.”

지게막대기로 풀숲을 헤치며 동출이가 말했다. 그런 그의 뒤를 따라가면서 나는 다시 소리쳤다.

"뱀을 너무 두들겨 패지는 마. 적당히 때려 죽었다 싶으면 그냥 담아."

왜냐하면 동출이네는 뱀만 보았다 하면 걸레짝이 되도록 두들기는 버릇이 있었기 때문이다.

"알았어."

그러나 뱀은 한 마리도 눈에 띄지 않았다. 개구리는 제법 있었지만, 풀숲에 숨어 있다가 갑자기 물속으로 퐁당퐁당 뛰어들었기 때문에 잡기가 쉽지 않았다. 두어 시간을 헤매고 다닌 끝에 우리가 잡은 것은 개구리 다섯 마리가 전부였다. 그 다섯 마리는 모두 동출이가 잡았고, 나는 가시덩굴에 찔려 팔과 다리에 온통 상처만 입었다. 개구리 잡기도 이렇게 어려우니, 가난에서 벗어나기는 정말로 쉽지 않겠다는 생각에 울적했다.

좀 초라하기는 하지만 우리는 개구리 다섯 마리가 든 비료 포대를 들고 허표네 집으로 갔다. 마당 가에 혼자 쪼그리고 앉아 있던 허도는 사람이 그리웠던지 무척 반기는 얼굴로 우리를 맞이했다. 평소 같았으면 자리에서 일어나 우리를 맞이했겠지만, 그날은 일어날 힘도 없는 것 같았다. 개구리 다섯 마리를 건네주자, 허도는 감동에 찬 표정으로 받아들었다.

"고맙다. 고맙다."

허도는 몇 번이고 이 말을 되풀이했다.

그날 밤 나는 뱀도 개구리도 이렇게 잡기가 힘드니 차라리 지렁이라도 끓여 먹어보라고, 허도에게 권해볼까 생각했다. 언젠가 계모한테서 들은 이런 이야기가 문득 떠올랐기 때문이다.

옛날에 효성이 지극한 며느리가 있었는데, 남편은 돈 벌러 멀리 떠나고 눈먼 시어머니를 모시고 혼자 살았다. 그런데 너무나 가난해 시어머니에게 대접할 게 아무것도 없었다. 생각다 못해 지렁이 국을 끓여 대접했다. 눈먼 시어머니에게 그런 걸 드시게 하는 게 죄스러워서 자기가 먼저 한 숟갈 떠먹고 나서 드시게 했다. 그런데 시어머니는 그 국이 너무 맛있어서 대체 무슨 고기를 넣고 끓였는지 나중에 아들이 오면 한번 물어볼 요량으로 고기 한 점을 멍석자리 밑에 감춰두었다. 나중에 아들이 돌아와 보니 어머니가 허옇게 살도 찌고 안색도 더없이 좋아 보였다. 그래서 어머니에게 "어머니, 대체 뭘 드셨기에 이렇게 얼굴이 좋습니까?" 하고 물었다. 그러자 눈먼 어머니가 말하기를 "며늘아이가 매일 맛있는 고깃국을 끓여줬는데, 그게 대체 무슨 고긴지 네가 오면 한번 물어보려고 여기 한 조각 넣어두었다."하면서 멍석자리 밑에 감춰두었던 고기를 꺼내 아들에게 보여줬다.

그걸 본 아들이 너무나 놀라 "어머니, 이건 지렁이네요."하고 소리쳤고, 그 순간 눈먼 어머니 또한 너무나 놀라 "뭐?"하고 외치며 눈을 번쩍 떴다고 한다.

봉사의 눈도 뜨게 할 만큼 몸에 좋다고 하니 허도에게는 확실히 효험이 있을 거라고, 나는 확신했다. 게다가 뱀이나 개구리와 달리 지렁이는 독도 없고 잽싸지도 않아서 호미로 땅만 파면 얼마든지 잡을 수 있다.

그러나 나는 허도에게 그것을 권할 수 없었다. 얼마 뒤 허도가 죽었다는 소문이 돌았기 때문이다. 소나기가 억수로 쏟아지던 밤에 허도는 죽었고, 죽자마자 허표와 허표의 아내는 가마니때기로 덮은 허도의 시체를 지게로 지고 허겁지겁 뒷산 어디로 올라가 파묻었다.

이 말을 들은 나는 허표를 원망했다. 보리깜부기를 칠해줬더라면, 그리고 그렇게 급히 파묻지만 않았다면 박노마의 할머니처럼 되살아날 수 있었을 텐데, 일단 되살아나기만 하면 지렁이를 끓여 먹여 건강을 되찾게 할 수도 있었을 텐데 하고 말이다.

사람들은 허도가 몽달귀신이 되었다고 했다. 그래서 비가 내리는 밤에 도창골 어디에 가면 빗속에 우두커니 서 있는 허도를 볼 수 있다고 했다. 세상에 귀신은 없다던 허도의 말은 결국 틀린 말이었다.

허도가 죽고 얼마 뒤 허표 가족은 마을을 떠났다. 탄광에 가 석탄을 캐면 그래도 밥은 먹을 수 있다는 말을 들었기 때문이다.

허표 가족이 떠난 뒤 아버지는 혼잣말처럼 이렇게 말했다.

"사람이 하루 세끼 밥 먹는 거 별거 아닌 것 같아도, 그걸 거르지 않고 매일 먹으려면 평생이 지난한 근심이고, 평생을 등에 땀이 날 만큼 일해야 한다."

몽달귀신이 된 허도, acrylic on canvas 65x53cm, 2021. ©하일지

조죽

식솔이 하루 세 끼 밥을 거르지 않게 하려고, 아버지는 정말로 등에 땀이 나도록 일했다. 낮에는 밭에 나가 온종일 일하고, 어두워지면 장작 한 짐을 지게에 지고 읍내로 갔다. 그리고 여관 집이나 도갓집이나 약국 집에 넘겼다. 아버지가 나무지게를 지고 어둠 속으로 떠나면 우리는 조죽을 먹었다.

좁쌀 한 줌에 소금 한 숟가락을 퍼 넣고 멀겋게 끓인 조죽은 정말로 맛이 없었다. 숟가락으로 떠 기울여 보면, 건더기 하나 남지 않고 모두 주르르 흘러내렸다. 맹물이나 마찬가지였다. 이런 맹물 같은 조죽을 저녁마다 끓여 내는 건 계모가 장리 먹기를 무서워하기 때문이라는 걸, 내가 모르지 않았다. 그러나 그 멀건 조죽을 떠먹다 보면 때때로 나는 이것도 음식이라고 매일 저녁 만들어주는 계모에 대하여 분노가 치밀어 오를 때도 있었다. 그러나 어쩔 수 없는 일이었다. 나뿐 아니라 누나도 이복동생들도 그리고 계모 자신도 그걸 먹었으니 말이다.

그 멀건 조죽 한 그릇을 비우고 누워 있으면 때때로 설움이 밀려왔다. 하루이틀도 아니고 매일 조죽만 먹다 보면 나도 머지않아 허도처럼 병들어 죽게 될 거라는 생각이 들었기 때문이다. 그러나 서러운 생각도 잠시, 그보다도 나무를 지고 어둠 속으로 떠난 아버지가 걱정되었다.

어둠은 귀신들의 땅이고 밤은 귀신들이 활거하는 세상이다. 매일 밤 그 무서운 귀신들의 땅으로 가는 아버지가 참 무모하다는 생각이 들기도 했다.

귀신을 무서워하기는 누나도 마찬가지였다. 우리가 이 고장으로 들어온 이듬해 봄 어느 날, 쑥을 뜨러 나갔던 누나는 바구니도 팽개친 채 새파랗게 질린 얼굴로 집으로 달려왔다. 뒷골 어귀 산기슭에서 혼자 쑥을 뜨고 있는데 갑자기 수많은 아이의 울음소리가 고막이 찢어질 만큼 시끄럽게 들려왔다는 것이다. 돌아보니 주변에는 돌무더기 말고는 아무것도 없었다고 한다. 그 검은 돌 틈으로 새파란 불빛이 쏟아져 나왔다. 그걸 본 순간 누나는 머리끝이 쭈뼛 섰고, 무서워서 도저히 거기 더는 있을 수 없었다. 그런 누나에게 아버지는 허증이 나서 그런 거라고 했지만, 동출이 어머니는 누나가 갔던 거기가 바로 아이들이 죽으면 갖다 묻는 애장터라고 했다. 누나가 들은 울음소리가 바로 아이 귀신들 소리였다. 그 사실을 알고부터 누나는 뒷골은 물론이고 이 마을을 무서워하게 되었다.

한낮에도 이렇게 귀신이 출몰하는데 밤에는 여북하겠는가? 그런 것도 모르고 깜깜한 밤에 나뭇짐을 지고 읍내로 떠났으니 내가 아버지를 무모하다고 생각하지 않을 수 있겠는가?

나는 읍내로 가는 십 리 길에 귀신이 나타날 만한 곳이 어디어디일까 생각해보곤 했다. 아버지는 우선 물레방앗간 앞을 지나가야 할 텐데, 거기에는 목매달아 죽은 처녀 귀신이 있다. 옛날에 어떤 처녀가 실제로 거기서 목을 매 죽었다는 말이 있으니 말이다.

물레방앗간 앞을 지나면 아버지는 논둑길을 잠시 걷다가 징검다리

조죽을 먹는 사람들, acrylic on canvas 65x53cm, 2021. © 하일지

낮도깨비, acrylic on canvas 65x53cm, 2021. © 하일지

를 건널 것이다. 징검다리를 건너면 아랫마을 서낭당이 있다. 서낭당에는 수백 년 된 느티나무 수십 그루가 있는데, 그 나무에는 '목신'이라는 귀신이 있다. 그 거대한 당나무 숲속에 있는 당집에는 큰 도포를 입은 귀신이 산다. 그래서 대낮에 그 앞을 지나가도 으스스하다.

서낭당을 지나 조금 가다 보면 오른쪽 기슭에 상여를 넣어두는 곳집이 있는데, 거기는 도깨비들이 나타나는 곳이다. 실제로 밤에 밖으로 나가 건너다보면 곳집 쪽에서 춤추는 도깨비불을 볼 수 있다.

도깨비는 좀 고약하다. 키 큰 남자로 둔갑해서 길가에 서 있다가 지나가는 사람에게 씨름을 한 판 하자고 한다. 그래서 씨름을 시작하면 밤새도록 계속하게 되는데, 날이 훤하게 새고 보면 달아빠진 빗자루나 고목 등걸을 붙들고 끙끙거리며 밤새도록 혼자 씨름하고 있었음을 알게 된다. 그러고 나면 혼이 나가버리거나 지쳐서 죽게 된다. 몇 년 전에 성골 김 선달의 머슴 흡시가 실제로 그런 일을 당했는데, 그 뒤로 그는 넋 빠진 얼굴을 하고 다니다가 일 년도 채 안 되어 죽었다. 따라서 아버지는 낯선 남자가 씨름을 청해 오더라도 대꾸조차 하지 말아야 한다.

곳집을 지나 읍내 쪽으로 얼마간 가다 보면 오른편 기슭에 공동묘지가 나오는데, 거기에는 무덤 속 시체를 파먹는 백년 묵은 여우가 있다. 백년 묵은 여우는 예쁜 풀 색시로 둔갑해서 지나가는 사람을 꼬드긴다고 한다. 그러고는 혼을 빼고 내장을 빼먹는다고 한다. 그러니 아버지는 낯선 색시가 보이더라도 절대로 눈길을 줘서는 안 된다. 그런데도 그 색시가 자꾸 수작을 붙이면 아버지는 들고 있던 지겟작대기로 그 색시의 대가리를 후려쳐야 할 것이다. 그러면 사람이 아니라 백년 묵은 여우가 아버지 앞에 뻗어 있는 걸 보게 될 것이다.

물론, 공동묘지에서 건너다보이는 저편 산꼭대기 온달성에도 틀림없이 키가 크고 무섭게 생긴 고구려 귀신이나 도깨비들이 우글거릴 것이다. 그 산 아래 강가에 아가리를 딱 벌리고 있는 동굴에도 이무기가 산다. 그러나 아버지는 그런 것까지 걱정할 필요는 없다. 온달성까지는 제법 거리가 있고, 그 높은 산마루에 사는 귀신이나 도깨비들이 굳이 산에서 내려와 사람들을 괴롭힌다는 말을 들어본 적이 없다. 그 산 아래 동굴 입구에 사는 이무기도 점잖은 편이어서 누가 해코지하지 않는 한, 죄 없는 사람을 괴롭히지 않는다. 아버지가 걱정해야 할 것은 강에 사는 물귀신들이다.

　공동묘지를 지나면 강을 따라 가게 되는데, 강에는 물귀신들이 있다는 걸 잊지 말아야 한다. 그 강에는 해마다 사람이 빠져 죽는다. 따라서 아버지는 한 발짝이라도 강에서 떨어져 걷는 편이 좋을 것이다. 그러지 않으면 강물에서 불쑥 손이 나와 아버지의 발목을 잡아당길 수도 있다.

　강을 따라 한참 가다 보면 향교가 나타나는데, 거기는 정말로 귀신들이 살기에 딱 좋을 만큼 음산하다. 향교에는 흰 두루마기를 입은 귀신들이 천천히 걸어 다니는데, 향교 앞을 지날 때 아버지는 향교 쪽은 바라보지도 말아야 한다.

　향교를 지나면 거의 읍내에 도착한 셈이지만, 읍내 안에도 귀신이 사는 곳이 많다는 걸 아버지는 알아야 한다. 특히 사이루 마루 밑에는 목 잘린 귀신들이 우글거린다. 옛날에 원님이 살던 시절에 망나니가 죄수의 목을 치던 곳이 바로 거기였다. 그래서 지금도 비 오는 밤이면 귀신들이 울부짖는 소리가 들린다.

이렇게 무서운 길을 무사히 지나, 지고 간 나무를 여관 집이나 도 갓집이나 약국 집에 넘겨줬다 해도 문제였다. 아버지는 똑같은 길을 되돌아와야 하는데, 돌아올 때는 밤이 깊어 귀신들이 더욱 극성을 부 릴 시간이니 말이다.

그러나 날씨가 좋은 날은 그나마 걱정이 덜 되었다. 억수로 비가 쏟아지는 밤이나 윙윙 귀신 울음소리를 내며 심한 바람이 부는 밤에는 계모도 걱정되는지 몇 차례 문을 열고 나가 보기도 했다.

그러나 아버지는 귀신을 그다지 무서워하는 것 같지 않았다. 귀 신보다 순경을 더 무서워했다. 나뭇짐을 지고 가다가 순경한테 잡히면 감옥에 끌려가야 하니 아버지는 순경의 눈을 피해 어두운 밤에 나무를 지고 갔다.

아버지가 밤마다 나무를 지고 읍내로 간다는 사실을 아는 동네 어 른들은 혀를 내두르며 '간도 크다'고 말하곤 했다. 그 사람들도 귀신과 순경을 무서워했다. 그러나 아버지는 그 무서운 순경이 지키는 읍내로 간도 크게 나무를 지고 갔다. 그러니 맏아들인 내가 잠이 올 턱이 있겠 는가?

밤이 이슥해지면 마침내 문밖에서 '으흠!'하고 아버지 헛기침 소 리가 들리고, 계모와 누나는 반기는 목소리로 '오신다!'하고 소리치며 밖으로 달려나갔다. 그러나 나는 자는 척하고 누워 들려오는 소리에 귀 기울이곤 했다.

아버지가 방으로 들어오면 누나는 저녁상을 들고 왔고, 아버지는 그 멀건 조죽을 후룩후룩 소리 내며 먹었다. 와삭와삭 깍두기도 씹었 다. 아버지가 조죽과 깍두기 먹는 소리를 들으면 그것이 무척 맛있을

나무를 팔러가는 아버지, acrylic on canvas 65x53cm, 2021. ⓒ 하일지

Haïlji

거라는 생각이 들어 나는 나도 모르게 침을 꼴깍 삼키곤 했다.

아버지가 저녁 식사를 하는 동안 때때로 계모는 걱정스러운 목소리로 묻곤 했다.

"그러다 순사한테 들키면 어떻게 하려고?"

장리 먹기를 무서워하는 계모는 순경도 무서워하는 것 같았다.

"어떻게 하겠어? 순경이라도 별수 있겠어?"

아버지는 대수롭지 않다는 투로 말했다. 그리고 문득 생각이 났다는 듯이 덧붙였다.

"저번날은 아닌 게 아니라 순경을 만났어."

누나가 겁먹은 목소리로 물었다.

"그래서 어떻게 했나요?"

자는 척하고 누워 있는 나도 숨을 죽였다.

"순경이 멀뚱히 날 보고 있데. 그래서 못 본 척하고 그냥 지나갔지."

"붙잡지 않던가요?"

계모가 물었다.

"아니."

아버지가 말했다. 어쩌면 그때 순경은 어둠 속에서 나무를 지고 나타난 아버지가 귀신인 줄 알았을 것이다. 나는 이불을 뒤집어쓰고 혼자 쌔액 웃었다.

도회지에서 살다 와서 그렇겠지만 아버지는 확실히 다른 사람들보다 순경을 덜 무서워하는 것 같았다. 마을 사람들은 순경을 무서워하지 않는 아버지를 존경하는 것 같았다. 나도 그런 아버지를 존경했다.

그런데 알고 보니 아버지를 괴롭혔던 것은 따로 있었다. 귀신도

도깨비도 백년 묵은 여우도 순경도 괴롭히지 못했던 아버지를 정말로 괴롭힌 것은 별빛마저 없는 밤의 어둠이었다. 그 완전한 어둠 속에서 때때로 아버지는 길을 잃고 헤매다가 개울에 처박혀 허우적거리기도 했다는 걸 훗날에야 알게 되었다. 굳이 말하지 않았지만, 매서운 겨울 추위와 눈보라도 어지간히 아버지를 괴롭혔을 것이다. 그야 어쨌든, 아버지가 그토록 열심히 나무 장사를 한 덕분에 3년 뒤부터 우리 식구는 저녁 식사 때 조죽 대신 옥수수와 팥을 넣어 푹 삶은, 제법 걸쭉한 죽을 먹을 수 있었다. 어떤 때는 옥수수밥이나 찰수수밥을 해 먹었다. 적두를 넣어 지은 수수밥을 배불리 먹은 뒤에는 또 그 달콤하고 고소한 수수밥 누룽지를 한 주먹씩 먹을 때도 있었다.

가영이네 집 뒤란

가영이네 집 뒤란에는 귀신 같은 것은 발도 붙일 수 없을 것이다. 왜냐하면 거기에는 정말로 신기한 천도복숭아나무 한 그루가 서 있기 때문이다. 본래 귀신은 복숭아나무를 제일 무서워하는데, 그냥 복숭아나무가 아니라 천도복숭아나무가 서 있으니 어떻게 귀신이 범접이나 할 수 있겠는가.

내가 가영이네 집 뒤란을 본 것은 지난해 여름 어느 오후였다. 그 무렵에 마을 청년들은 훈장 한 사람을 모셔다 놓고 한문을 공부했다. 허도도, 가영이 오빠도, 지금은 전쟁하러 월남에 가 있는 봉남이 이복형도, 그리고 성골에 사는 김 선달의 외동아들 진수도 서당에 다녔다. 서당에서는 청년들의 한문 읽는 소리가 울려 퍼졌고, 국민학교에 다니는 우리는 그 소리를 흉내내 '하늘 천 따따지 가마솥에 누룽지 박박 긁어서, 한 덩이는 너 주고 한 덩이는 내 먹고……'를 노래하고 다녔다.

그러던 어느 여름날 오후였다. 가영이네 집 앞을 우연히 지나다가 대청마루에 앉아 붓글씨 쓰는 가영이 오빠를 발견하고 안으로 들어갔다. 얼마나 잘 쓰는지 보고 싶어서였다. 가영이 오빠는 하얀 종이에 또박또박 글자를 써내려 가고 있었고, 가영이는 오빠의 발치에 웅크리고 앉아 벼루에 먹을 갈고 있었다.

내가 다가가자 가영이 오빠는 왔느냐며 올라오라고 했다. 그때까지만 해도 가영이와 나는 서로 내외하는 사이도 아니어서 어색해할 것도 없이 대청마루로 올라갔다. 그리고 가영이 오빠가 쓰는 글씨를 한동안 들여다보았다.

그러나 모두 한문이었기에 잘 썼는지 못 썼는지 분간할 수 없었다. 그러다 보니 글씨 쓰는 걸 들여다보기는 별로 재미 없었다. 그래서 벼루에 먹을 가는 가영이에게 내가 해보겠다고 말했다. 먹을 가는 게 재미있을 것 같았다. 가영이는 내게 먹을 건네주고 뒤로 물러났고, 나는 사내답게 먹을 힘차게 벅벅 갈기 시작했다. 그런 나를 굽어보며 가영이 오빠가 빙그레 웃으며 말했다.

"먹은 본래 그렇게 세게 가는 게 아니라 천천히 부드럽게 가는 거야."

그러나 나는 내가 힘들어할까 봐 부러 그렇게 말하는 줄 알고 '괜찮아요.'하고는 계속해서 벅벅 힘차게 먹을 갈았다.

그렇게 얼마간 먹을 갈고 있으려니 가영이 오빠는 '이제 그만 갈아도 되겠다.'라고 말했고, 나는 먹을 내려놓고 대청마루에 벌러덩 드러누웠다. 먹을 가느라 어깨가 좀 뻐근해졌다. 대청마루에 드러누워 천장을 쳐다보며 '하늘 천 따따지 가마솥에 누룽지……'를 소리 내 외었다. 그런 내 모습이 재미있는지 가영이 오빠는 허허허 웃었고, 가영이도 웃음을 참지 못하고 한 손으로 입을 가린 채 쌔액 웃고 있었다.

그런데 바로 그때였다. 열려 있는 뒷문 밖으로 펼쳐진 가영이네 집 뒤란이 눈에 들어왔다. 나는 깜짝 놀라 자리에서 벌떡 일어나 앉았다. 가영이네 집 뒤란에는 키가 나지막한 나무 한 그루가 서 있었는데, 그 나무에는 내가 난생처음 보는 신기한 과일이 달려 있었다.

가영이네 집 뒤란, acrylic on canvas 72.5x60.5cm, 2021. © 해일지

어른 주먹만큼이나 크고 싱그러운 과일이었다. 그런 과일이 근 스무 개가 달려 있었는데, 그 모습이 얼마나 신기한지 실제 나무가 아니라 혹시 솔거 같은 화가가 그린 그림 속 나무가 아닐까 하는 생각마저 들었다. 그러나 분명히 그림은 아니었다. 왜냐하면 그때 티티새 한 마리가 날아와 나뭇가지에 앉았기 때문이다. 나는 넋 놓고 바라보다가 물었다.

"저게 뭐야?"

"복숭아."

가영이가 대답했다.

"저게 무슨 복숭아야?"

"천도복숭아래."

"저런 복숭아는 첨 본다."

나는 그 과일도 과일나무도 하도 신기하고 아름다워 한동안 바라보았다. 그러다가 눈을 돌려보니 가영이네 집 뒤란에는 복숭아나무만 있지 않았다. 복숭아나무 뒤편으로 키 큰 파초가 숲을 이루며 자라고, 장독대 앞에는 봉선화꽃이 함초롬히 피어 있었다. 장독대 뒤편 저만치 약간 경사진 곳에는 줄기가 굵은 싱싱한 토란이 무리를 지어 자라고 있었다. 뒤란 저편에는 한 무더기 수국이 활짝 꽃을 피우고 있었고, 수국 옆 키가 큰 참나리 몇 포기도 꽃을 달고 서 있었다. 그리고 돌담 위에는 능소화가 흐드러지게 피어 있었다. 정말 예쁘고 싱싱하고 정갈한 뒤란이었다.

그때 갑자기 소나기가 쏟아지기 시작했다. 굵은 빗방울이 커다란 파초 잎을 두드리며 요란하게 소리를 냈고, 싱싱한 토란잎이 일제히 춤추기 시작했다. 수국은 비를 맞아 더욱 싱그러워 보였고, 봉선화 꽃은 더욱 붉어 보였다. 복숭아나무에 달린 천도복숭아도 비를 맞아 더욱 신비로워 보였다.

소나기가 내리는 가영이네 집 뒤란을 넋 놓고 바라보다가 나는 문득 이런 정갈한 뒤란이 있는 이 집 여자들은 참 정갈하겠다는 생각이 들었다. 가영이는 다시 오빠 발치에 다소곳이 앉아 먹을 갈고 있었다.

그렇게 생각하며 돌아보니 그제야 비로소 가영이가 얼마나 예쁜 아이인지 새삼 깨닫게 되었다. 물방울처럼 영롱한 가영이를 바라보고 있으려니 가슴이 갑자기 두근거렸다.

그러나 그 후 나는 가영이네 집 뒤란을 두 번 다시 볼 수 없었다. 왜냐하면 그때부터 가영이와 나는 서로 내외하는 사이가 되었고, 그러다 보니 특별히 볼일이 없으면 가영이네 집에 가지 않게 되었기 때문이다. 설사 볼일이 있어 가더라도 정갈한 여자가 사는 집의 비밀스러운 뒤란을 나 같은 외간남자가 함부로 훔쳐보는 건 예의가 아닐 거라는 생각에 뒤란 쪽으로는 애써 눈길도 주지 않았다.

중절모

가영이네 집 뒤란이 깊은 인상을 남기기는 했지만, 그렇다고 내가 가영이한테 기가 죽은 건 아니었다. 우리 집에는 더없이 멋진 중절모가 있었다.

사실 우리 집은 뒷문 밖이 바로 논이어서 뒤란이라는 것이 아예 없는 거나 마찬가지였다. 그 논에서는 수많은 개구리가 밤새도록 시끄럽게 울어대며 잠을 방해했기에 나는 우리 집 뒤란 아닌 뒤란을 싫어했다. 아침에 잠에서 깨면 졸린 눈으로 뒷문을 열고 나가 논에 오줌을 갈겼다. 그렇게 우리 집 뒤란은 매일 아침 나와 내 이복동생이 오줌을 누는 커다란 요강이나 마찬가지였다.

겨울이 되면 우리 집 뒤란은 요강으로도 쓸 수 없었다. 텅빈 논벌위로 질주해 온 차가운 바람이 담도 없는 우리 집 뒷문을 밤새도록 두드려댔기 때문에 집 뒷편으로는 아예 나설 수도 없었다.

이렇듯 뒤란이 없는 집에 살았으니 가영이네 집 뒤란이 그토록 나를 감동하게 했는지도 모른다.

우리 집에 비록 뒤란은 없었지만, 중절모가 있었다. 정말 멋진 중절모였다. 검은색이지만 햇빛을 받으면 푸른색으로 보이기도 하고 진한 녹색으로 보이기도 했다. 정말이지 그런 멋진 중절모는 면장님도 교장 선생님도 써보지 못했을 것이다.

물론 그 중절모는 아버지 것이었다. 옛날에 우리가 도회지에서 살때 아버지는 그 중절모를 쓰고 다녔다. 그때는 내 친어머니도 살아 있었다. 어머니가 죽고 가세가 기울자 아버지는 모든 걸 버리고, 가족에게 보퉁이를 하나씩 들려 이 산간마을로 들어왔다. 그 와중에도 아버지가 왜 그 중절모를 짐꾸러미에 넣어 왔는지 알 수 없었다. 게다가 이고장으로 들어온 뒤로는 한 번도 그 모자를 쓴 적이 없었다.

한번은 이웃 마을 잔칫집에 가려고 집을 나서는 아버지에게 누나가 이렇게 말한 적이 있었다.

"아버지, 모자 쓰고 가시는 게 어때요?"

누나도 아버지가 그 모자를 쓰고 다니던 행복했던 옛날을 그리워하는 것 같았다. 그러나 아버지는 씁쓸한 표정을 지으며 말했다.

"그런 건 쓰고 가서 뭐 하게?"

때때로 나는 아버지가 나무 지게를 지고 읍내로 가는 밤길에 그 멋진 중절모를 쓰면 어떨까 싶었다. 그걸 쓰고 가면 귀신도 순경도 아버지를 존경할 것만 같았다. 그러나 아버지가 한 번도 쓰지 않은 중절모는 몇 년째 함 속에서 잠들어 있었다.

가영이네 집 뒤란을 보고 온 나는 갑자기 그 모자가 보고 싶어졌다. 그래서 베개를 몇 개 쌓아놓리고 그 위로 올라가 선반 한 귀퉁이에서 뽀얗게 먼지를 뒤집어쓰고 있는 모자 함을 꺼냈다. 계모는 뭐 하러 그걸 꺼내느냐고 역정을 냈지만, 나는 아랑곳하지 않았다. 함을 열어 모자를 꺼낸 뒤 정성스레 먼지를 털어냈다. 그리고 한번 써보았다. 나한테는 너무 커서 눈까지 푹 덮었다. 아무래도 내가 쓰기에는 너무 큰 모자였다.

내가 하는 짓을 말없이 지켜보고만 있던 아버지가 마분지를 가져와 테를 만들고 모자 안쪽에 빙 둘러 넣어줬다. 그러고는 한번 써보라고 했다. 확실히 모자가 작아진 것 같았다. 그래도 여전히 내게는 너무 큰 모자였다. 머리를 앞뒤로 흔들면 금방이라도 벗겨질 것만 같았다.

그걸 본 아버지는 내 머리둘레를 뼘으로 재보고는 다시 마분지 한 겹을 모자 속에다 덧대어 줬다. 그리고 써보라고 했다. 두 겹으로 마분지를 대자 훨씬 나았다. 머리를 좌우로 흔들어도 모자는 쉬 벗겨지지 않았다. 모자를 쓰고 있는 내 모습을 아버지는 흐뭇해하는 표정으로 바라보았고, 누나는 우스운지 까르르 웃었다. 계모도 멀뚱히 나를 바라보다가 혼잣말처럼 중얼거렸다.

"누가 제 애비 아들 아니라고 할까 봐……"

내가 이렇게 모자를 써보고 있을 때 이복동생들이 자기도 써보겠다고 소란을 피웠던 건 말할 것도 없다. 그런데 그날따라 계모는 웬일인지 이복동생들을 나무라며 말했다.

"저건 형님이 쓰는 거야. 너희 같은 애들이 쓰면 순사가 잡아간다."

계모도 이 모자가 애들 장난감이 아니라는 걸 아는 것 같았다.

나는 아버지에게 이걸 쓰고 밖으로 나가도 되겠느냐고 물었다. 아버지는 마음대로 하라고 했다. 나는 중절모를 쓰고 밖으로 나가서 마을을 천천히 한 바퀴 돌았다. 내가 커다란 중절모를 쓰고 나타나자 아이들은 무척 재미있어했다. 어떤 아이는 멋있다고 했고, 어떤 아이는 허수아비 같다고 했다. 자기도 한번 써보자고 조르는 아이도 있었다. 그러나 나는 단호했다.

"안 돼! 이건 아무나 쓰는 게 아니야."

중절모, acrylic on canvas 65x53cm, 2021. ⓒ 하일지

그러자 어떤 아이는 심통을 부리며 말했다.

"야, 이 새끼 똥폼 되게 잡네."

그러나 어른들 반응은 달랐다. 어른들은 하나같이 깜짝 놀라는 표정으로 소리쳤다.

"야! 멋지다! 그걸 쓰니 인물이 훤하구나. 면장감일세, 면장감!"

그때부터 마을 어른 중에는 나를 볼 때마다 '면장감! 면장감!'하고 별명처럼 부르는 사람도 있었다.

어른들이 이렇게 칭찬하자 질투가 나는지 정미소 집 아들 영철이가 말했다.

"면장감은 무슨 면장감. 날라리 똥개 같네."

영철이는 나보다 두 살 많지만, 공부도 못하고 싸움도 못하고, 게다가 비겁한 놈이었다. 따라서 그런 놈이 하는 말에 신경 쓸 건 없었다.

내친김에 나는 가영이네 집에도 찾아갔다. 가영이 오빠도 나를 보자 깜짝 놀라 소리쳤다.

"야! 멋있다! 백범 선생 같네."

그러나 가영이는 내 모습이 우스운지 손으로 입을 가린 채 호호호 웃었다.

"그 모자 어디서 났니?"

가영이 오빠가 물었다.

"우리 집에 있던 거예요. 옛날에 우리 아버지가 쓰던 거예요."

가영이 오빠는 모자를 한번 보여 달라고 했다. 내가 모자를 벗어 건네주자, 가영이 오빠는 찬찬히 살펴보았다. 그것이 예사 모자가 아니라는 걸 가영이 오빠는 알고 있는 것 같았다.

모자를 쓴 채 이렇게 마을을 한 바퀴 돌아보고 집으로 돌아왔을 때 누나가 물었다.

"그걸 쓰고 나가니 사람들이 뭐라고 하던?"

"면장감이라고 하던데."

아버지는 흐뭇해하는 표정을 짓고 있었다. 그러나 누나는 불만스러운 표정으로 말했다.

"고작 면장이 뭐야? 이 촌구석 사람들은 면장이 제일 높은 줄 알겠지."

그러자 계모가 말했다.

"면장이면 됐지."

그때 아버지는 혼잣말처럼 중얼거렸다.

"사람이 모자를 만들지만, 모자가 사람을 만든다는 속담이 틀리지 않네."

아버지의 말에 나는 마음속으로 그 속담은 이렇게 바꾸어야 완전해진다고 생각했다.

'모자는 남자를 만들고, 뒤란은 여자를 만든다'라고 말이다.

달섭이 누나도 뒤란이 여자를 만든 사례라 할 수 있다.

늙은 떡갈나무한테 시집간 처녀

멀골에 사는 달섭이네 집 뒤편에는 만 오천 년 된 늙은 떡갈나무 한 그루가 있었다. 달섭이 누나 엄지영은 어느 날 그 떡갈나무 밑에서 이런 노래를 불렀다고 한다.

> 남가남가 떡갈남가
> 코가 큰 떡갈남가
> 네 자지 보여주면
> 내 보지 보여주지

그러자 떡갈나무는 열네 살 순진한 처녀 앞에 커다란 자지를 꺼내 보여줬다고 한다. 처녀는 기겁해서 그만 혼절해버리고 말았다. 잠시 후 정신을 차린 달섭이 누나는 자신이 불렀던 노래를 떠올리고 어쩔 수 없이 치마를 걷어 올리고 보지를 보여줬으니 떡갈나무와 달섭이 누나는 사실상 백년가약을 맺은 것이었다.

처음 한동안 달섭이 누나는 사람 눈을 피해 몰래 떡갈나무를 만나 자지 보지를 서로 보여주며 즐겼다고 한다. 그러나 꼬리가 길면 밟히는 법, 결국 사람 눈에 띄고 말았다. 소문을 들은 사람들은 수군거렸다.

"철없는 것!"

"천 년이 넘으면 나무도 사람 말을 알아듣는다는데, 만 오천 년이나 된 나무 밑에서 그런 노래를 부르다니……"

"그래서 옛날 어른들이 떡갈나무 아래에선 입조심하라고 하셨던 것 아니겠어."

떡갈나무 아래에선 말조심해야 한다는 말은 맞는 말이다. 왜냐하면 떡갈나무는 나무 중에서도 귀가 제일 밝기 때문이다. 나도 언젠가 떡갈나무 아래서 나무 기둥에 대고 오줌을 누면서 이렇게 말했던 적이 있다.

"시원하지, 떡갈나무야?"

그런데 그때 떡갈나무는 꿀밤을 하나 떨어뜨려 내 머리에 꿀밤을 먹여버렸다. 그래서 떡갈나무를 '꿀밤나무'라고도 부르게 되었다. 그 일이 있고 나서 나는 떡갈나무 아래서는 절대 오줌 누지 않았다. 떡갈나무 아래를 지날 때는 그냥 '안녕하세요?'하고 인사할 뿐 다른 말은 일절 하지 않는다.

인간은 귀가 그다지 밝지 않아서 나무가 하는 말을 알아듣지 못하지만, 어떤 동물은 알아듣는다. 얼마 전에 팔려 간 동출이네 숫염소만 해도 그랬다. 어느 날 그놈은 박 대장네 대장간 뒤에 있는 늙은 떡갈나무 밑에서 암놈 위에 올라타고 쌤을 붙다 말고 갑자기 성난 표정으로 씩씩거리며 떡갈나무를 뿔로 들이받았다. 그놈은 그 큰 떡갈나무를 기필코 쓰러뜨리고야 말겠다는 듯이 계속해서 들이받았다. 그걸 보고 있던 동출이 할아버지가 이렇게 말했다.

"허허, 저 늙은 떡갈나무가 쌤을 붙는 우리 염소한테 몹쓸 소릴 했구만."

    그리고 동출이 할아버지는 화난 숫염소를 가까스로 달래서 집으로 끌고 갔다. 그 뒤로도 동출이네 숫염소는 틈만 나면 달려가 그 늙은 떡갈나무를 들이받았다.

    물론 염소 중에는 부랑자처럼 예의 없는 염소도 없지 않다. 힘없는 노인이나 어린애를 보면 공연히 뿔로 들이받으려는 염소가 있긴 하다. 그러나 동출이네 숫염소는 결코 그런 몰지각한 염소가 아니다. 노인에게나 아이에게나 여자에게나 언제나 예의를 지켰다. 그런 반듯한 숫염소가 오직 박 대장네 대장간 뒤에 있는 그 늙은 떡갈나무만 보면 사생결단으로 달려들었다. 이렇게 되자 동출이네는 도저히 그 염소를 키울 수 없어 얼마 전에 팔아버렸다.

    떡갈나무는 사람 말을 알아들을 뿐 아니라, 말을 하는 게 분명하다. 그런데도 달섭이 누나는 만 오천 년이나 된 늙은 떡갈나무 아래서 그런 몹쓸 노래를 불렀다니, 정말 철이 없었다. 그래서 예로부터 영월 엄씨 딸들이 참하고 순하기는 하지만, 맹한 구석이 있다고들 했던 모양이다.

    그야 어쨌든, 그 일로 가장 자존심이 상한 사람은 달섭이 아버지였던 건 말할 필요도 없다. 애지중지 기른 딸의 보지를 하필이면 그 음탕한 떡갈나무가 보고 말았으니 그 심정이 어땠겠는가. 달섭이 어머니도 애달프기는 마찬가지였다. 그래서 딸의 머리를 쥐어뜯으며 통곡했다고 한다. 하지만 그런다고 돌이킬 수 있는 일이 아니었다.

    달섭이 아버지는 그 음탕한 늙은 떡갈나무를 베어버리려고 도끼를 들고 달려들었다. 그러나 달섭이 어머니가 말렸다. 그 떡갈나무가 서 있는 땅과 달섭이네 집터가 모두 태돌 영감 것이고, 따라서 그 떡갈

나쁜 떡갈나무, acrylic on canvas 65x53cm, 2021. ⓒ 하일지

나무 또한 태돌 영감 것이기 때문이다. 남의 땅에 서 있는 남의 나무가 남의 딸 보지를 보았다고 해서 함부로 베어버렸다가는 뒷감당하기 어려울 거라고 했다. 사정이 이러니 달섭이 아버지는 그 밉상스러운 떡 갈나무를 베어버릴 수도 없었다.

나는 이 말을 들으면서 달섭이 부모는 그래도 내 누나나 계모보다 백배 낫다고 생각했다. 떡갈나무가 딸의 보지를 보아버렸다고 이렇게 애달파하는데, 내 누나와 계모는 귀신을 보는 그 재수 없는 할멈의 손녀 박노마가 내 자지를 보아버렸지만 눈 하나 깜박하지 않았다.

달섭이 아버지와 어머니가 이렇게 애달파하고 있을 때 달섭이 할아버지의 생각은 좀 달랐다. 보리깜부기 칠해줄 사람도 없는 태돌 영감이 죽고 나면 그 많은 재산은 결국 늙은 떡갈나무한테 돌아갈 수밖에 없는데, 손녀가 그 떡갈나무한테 시집가면 하루 세 끼 밥걱정은 안 해도 된다는 것이다.

"그렇지만 태돌 영감이 떡갈나무한테 재산을 물려준다는 걸 어떻게 장담할 수 있어요?"

달섭이 아버지가 달섭이 할아버지에게 말했다.

"내가 태돌 영감한테서 직접 들었어. 죽고 나면 떡갈나무한테 모든 재산을 물려줄 거라고."

달섭이 할아버지가 말했다. 듣고 있던 달섭이 어머니가 믿을 수 없다는 투로 말했다.

"그 천하의 구두쇠가 자기 재산을 남한테 물려주겠어요?"

달섭이 할아버지는 며느리를 달래듯이 말했다.

"아무리 구두쇠라도 죽고 나면 어쩌겠니? 재산을 저승에 가져갈

늙은 떡갈나무한테 시집간 처녀, acrylic on canvas 72.5x60.5cm, 2021. ⓒ하일지

수는 없지 않겠니."

그러자 달섭이 어머니가 말했다.

"그렇지만 멀쩡한 태돌 영감이 언제 죽을 줄 알고 그래요?"

달섭이 할아버지가 대답했다.

"환갑 진갑 다 지나면 고려장이라던데, 환갑 진갑 다 지났으니 태돌 영감이 살면 또 얼마나 더 살겠어?"

이 말을 들은 달섭이 아버지는 버럭 역정을 내며 말했다.

"아버지, 태돌 영감이 올해에 몇 살인지나 아세요? 백두 살이에요. 그런데도 아직 정정해요. 사람들 말로는 이백 살은 살 거래요. 그런데도 그 영감 죽기를 기다려요?"

달섭이 할아버지는 차분한 목소리로 말했다.

"사람이 이백 년을 살 수는 없다. 그보다도 일단 태돌 영감을 만나보자. 자기 떡갈나무가 남의 양갓집 규수의 그것을 보아버렸으니 이 일을 어쩌면 좋을지 한번 물어나 보자."

이렇게 해서 달섭이 아버지 어머니 할아버지는 문필봉 밑에 외로서 있는 태돌 영감의 너와집을 찾아갔다.

이야기를 듣고 난 태돌 영감은 매우 흡족해서 허허 웃으며 말했다.

"자기들이 서로 좋아하는데 어떻게 말리겠나? 성례를 올려줌세. 내가 언제 죽을지 모르지만, 내가 죽고 나면 내 재산 일체를 떡갈나무한테 물려주기로 하겠네."

그러나 이 말만으로는 안심할 수 없었던 달섭이 아버지는 이장과 병근이 아버지 두 사람을 증인으로 세우고 태돌 영감이 했던 말을 다시 반복하게 했다. 그리고 덧붙여 태돌 영감은 떡갈나무와 새색시가 살 신혼집부터 지어야겠다고 했다.

떡갈나무한테 시집가던 날 달섭이 누나는 참 고왔다. 쪽두리에 연지 곤지까지 하고 보니 선녀 같았다. 그런 새각시를 보고 어른들은 이렇게 말했다.

"아이고 불쌍한 것!"

"그것도 제 팔자지."

그러나 동네 아주머니들은 이렇게 말했다.

"술 먹고 노름하고 바람피우는 남자보다야 돈 많은 떡갈나무가 백배 낫겠네."

그 후 아이들은 길을 가다가 떡갈나무를 보면 '저기 달섭이 사돈 계시네.'하고 말하곤 했는데, 그 말이 퍼져 오늘날에도 사람들은 떡갈나무를 '달섭이 사돈'이라고 부른다.

아기 장수의 형님 태돌 영감

늙은 떡갈나무한테 시집간 처녀 달섭이 누나 엄지영은 사람들이 염려했던 것과 달리 행복해 보였다. 태돌 영감은 떡갈나무와 새색시를 위해 떡갈나무 아래, 친정집과는 약간 돌아앉은 양지쪽에 기와집 한 채를 지어 살림을 내줬다.

그것은 날아갈 듯이 예쁜 기와집이었다. 그런 멋진 기와집은 남천에서는 말할 것도 없고 읍내에서도 찾아볼 수 없었기에 집을 구경하러 사방에서 사람들이 몰려들었다. 사려 깊은 태돌 영감은 수줍음 많은 새색시를 위해 그 집 둘레에 높은 담장을 쳐 사람들이 안을 들여다볼 수 없게 해줬다. 그뿐 아니라, 시집온 새색시가 친정이 그리울 때마다 언제든지 갈 수 있도록 달섭이네 집 쪽으로 비밀스러운 문까지 내줬다.

그 높은 담장에 둘러싸인 집에서 새색시는 아무 거리낌 없이 늙은 떡갈나무와 함께 마음껏 자지 보지를 서로 보여주며 지냈다. 새색시는 아침마다 발그스름한 얼굴에 수줍음 가득한 미소를 지으며 요강을 비웠다. 그리고 바지런히 하루를 시작했다. 뒤란에는 파초도 심고 수국도 심고 담장을 따라 능소화도 심었다. 그럴 때면 콧소리로 이런 노래를 불렀다.

남가 남가 떡갈남가
키가 큰 떡갈남가
이 남기 뉘 남기냐
둘러보니 내 남길세

장날이 되면 새색시는 연두색 저고리에 연한 자두색 옥양목 치맛자락을 나풀거리며 장에 갔다. 장에서는 꽃무늬가 찍혀 있는 코고무신, 나무에 물을 주기 위한 물뿌리개, 커다란 남자용 모시 적삼, 세숫비누, 치약, 동동 구리무, 고약, 홍화씨, 자반고등어, 찹쌀 모찌…… 따위를 샀다. 친정 동생인 달섭이를 장터에서 우연히 만나는 날이면 주먹만큼이나 큰 눈깔사탕을 사주기도 했다. 그 사탕이 얼마나 굵었으면 한쪽 뺨이 불룩 튀어나올 만큼 커다란 눈깔사탕을 입에 넣은 채 누나를 따라 멀골까지 시오리길을 가는 동안에도 절반도 녹지 않았다고, 달섭이는 자랑했다. 달섭이 누나가 그 값비싼 물건들을 그다지 망설이지도 않고 사고, 친정 동생에게는 그 굵은 눈깔사탕도 사 주고, 그 맛있는 찹쌀 모찌까지 사 먹을 수 있었던 건 태돌 영감이 상당한 돈을 미리 유산으로 떼어줬기 때문일 거라고, 사람들은 말했다.

은은한 분 냄새를 폴폴 풍기며 연한 자두색 옥양목 치맛자락을 나풀거리며 달섭이 누나가 집으로 돌아갈 때면 박수만을 비롯한 청년들이 굶주린 개 같은 표정으로 힐끔힐끔 그녀를 돌아보곤 했다. 그놈들도 지난 추석 공회당에서 공연된 연극 「한 많은 38선」에서 박수만과 함께 인민군으로 나왔다. 그놈들도 틀림없이 박수만처럼 멋을 내느라 시커먼 머리카락을 자지에 붙이고 다니겠지만, 그 예쁜 새색시는 그런 청년들에게는 눈길도 주지 않았다.

"떡갈나무 서방이 그렇게 좋아?"

빨래터의 아낙네들은 새색시에게 이렇게 묻기도 했다. 그런 물음에 새색시는 배시시 웃을 뿐 아무 대답도 하지 않았다. 남천에서는 아무도 쓰지 않는 그 비싼 세숫비누로 세수를 하고, 향기로운 치약으로 양치를 하고, 동동 구리무로 화장을 해서 그런지 새색시는 나날이 예뻐지고 있었다. 아낙네들은 그런 새색시를 놓아주지 않았다.

"누구한테 잘보이려고 그렇게 꾸며?"

아낙 하나가 물었다. 새색씨는 향기로운 치약으로 양치질한 눈부시게 흰 이빨을 살짝 드러내 보이며 다시 배시시 웃었다.

아낙들의 짓궂은 질문은 계속되었다. 잠자리는 어떻게 하느냐, 떡갈나무의 자지는 얼마나 크냐는 둥 질문을 끊임없이 쏟아냈다. 그러나 새색시는 말없이 배시시 웃을 뿐이었다. 그 알 수 없는 미소가 사람들을 미치게 하는 것 같았다.

그래서 그렇겠지만 삭망이 되면 아낙네들은 어둠 속으로 살금살금 걸어가 달섭이 누나네 담장에 귀를 대고 안에서 들리는 소리를 들으려고 애쓰곤 했다. 개중에는 궁금증을 참지 못해 그 높은 담을 타고 넘어가 문에 귀를 대고 안에서 들리는 소리를 엿듣는 아낙네도 있었다. 달 없는 밤에 야음을 틈타 남의 집 안에서 들리는 소리에 귀를 기울이는 여자들의 이런 병을 '삭망 병'이라고 하는데, 우리 남천에서는 그것을 '떡갈나무 댁 새색시 미소 병'이라고 부르기도 했다.

'떡갈나무 댁 새색시 미소 병'에 걸린 여자들은 흔히 온갖 거짓말로 터무니없는 헛소문을 퍼트리곤 했다. 가령, 늙은 떡갈나무한테 시집간 처녀의 집에 밤마다 태돌 영감이 드나든다고 수군댔다. 그 거짓말을 그럴싸하게 꾸미려고, 여자들은 어둠 속에서 '어흠! 어흠!'하는 헛기침 소리를 들었다는 말까지 덧붙였다. 그 소리가 나자 새색시는 버선발로 쫓아 나와 대문을 열어줬고, 뒷짐 진 태돌 영감이 집 안으로 들어서는 걸 보았다는, 제법 그럴싸한 이야기가 그런 것이었다. 그 밖에도 온갖 거짓말을 지어내 헛소문을 퍼트렸다. 그러니 마을이 온통 시끄러울 수밖에 없었다.

그러나 그것이 삭망 병에 걸린 여자들이 지어내는 거짓말이라는 걸, 남정네라면 누구나 알고 있었다. 새색시를 위해 기와집을 짓느라 동분서주했던 백두 살 태돌 영감은 집이 채 완성되기도 전에 무너지는 목재에 깔려 고관절이 부러져 몇 달째 문필봉 밑에 외로 서 있는 너와집에서 나오지도 못하고 있었으니 말이다. 그런 그가 자기 집에서 나와 오리 길이나 되는 삭망의 어둠 속을 걸어 새색시가 사는 멀골까지 뒷짐을 지고 갔다는 건 얼토당토않은 일이었으니 말이다. 게다가, 골절상으로 몇 달째 누워 지내는 태돌 영감을 위로하러 문필봉 밑 너와집에 찾아갔던 어른들이 전하는 말에 따르면, 태돌 영감은 죽기 전에 자기 떡갈나무와 떡갈나무한테 시집온 새색시가 사는 신혼집에 한번 가 보는 것이 소원이라고 했다고 한다.

아무 죄도 없는 백두 살 노인과 새색시를 두고 온갖 추문을 퍼트리는 떡갈나무 댁 새색시 미소 병에 걸린 아낙네들을 치료하는 가장 과학적인 방법을 가르쳐준 사람은 태화사 큰스님이었다. 스님이 일러준 처방에 따라 남정네들은 저마다 떡갈나무 몽둥이를 하나씩 해 들고 집으로 돌아갔다. 그리고 방문을 단단히 걸어 잠근 뒤 들고 온 떡갈나무 몽둥이로 마누라를 마구 두들겨 팼다. 패면서 이런 주문을 외웠다.

"야 이년아! 남이야 떡갈나무하고 살든 느티나무하고 살든 니가 왜 미쳐서 지랄이야?"

흠씬 두들겨 맞은 마누라는 남편 앞에 무릎을 꿇고 흐느껴 울면서 이렇게 말했다.

"에구머니나, 제가 잘못했어요. 한 번만 용서해주세요. 두 번 다시 떡갈나무 자지 따위는 생각하지 않을게요."

이렇게 호된 치료를 받고 나면 아낙네들의 떡갈나무 댁 새색시 미소 병은 씻은 듯이 나았다. 그래서 온달성을 지은 온달 장군도 부하들에게 이런 말을 하지 않았겠는가. 여자는 사흘에 한 번씩 두들겨 패야 나라가 바로 선다고 말이다.

그나저나 떡갈나무 댁 새색시 미소 병 치료법을 들으면서 나는 계모도 그 병에 걸리기를 은근히 기대했다. 그렇게 되면 아버지는 떡갈나무 몽둥이로 계모를 흠씬 두들겨 패줄 테니 말이다. 그러나 영악한 계모는 그 병에 걸리지 않았다. 아니, 어쩌면 그 병에 걸렸으면서도 짐짓 아무렇지 않은 척했을지도 모른다.

아낙네들은 그 병에 걸렸다 해도 치료하기가 간단했다. 떡갈나무 몽둥이로 좀 맞으면 곧 나았으니 말이다. 문제는 처녀들이었다. 은은한 분 냄새를 집안 가득 폴폴 풍기면서 옥양목 치맛자락을 나풀거리며 그 멋진 기와집에 사는 달섭이 누나가 부러웠던지, 처녀들은 너도나도 떡갈나무만 보면 달섭이 누나가 불렀다는 그 음탕한 노래를 불렀다. 그런데 그 떡갈나무들은 모두 귀머거리인지 처녀들이 부르는 노래에 아무런 대꾸도 하지 않았다. 기다리다 못한 처녀들은 부끄러운 줄도 모르고 떡갈나무 앞에 자기 치마를 걷어 올리곤 했다. 그래도 아무 반응이 없으면 처녀들은 무심한 떡갈나무를 붙들고 통곡하는 등 실성한 반응을 나타내기도 했다.

그 요상한 병에 걸린 처녀들의 아버지 중에는 떡갈나무 댁 새색시 미소 병 치료에 쓰던 몽둥이로 딸을 흠씬 두들겨 패는 사람도 있었다. 그러나 별 효험이 없었다. 근심에 찬 남정네들은 다시 태화사에 찾아갈 수밖에 없었다.

큰스님에 따르면, 처녀들의 이런 병을 '떡갈나무 상사병'이라고 하는데, 그냥 방치하면 황달이 오고 심하면 당달봉사가 될 수도 있었다. 그 병을 낫게 하려면 떡갈나무로 자지를 다듬어주면 된다고 했다. 그 말을 들은 아버지들은 떡갈나무 상사병에 걸린 딸을 위해 떡갈나무를 깎아 커다란 자지를 만들어줬다. 남천에서는 그것을 '떡갈나무 자지'라고 하는데, 저승에 못 가고 이승을 떠도는 처녀 귀신의 천도재에도 쓰인다.

나는 혹시 누나도 그 병에 걸렸을까 봐 걱정되었다. 그러나 공복에 금계랍을 세 알이나 먹고 실성한 적이 있는 누나는 떡갈나무 따위에는 아무런 관심도 없는 것 같았다. 누나는 달섭이 누나가 불렀다는 그 음탕한 노래가 아니라 '산 너머 남촌에는 누가 살길래'만 주야장천 불렀다. 떡갈나무 상사병을 예방하는 데는 금계랍이 좋다는 게 내 생각이다.

훗날 사람들은 이런 추측을 했다. 만 오천 년 된 떡갈나무 신령이 밤마다 사람으로 현신해서 달섭이 누나와 함께 잘 거라고 말이다. 달섭이 누나가 장터에서 커다란 남자 모시 적삼을 산 것도 사람으로 현신한 떡갈나무 신령에게 입히기 위해서일 거라고 했다. 그렇지 않고서야 그 높은 담장에 둘러싸인 기와집에서 혼자 사는 그녀의 얼굴에 나날이 화색이 돌고, 행복한 미소가 가득하지는 않을 거라고 했다.

그건 그렇고, 나는 태돌 영감에 대한 이야기를 좀 하지 않을 수 없다. 그렇게 하지 않는다면 사람들이 미신에 빠져 아기 장수에 대한 과학적이지 않은 생각에 사로잡힐 수 있으니 말이다.

태돌 영감이 늙은 떡갈나무한테 시집올 달섭이 누나를 위해 기와집 짓는 공사를 한창 벌일 때였다. 태돌 영감은 그 집을 짓는 데 의풍에서 대목을 불러오고 영월에서 소목을 불러왔다. 온달 동굴에서 흘러나오는 엄청난 물의 힘으로 물레를 돌리는 제재소에서는 밤낮없이 목재를 깎아 우차로 실어 날랐고, 어상천 기와 공장에서는 트럭으로 기와를 실어 왔다. 그렇게 달섭이네 집 뒤편 거대한 떡갈나무 아래서는 봄한철 대대적인 공사판이 벌어졌다. 학교가 쉬는 날이면 동출이와 나는 대목과 소목이 일하는 모습을 구경하러 멀골까지 가기도 했다.

그러던 어느 날이었다. 영월에서 온 소목장이가 이런 말을 했다.

"암튼 오래 살고 볼 일이여. 떡갈나무도 오래 사니 이렇게 멋진 신혼집을 짓고 예쁜 색시 얻어 장가가잖아."

그는 의풍에서 온 대목보다 열 살쯤 나이가 많아 보이지만, 작은진 영감처럼 싹싹하고 말이 많은 사람이었다. 그에 비하면 의풍에서 온 대목은 비록 나이는 많지 않지만, 입이 무겁기가 꼭 큰 진 영감 같았다.

"오래 산다고 다 장가가남?"

구경하고 있던 동호 할아버지가 불쑥 말했다. 그러면서 곁에 섰던 태돌 영감 쪽을 돌아보았다. 그러자 갑자기 분위기가 좀 어색해졌다.

남천에서 가장 오래 산 사람인 태돌 영감은 장가가지 못했으니 말이다. 타지에서 와 눈치 없는 소목장이는 태돌 영감에게 물었다.

"그런데 영감님은 대체 연세가 몇이신데 아직 장가를 못 가셨습니까?"

좌중의 사람들은 긴장된 표정으로 태돌 영감을 돌아보았다. 남천 사람이라면 누구도 노인에게 그런 당돌한 질문을 던지지는 않으니 말이다. 그러나 태돌 영감은 의외로 서글서글한 표정으로 대답했다.

"아기 장수보다 다섯 살 위지."

이 뜻밖의 대답에 소목장이는 어안이 벙벙한 표정을 하고 있었다. 그러나 입이 무거운 대목은 목재 위에 길고 짧은 먹줄을 튕기고, 끌과 자귀로 홈을 파는 등 자기 일에만 골몰하고 있었다. 거대한 떡갈나무 어딘가에 깃들어 사는 부엉이가 푸드덕 날갯짓 소리를 냈다.

"아기 장수보다 나이가 많다면, 백 살이 넘었다는 건가요?"

소목장이가 물었다. 그의 이 말에는 대답도 하지 않고 태돌 영감은 말했다.

"내가 다섯 살 되던 해 동생이 태어났지. 동생의 겨드랑이에는 날개가 돋아 있어서 태어나자마자 천장으로 날아올랐지. 탯줄을 잘라야 하는데 어른들은 당황해서 어쩔 줄 몰랐어. 내가 달려나가 낫을 들고 와 탯줄을 잘라줬지. 그러자 동생은 내게 말했어. '고맙습니다, 형님. 이걸 받으시오.' 갓 태어난 동생이 말을 했고 왼손 가득 씨앗을 움켜쥐고 있었어. 나는 좀 무서웠지만 두 손을 내밀어 동생이 주는 씨앗을 받아들었어. 그러자 동생이 말했어. '형님, 이걸 온 세상에 뿌리시오.' 나는 그걸 받아들고 밖으로 나가 여기저기 땅에 뿌렸지. 그것이 퍼져나가 지천에 풀이 돋아났는데, 훗날에야 알았지만 그게 바로 질경이야. 질경이 종자를 세상에 가져온 사람이 내 동생이었고, 그걸 퍼트린 사람은 바로 나였지."

"질경이 씨앗을 뭐에 쓰게?"

동호 할아버지가 물었다.

"그건 나도 모르지. 동생이 변고를 당해 그렇게 죽지만 않았다면 그것은 동생을 따르는 군사가 되었겠지. 동생이 죽자 그것은 한갓 질경이 풀이 되고 말았겠지."

태돌 영감의 이 말을 듣고서야 나는 왜 사람들이 질경이 풀을 '아기 장수 풀'이라고 부르는지 비로소 알게 되었다. 나는 밀려드는 감동과 기쁨으로 태돌 영감의 말에 귀를 기울이고 있었다. 그러나 영월에서 온 떠버리 소목장이는 잘 알지도 못하면서 이렇게 말했다.

"그럼, 영감님은 본래 영월 사람입니까? 아기 장수는 영월 직동마을 사람이라고 들었는데……"

그러자 동호 할아버지가 단호한 표정으로 반박했다.

"아니여. 아기 장수는 본래 남천 사람이여. 남천 물부리에서 태어났어. 지금도 물부리에 가 보면 장수 바위가 있어. 거기가 바로 태돌 영감이 옛날에 살았던 물부리 집 뒤란이었어. 그 바위 밑에서 아기 장수가 죽었던 거야."

소목장이와 동호 할아버지의 이 대화를 들으면서 나는, 확실히 영월 사람들은 미신에 빠져 있다는 걸 다시 한번 확인할 수 있었다. 아무런 근거도 대지 않고 아기 장수가 영월 직동에서 태어났다고 하니 말이다. 거기에 비하면 동호 할아버지는 물부리에 아직도 장수 바위가 있다는 근거를 대면서 아기 장수의 출생지가 남천 물부리라고 하지 않는가? 그 재수 없는 박노마의 할머니가 어릴 때 삼눈에 걸려 까마귀 눈알을 먹었던 것만 해도 그렇다. 모든 미신은 영월 쪽에서 온 것이 틀림없다. 왜냐하면 박노마의 할머니는 어릴 때 영월 상동에 살았다고 하니 말이다.

태돌 영감은 그러나 소목장이와 동호 할아버지 사이의 이런 대화는 무시한 채 자기 이야기를 계속했다.

"동생이 시키는 대로 씨앗을 모두 뿌리고 돌아오면서 보니 내 손바닥에는 질경이 씨앗 몇 알이 묻어 있었어. 나는 그것을 핥아먹었지. 그걸 먹었기 때문에 나는 여태껏 죽지 않고 살아 있는 거여."

듣고 있던 동호 할아버지는 고개를 끄덕이며 중얼거렸다.

"태돌 영감은 이백 살은 거뜬히 살 거여."

의풍에서 온 대목장이는 여전히 목재 위에 먹줄을 튕기고 끌질을 하는 등 자기 일에만 골몰하고 있었다.

"그렇게 오래 사셨으면서도 영감님은 왜 여태 장가도 못 가 보리 깜부기 칠해줄 사람도 없게 되었나요?"

다시 소목장이가 물었다. 백두 살이나 된 노인에게 이런 예의 없는 질문을 한다니, 영월 사람들은 버릇도 없었다. 단종의 시신을 거두어 장릉에다 묻어준 엄흥도 어른이 아니었다면, 누구라서 영월 사람을 쳐줬겠는가. 그러나 사람 좋은 태돌 영감은 그런 것에는 아랑곳하지 않고 말했다.

"아버지와 어머니의 신고를 받은 관군이 물부리 우리 집으로 새까맣게 몰려오고 있을 때 나는 울면서 소리쳤지. 지 새끼 죽이라고 관군을 부르는 애비 에미가 세상에 어디 있느냐고. 관군들은 뒤란으로 몰려가 동생이 숨어 있는 바위를 들어올렸고, 하늘에서는 동생을 기다리던 용마가 비명을 지르면서 떨어져 바위에 부딪혀 죽었지. 그때부터 나는 절대 자식을 낳지 않겠다고 다짐했지.”

태돌 영감이 한 이 말을 두고 생각해보면, 동생을 잃고 한 많은 세월을 살아온 이 불쌍한 노인을 두고 온갖 괴소문을 퍼트렸던 아낙들이 떡갈나무 몽둥이찜질을 당하는 것도 당연한 일이었다.

그때 의풍에서 온 대목장이는 근 한 시간 동안 먹줄을 튕기고, 대패질하고, 끌질했던 기다란 두 개의 목재를 하나로 연결하려고 애쓰고 있었다. 그런데, 암나무와 수나무를 연결하려고 파놓은 홈이 너무나 복잡하고 오묘해서 하나로 연결하기는 도무지 불가능해 보였다. 그런데도 대목은 그 무거운 두 개의 목재를 꿰맞추느라 이리저리 굴리기도 하고, 망치로 여기저기를 툭툭 치기도 하면서 혼자 애쓰고 있었다. 그런 그를 굽어보고 있던 동호 할아버지가 말했다.

“그걸 꿰맞추려고 하는가요? 그건 안 되겠소. 홈이 이렇게 복잡해서야 원······”

처음에 대목은 아무 대꾸도 하지 않고 목재를 꿰맞추는 데만 열중하고 있었다. 내가 봐도 그것은 불가능한 일 같았다.

“아무래도 한나절 헛수고한 것 같소. 그건 버려두고 다른 일을 하는 게 낫겠소.”

다시 동호 할아버지가 말했다. 그러자 대목은 갑자기 허리를 펴고 벌떡 일어나며 동호 할아버지를 향해 소리쳤다.

“이놈의 영감탱이가 뭘 안다고 씨부려? 한 번만 더 그따위 소리

하면 마빡을 까버릴 거다.”

한 손에 망치를 든 젊은 대목이 이렇게 소리치자 동호 할아버지는 무안해져서 입을 다물었다.

“이리 와서 이거나 이쪽으로 좀 굴려주소.”

대목은 소목장이를 향해 말했다. 소목장이는 대목이 시키는 목재를 굴리면서도 말했다.

“이게 어떻게 꿰맞춰지겠소? 떡갈나무와 처녀가 합궁하기보다 더 어렵겠소.”

바로 그 순간 대목은 몽둥이 하나를 집어 들고 소목장이의 머리를 후려쳤다. 얼마나 세게 쳤던지 ‘퍽!’하는 소리가 났다. 그와 동시에 ‘뻑!’하는 소리와 함께 두 개의 긴 목재가 거짓말처럼 하나로 연결되었다. 둘러서서 보고 있던 사람들은 모두 어안이 벙벙한 표정을 짓고 있었고, 떡갈나무 위 어딘가에 깃들어 사는 부엉이가 다시 푸드덕 소리를 냈다. 사람들의 그런 표정은 아랑곳하지 않고 대목은 꿰맞춘 목재의 이음매에 쐐기를 박아 단단하게 고정했다. 그리고 이음매에 가볍게 대패질을 했다. 두 목재에 난 나이테까지 맞물려 이어져서 얼핏 봐서는 본래 하나의 긴 목재처럼 보였다. 나중에 옻칠까지 하게 되면 그것이 두 개의 나무를 이어 붙였다는 걸 맨눈으로는 알아내지 못할 것 같았다.

일을 마친 대목은 돋보기로 햇살을 모아 궐련에 담뱃불을 붙였다. 그리고 천천히 피웠다. 백두 살 먹은 태돌 영감과 팔십을 바라보는 동호 할아버지와 자기보다 열 살이나 많을 영월에서 온 소목장 앞이었지만, 이제 갓 마흔을 넘겼을 대목은 그런 것에는 아랑곳하지 않고, 자기 궐련을 천천히 피웠다. 공연히 나섰다가 면박만 당한 동호 할아버지나 헛소리를 지껄였다가 마빡을 얻어맞은 영월에서 온 소목장이는 좌불안석이 되었다. 흐뭇한 표정으로 지켜보던 태돌 영감만이 미소 가득한 얼굴로 말했다.

"나는 자식 낳기를 포기했으니 이 떡갈나무를 아들로 여기고 살았지. 이 아들한테 재산을 넉넉히 물려주려고 밤낮 가리지 않고 일했어. 그래서 남천 일대는 말할 것도 없고, 상리 하리와 동대리 심지어 의풍까지 땅이란 땅은 모조리 사들였지. 이 나무를 위해 평생 살았는데, 이 떡갈나무가 이제 참한 색시를 만나 장가가게 되었으니 나는 이제 여한이 없네."

그런 태돌 영감은 며칠 뒤 고관절이 부러져 완성된 집도 보지 못했고, 떡갈나무와 달섭이 누나의 성례에도 오지 못했다. 그래도 며느리라고 할 수 있는 달섭이 누나의 지극정성 보살핌 덕분에 여름이 다 가기 전에 지팡이에 의지해 집을 나설 수 있었고, 곡식이 누렇게 익어가는 가을이 되자 그토록 가 보고 싶었던 떡갈나무와 새색시의 신혼집에 들를 수 있었다.

사람들은 고관절이 부러진 태돌 영감이 다시 일어설 수 있었던 건 달섭이 누나가 장날마다 장에 가서 산 홍화씨 덕분이라고 했다. 홍화씨로 짠 기름을 조석으로 마시면 부러진 뼈를 쉽게 이을 수 있다고 믿었던 것이다. 그러나 나는 그들의 믿음에 전적으로 동의하지는 않는다. 그보다는 백두 살이나 먹은 노인이 그 절망적인 골절상을 딛고 일어설 수 있었던 건 어릴 적 아기 장수한테서 받은 질경이 씨앗 몇 톨을 먹은 덕이라고 생각한다.

큰 진 영감네 밤나무와
작은 진 영감네 대추나무

사람들이 내 계모를 아주 재수 없는 사람으로 여기는 것 같지는 않았다. 그래서인지 사람들은 우리 집에 자주 놀러 왔고, 계모도 그들과 두루 친하게 지내는 편이었다. 특히, 우리가 이곳에 정착한 이듬해 계모는 개울 건너 윗마을에 사는 큰 진 노인과 수양을 맺어 수양딸이 되었다. 계모도 성이 진씨라는 걸 안 동네 아주머니들이 농담 삼아 수양 맺으라고 했던 것이 계기가 되어 정말 그렇게 되었다. 칠칠치 못한 계모는 오지랖도 넓었다.

진씨 할아범과 할멈은 딸네 집에 온다고 종종 우리 집에 들르곤 했다. 그럴 때면 계모는 나와 누나에게 진씨 할아범과 할멈을 '외할아버지, 외할머니'라고 부르라고 했다. 누나는 천연덕스럽게 그렇게 불렀지만, 나는 차마 그럴 수 없어 그냥 '할아버지, 할머니'라고 했다. 내 진짜 어머니는 진씨가 아니라 한씨였기 때문이다. 어머니도 가짜인데 외가까지 가짜 외가를 갖고 싶지는 않았다. 아버지는 좀 민망해하는 표정을 지었지만, 어쩔 수 없다고 생각했던지 아주 드물게 '장인, 장모'라고 부르기도 했다.

진 영감과 할멈은 내 이복동생들에게는 물론이고 나와 누나에게도 진짜 외손주에게 하듯이 정을 냈다. 내가 학교에 갔다가 돌아오는 길목에서 기다렸다가 자기 집으로 데려가 저녁밥을 먹여 보내기도 했다.

진 영감네 저녁밥은 진짜 맛있었다. 그 집 밥보다 더 맛있는 밥은 세상에 없을 것이다. 멀건 조죽 한 그릇으로 저녁을 때우는 내게는 입쌀에 차좁쌀을 섞어 지은 진 영감네 저녁밥은 최고였다. 입쌀은 달았고, 좁쌀은 고소했다. 하얀 이밥에 섞인 금빛 차좁쌀은 금광 속 금맥 같았다. 금맥을 파고들어 가듯이 나는 밥을 퍼 입안으로 밀어 넣었다.

내가 정신없이 밥을 먹는 동안 진 영감과 할멈은 그런 내 모습을 흐뭇해하는 표정으로 바라보곤 했다. 그러던 할멈은 문득 생각났다는 듯이 벽장문을 열어, 지금은 멀리 외지로 나가고 소식이 없는 진짜 손자가 옛날에 입었던 교복이나 외투를 꺼냈다. 그리고 내가 밥을 다 먹을 때까지 기다렸다가 내게 입혀줬다. 또 벽장 깊은 곳에 감춰두었던, 손자의 학용품을 꺼내 내게 주기도 했다. 심지어는 가을 운동회 날이 되면 나와 내 이복동생이 달리기하는 모습을 보려고 아침부터 운동장 가에 자리를 잡고 온종일 뙤약볕에 앉아 기다리기도 했다. 국민학교 2학년이었던 내 이복동생은 소풍 가는 데까지 삶은 고구마와 옥수수를 싸 들고 따라왔다고 투덜거렸다. 젊은 어머니나 누나라면 몰라도 지팡이를 짚은 폭삭 늙은 두 노인이 따라왔으니 이복동생도 동무들 보기에 부끄러웠을 것이다.

진 영감과 할멈은 어쩌다 내가 그 집에서 자게 되면 무척 좋아했다. 가령, 학교에서 공부하는 동안 큰비가 내려 개울이 넘치면 집으로 건너갈 수 없었다. 그런 날에는 누나가 개울 건너편에 서서 행여 내가 그 무서운 물살을 헤치고 개울을 건너려 들까 봐 걱정되는지 뭐라고 소리치며 마구 손을 저어대곤 했다. 시끄러운 물소리 때문에 누나가 하는 말을 들을 수는 없지만, '건너올 생각 말고 진 영감네 집에서 자라' 는 뜻이었다. 그래서 나는 어쩔 수 없이 진 영감네 집에서 자곤 했다.

그러나 나는 그 집에서 자는 걸 좋아하지 않았다. 왜냐하면 한 겨울에도 땀이 날 만큼 방이 너무 더웠기 때문이다. 진흙으로 집을 지었기 때문에 외풍이라곤 없는 데다가 얼마나 군불을 많이 넣었는지 담배 곳간처럼 더웠다. 그러다 보니 방 한편에는 한겨울에도 고구마 순이 무성한 찔레 덩굴처럼 뻗어나가고 있었다. 그 방에 누워 있으면 내가 잠든 사이에 저 무서운 고구마 덩굴이 뱀처럼 내 몸을 휘감을지도 모른다는 생각에 불알이 오그라들었다.

그러나 그보다 더 무서운 것은 커다란 검은 고양이였다. 그 고양이는 정말이지 송아지만큼 컸다. 아니, 커다란 호랑이만 할 것이다. 그 고양이는 나이가 틀림없이 삼백 살은 되었을 것이다. 할머니가 '나비야!'하고 부르면 그 큰 고양이는 할머니 무릎에 얼굴을 비벼대며 아양을 떨었다. 삼백 살 된 늙은 고양이가 그렇게 아양 떠는 걸 보면 진 영감과 할멈은 적어도 사백이나 오백 살쯤 되었을 것이다.

그런데 그 늙은 고양이는 내가 그 집에 가면 나를 빤히 노려보았다. 내가 진씨 할아버지 할머니의 진짜 외손자가 아니라는 걸 빤히 알고 있다는 표정을 짓고 있었다. 그래서 그 고양이가 나를 노려볼 때만은 일부러라도 '외할아버지!', '외할머니!'하고 큰 소리로 불렀다. 그러나 내가 진 씨 할아버지네 집에서 진짜 무서워하는 것은 그 무성한 고구마 넝쿨도 거대한 검은 고양이도 아니었다. 그것은 그 집 뒤란에 서 있는 거대한 밤나무였다.

그 나무는 정말 크다. 열 명의 어른이 팔을 벌려도 그 둘레를 다 잴

수 없었다고 하니, 달섭이 누나한테 장가간 떡갈나무에 버금가는 나무였다. 밤에 오줌이 마려워 밖에 나가 보면 그 거대한 검은 나무는 집을 통째로 삼켜버릴 듯이 팔을 벌리고 서 있었다. 그 모습이 거대한 마왕 같아서 나는 오줌도 제대로 누지 못하고 바지에 질질 흘리면서 방 안으로 달려들어 가곤 했다.

그 거대한 밤나무에 꽃이 피는 계절에는 밤꽃 향기가 멀리 단양이나 영월까지 퍼져나갔다. 진 영감네 밤나무가 꽃 향기를 풍기는 밤이면 어른들은 히죽히죽 웃으면서 알 수 없는 말을 하곤 했다.

"오늘 밤에는 또 청상과부 하나가 북벽에서 뛰어내리겠네."

그 큰 밤나무 덕분에 해마다 가을이면 우리는 굵고 실한 밤을 얻어먹을 수 있었다. 그러나 나는 그 밤나무가 무서워진 진 영감네 뒤란에는 절대 가지 않았다. 그 밤나무 둥지에 난 구멍 속에는 백년 묵은 붉은 구렁이가 살고 있었기 때문이다.

물론 나는 그 뱀을 직접 본 적은 없다. 하지만 그것을 보았다는 사람은 많다. 박달 영감네 할머니도 동출이 할아버지도 기염이 외할아버지도 그것을 보았다고 한다. 심지어 누나도 그것을 보았다.

본 사람들의 말에 따르면, 그것은 정말 거대한 뱀이었다. 굵기는 몇 아름이 되고, 길이는 적어도 십 리는 될 거라고 했다. 만약 그 뱀이 마음만 먹는다면 사람은 말할 것도 없고, 커다란 황소도 한입에 삼킬 거라고 했다. 그러나 사람이나 가축을 잡아먹은 적은 없다고 하니 그나마 다행이었다.

그 커다란 뱀이 도사리고 있으니 아이들뿐 아니라 어른들도 큰 진 영감네 집 쪽으로는 얼씬도 하지 않았다. 가을이 되면 그 집 뒤란에 굵

큰 진 영감네 밤나무, acrylic on canvas 72.5x60.5cm, 2021. ⓒ 하일지

고 실한 알밤이 지천으로 널렸지만, 누구 한 사람 주워 가는 사람이 없었다. 그러다 보니 큰 진 영감네 집에는 우리 식구를 제외하면 찾아가는 사람이 거의 없었다.

진 씨 영감네 집에서 자는 날 밤에 나는 절대 오줌을 싸지 않았다. 그 무성한 고구만 덩굴과 커다란 검은 고양이와 뒤란에 서 있는 거대한 밤나무와 그 밤나무에 사는 큰 뱀이 너무 무서웠기 때문이다.

진 영감과 할멈은 예수쟁이였다. 그래서 더욱 재수없었다. 그러나 얼마 뒤에는 천주교라는 것이 새로 들어왔고, 천주교당에 가면 강냉이 가루를 공짜로 준다는 말을 듣고 그쪽으로 옮겼다.

그런데 우리 마을에는 큰 진 영감만 사는 건 아니었다. 아랫마을에는 작은 진 영감도 살았다. 큰 진 영감과 작은 진 영감은 친형제인데 언제 무슨 일 때문이었는지는 모르지만 서로 원수가 되어 수십 년째 내왕은커녕, 길에서 만나도 서로 못 본 척하고 지나쳤다.

자기 친형과는 철천지원수가 되어 수십 년째 말도 섞지 않으면서, 윗마을 큰 진 영감네와 우리 집이 수양을 맺었다는 소문이 마을에 퍼지자 그 소식을 들은 아랫마을 작은 진 영감네 할아범과 할멈도 어느 날 대추 한 되와 감자 한 포대를 지고 우리 집에 찾아왔다. 계모와 아버지가 이제 조카딸, 조카사위가 되었으니 모른 척할 수 없다고 생각한 것 같았다. 이렇게 해서 졸지에 아랫마을 작은 진 영감네 할아범과 할멈은 계모의 작은아버지, 작은어머니가 되었고, 우리의 작은외할아버지, 작은외할머니가 되었다.

아랫마을 작은 진 영감은 윗마을 큰 진 영감과는 달리 아주 싹싹한 노인이었다. 잔정도 많아서 우리가 가면 뭐든 줄 것이 없나 하고 집

안을 둘러보다가 장독대 가에 서 있는 앵두나무에서 한 움큼씩 앵두를 따주기도 하고, 조록조록 고욤이 달린 고욤나무 가지를 낫으로 잘라 주기도 했다. 또, 배가 부른 계모를 위해 늙은 살구나무에서 딴 살구를 한 광주리씩 보내주기도 했다.

작은 진 영감과 할멈은 예수쟁이가 아니어서 그다지 재수없지는 않았다. 그런데 작은 진 영감의 할머니는 박속 먹은 귀머거리였다. 어릴 때 먹을 것이 없어 박속을 먹었는데 그때부터 아무것도 들을 수 없게 되었다고 한다. 인민군이 쳐들어와 콩 볶듯이 따발총을 쏘아댈 때도 작은 진 영감의 할머니는 그 뙤약볕 속에 혼자 쪼그리고 앉아 이랑이 긴 조밭을 온종일 매고 있었다. 밭 뒤쪽 참나무 숲에 몸을 숨기고 있던 인민군들도 그런 할머니가 존경스러웠던지 산에서 캔 실한 더덕 몇 뿌리를 주고 갔다는 말도 들렸다.

'박속 먹은 귀머거리'라는 말도 있는데, 아무리 먹을 것이 없기로서니 박속을 먹었다니…… 차라리 지렁이를 먹었다면 그런 일은 없었을 것이다. 작은 진 영감네 귀머거리 할머니가 영월 삼옥에서 시집왔다고 들었는데, 모르긴 해도 영월 엄씨일 가능성이 크다. 그렇지 않고서야 박속을 먹을 만큼 맹하지는 않을 테니까 말이다.

그렇게 완전한 귀머거리였지만, 작은 진 영감과 대화하는 데는 별 지장이 없는 것 같았다. 이랑이 긴 조밭을 맬 때 보면 두 노인은 나란히 쪼그리고 앉아 끊임없이 도란도란 이야기를 주고받으며 밭을 맸다.

그런데 작은 진 영감의 귀머거리 할머니는 특히 내 누나를 좋아했다. 완전한 귀머거리여서 작은 진 영감을 제외한 세상의 어떤 사람과도 대화할 수 없었던 작은 진 영감의 할머니는 이상하게도 내 누나와는 별 어려움 없이 도란도란 대화할 수 있었다.

계모도 귀머거리 할머니와 대화하는 누나를 신통하다고 생각했다. 누나는 자기만의 비법을 이렇게 설명하곤 했다.

"입을 보면서 이야기하는 거야. 말할 때 입 모양만 똑똑히 하면 알아들어."

그러나 나는 그것이 거짓말이라는 걸 알고 있었다. 따발총 소리도 듣지 못한 작은 진 영감의 귀머거리 할머니와 대화하는 신통력이 누나에게 생긴 건 금계랍 세 알을 한꺼번에 먹었기 때문이다.

그런데 작은 진 영감네 뒤란에는 거대한 대추나무 한 그루가 서 있다. 달섭이 누나한테 장가간 멀골의 떡갈나무나 거대한 구렁이가 사는 윗마을 큰 진 영감네 밤나무만큼 오래된 나무는 아니겠지만 그래도 오천 년은 실히 된 나무일 것이다.

그 대추나무에는 한동안 대추가 달리지 않았다고 한다. 너무 늙은 나무였기 때문이다. 그러던 어느 해 여름 그 대추나무는 벼락을 맞아 거대한 불길에 휩싸였다고 한다. 그 불길은 무려 사십구 일 동안 꺼지지 않고 타올랐으니 사람들은 무서워서 감히 범접할 수 없었을 것이다. 사십구 일 만에 불길이 멎은 것도 때마침 탁발을 왔던 태화사 중 한 사람이 사흘 밤낮으로 목탁을 두드리며 염불한 덕분이라고 했다. 검게 탄 거대한 대추나무를 올려다보면서 이제 대추나무는 죽었다고 생각했다고 한다.

오천 년 된 대추나무가 벼락을 맞아 죽었다는 소문은 충주, 청주, 서울을 거쳐 바다 건너 동경에까지 퍼졌다. 그리고 수많은 사람이 검게 탄 대추나무를 사러 몰려들었다. 벼락 맞아 죽은 대추나무로 도장

작은 진 영감네 대추나무, acrylic on canvas 72.5x60.5cm, 2021. © 하일지

을 만들면 행운이 온다는 미신을 믿었기 때문이다.

사람들이 그 먼 길을 왔으니, 마음이 여리고 잔정이 많은 작은 진 영감이라면 막걸리 한 사발에 능히 대추나무를 통째로 베어 주고도 남았을 것이다. 그러나 그는 그렇게 할 수 없었다. 열세 살에 갓 시집온 작은 진 영감의 귀머거리 할멈이 한사코 반대했기 때문이다. 그 어린 색시가, 만약 대추나무를 베어버리면 북벽에서 뛰어내리겠다고까지 했으니, 당시 갓 스물이었던 마음 여린 작은 진 영감은 어쩔 도리가 없었을 것이다.

그 후 3년 뒤에 놀라운 일이 일어났다. 죽은 줄로만 알았던 검은 숯덩어리에서 새순이 돋아났다. 그리고 불과 몇 년 뒤에는 새로 자라난 가지에 엄청나게 많은 대추가 주저리주저리 달리기 시작했다. 그래서 오늘날에도 사람들은 올망졸망 아이를 많이 낳은 집을 두고 '작은 진 영감네 대추나무'라고 부르는 것이다.

대추나무에서 대추가 열리면서 작은 진 영감네 돌담은 가을마다 무너졌다. 그 달콤한 대추를 따 먹으려고 남천은 물론이고 상리, 하리, 백자리 심지어 강 건너 멀리 오사리에서 몰려온 아이들이 밤낮없이 진 영감네 돌담을 넘나들었기 때문이다. 그러나 박속 먹은 귀머거리 작은 진 영감의 할머니는 뒷문 너머 돌담 무너지는 소리는 듣지 못했다. 물론 작은 진 영감이야 들었겠지만 사람 좋은 그는 듣고도 못 들은 척했을 것이다. 겨울이 가고 봄이 오면 작은 진 영감은 무너진 돌담을 다시 쌓았으니, 오늘날까지 '작은 진 영감 돌담 쌓듯 한다'라는 말이 있게 된 것이다. 이 말은 '그다지 소용없는 일을 되풀이하여 한다'는 뜻이다.

그런데 윗마을 큰 진 영감의 친인척은 아랫마을 작은 진 영감만 있는 것이 아니었다. 보발리, 백자리, 오사리, 느릅실, 군간나루, 심지어는 영월, 황지, 정선에도 있었다. 그 많은 진 영감의 친인척이 소식을 듣고 아버지와 계모에게 인사하러 수시로 우리 집에 몰려왔다. 세상에 진씨가 그렇게 많다는 사실에 나는 진저리가 났다. 특히, 보발리에 모여 사는 진 영감의 또 다른 동생과 그 자식들은 집에 맛있는 음식이라도 했다 하면 그걸 싸 들고 이십 리 길을 걸어 우리 집에 갖다주기도 했다. 일가친척 하나 없는 타향에서 그 사람들이 그렇게 정을 내니 고맙지 않으냐고 계모는 변명하듯 말했지만, 아버지는 좀 부담스러워하는 눈치였다. 아무래도 계모가 일을 너무 크게 벌였다는 생각이 들었다. 내 진짜 엄마가 살았더라면 그런 주책없는 짓을 해서 아버지에게 부담을 주지는 않았을 것이다.

　나는 큰 진 영감네 밤나무에 달린 밤과 작은 진 영감네 대추나무에 달린 대추를 좋아했다. 그러나 누나는 그 맛있는 밤과 대추에 별 관심 없어 보였다. 그보다 누나는 노래를 좋아했다. 그래서 나는 참 힘들었다.

산 너머 남촌에는 누가 살길래

어디서 듣고 왔는지 누나는 이런 노래를 부르곤 했다.

산 너머 남촌에는
누가 살길래
해마다 봄바람이 남으로 오나

나쁜 노래 같지는 않았다. 문제는 누나가 이 노래를 너무 좋아한
다는 것이었다. 이복동생을 업어 재우면서, 개울가에 앉아 나물을 다
듬으면서, 산전에 가 일하는 아버지와 계모에게 점심밥을 날라다 주려
고 산기슭을 오르면서…… 시도 때도 없이 이 노래를 되풀이해서 불렀
다. 심지어는 아궁이에서 불이 기어 나오는 것도 잊은 채 아궁이 앞에
쪼그려 앉아 이 노래를 부르다가 계모에게 등짝을 얻어맞기도 했다.

누나가 이 노래를 부르는 걸 아버지도 못마땅하게 생각하는 것 같
았다. 그래서 그랬겠지만, 한번은 혼잣말처럼 이렇게 중얼거렸다.

"아침부터 청승맞게 창가나 부르고……"

지난해 금계랍을 세 알이나 먹어버렸던 것도 이 노래를 부르느라
정신이 팔렸기 때문이었을 것이다. 그래서 나는 노래라는 것이 여자들
에게 위험할 수 있다고 생각했다.

나는 개미와 배짱이 이야기를 누나에게 들려줬다. 여름 내내 노래만 불렀던 베짱이가 나중에 어떻게 되었는가 하는 걸 알게 되면 누나도 크게 느끼는 것이 있을 거라고 생각했기 때문이다. 그러나 이 이야기가 누나의 귀에는 들어오지도 않는 것 같았다. 그래서 나는 또, 아무 생각 없이 노래나 부르다가 늙은 떡갈나무한테 시집간 달섭이 누나의 이야기도 들려줬다. 그러나 그것도 소용없었다. 아랫마을 작은 진 영감의 귀머거리 할머니와 대화하더니 누나도 혹시 박속 먹은 귀머거리가 됐나 싶은 정도였다.

누나는 자기 처지를 스스로 딱하게 여기고 있었다. 국민학교도 제대로 졸업하지 못한 채 이 산촌에 처박혀 줄줄이 낳아놓는 이복동생들을 업어 키우고, 부엌일을 하고, 이 산 저 산 점심밥을 날라다 주고, 빨래하기가 고달프기는 할 것이다. 여름에 개울물이 불어 징검다리가 물에 잠기는 날이면 학교에 가는 나와 내 이복동생을 업어 위태로운 물살을 헤치고 개울을 건네주는 것도 누나의 일이었다. 그것은 약과였다. 봄이 되면 먼 산에 눈이 녹아 갑자기 개울물이 불어 징검다리가 잠기는데, 그 물은 정말이지 살을 도려내는 듯이 차가웠다. 정강이까지 차오르는 그 차가운 물을 헤치고 나와 내 이복동생을 건네주는 것도 누나 몫이었다.

그러나 누나를 힘들게 하는 건 단지 일이 고달프다는 것만은 아니었다. 일이 고달픈 것도 그렇지만, 아무 희망이 없다는 생각이 누나를 힘들게 했다. 그러나 누나의 이런 딱한 처지를 귀담아들어 주는 사람은 아무도 없었다. 그러다 보니 탄식하듯 이 노래를 부르는 것 같았다.

누나는 도회지로 가 공장에서 일하고 싶어 했다. 그래서 몇 차례 자기 뜻을 계모에게 말한 적이 있었다. 그러나 계모는 단호했다. '말만한 계집아이를 어디 내보낸단 말이냐?'하고 말이다. 누나를 위하는 말같이 들리기는 하지만 실상은, 누나 없이는 집안일이 돌아가지 않는다는 걸 계모는 알고 있었을 것이다. 계모로부터 이렇게 거절당하고 나면 누나는 내가 듣는 데서 계모를 '팥쥐 엄마'라고 불렀다. 그리고 이복동생들을 팥쥐라고 불렀다.

누나는 아버지에게도 자기 뜻을 말한 적이 있었다. 아버지에게 말할 때는 계모에게 말할 때와는 사뭇 달랐다. 맏아들인 나를 이 산촌에 처박아 놓고 산전이나 파는 무지렁이로 만들 생각이 아니면 중학교에 보내야 할 것 아니냐, 나를 중학교에 보내자면 돈이 필요할 것이고, 누나 자신이라도 밖에 나가 돈을 벌어야 할 것 아니냐고 말했다. 듣고 있던 아버지는 혼잣말처럼 중얼거렸다.

"자기가 가겠다면 중학교는 보낼 생각이다."

아버지의 이 말을 받아 누나는 따지듯이 말했다.

"중학교를 보낸다 한들 그렇지요, 이 촌구석 중학교에 보내면 또 뭐합니까? 대도시에 나가 일류 중학교에 보내야 면서기라도 해 먹을 거 아닙니까? 대도시의 일류 중학교에 보내자면 하숙비 학비가 만만치 않을 텐데 그걸 어떻게 다 감당할 생각입니까?"

나는 누나가 그렇게 아버지에게 따지듯이 말하는 걸 처음 보았기에 겁이 났다. 아버지에게 감히 저렇게 대들 듯이 말하는 것도 모두 금계랑 때문이라고 나는 생각했다. 아버지도 그런 누나가 약간 무서웠는지 깊은 한숨을 내쉴 뿐 무어라 대답하지 못했다. 어쩌면 아버지는, 비록 누나의 말에 일리가 있다고 할지라도, 과년한 딸을 혼자 밖으로 내

보낸다는 것이 도저히 내키지 않았을지도 모른다.

그러나 누나가 밖으로 나가고 싶어 했던 것이 꼭 날 대도시 중학교에 보내기 위해서만은 아니라는 걸 나는 알고 있었다. 연전에 동갑내기 동무였던 동출이 고모가 시집간 첫날 밤에 도망을 간 걸 보고 누나는 충격을 받은 것이 틀림없었다. 그래서 그랬겠지만 처음 한동안 누나는 동출이 할머니에 대한 분노를 삭일 줄 몰랐다. 다행히 동출이 할머니가 그 후 곧 죽어버렸기에 망정이지 그렇지 않았더라면 아직도 누나는 동출이 할머니를 미워하면서 괴로워했을 것이다.

동출이 고모 사건 이후로 누나는 이 마을을 끔찍하게 싫어했다. 이 마을에 눌러앉아 있다가는 자신도 머지않아 가기 싫은 시집을 떠밀듯이 보낼 거라는 걸 빤히 알고 있었고, 누나는 벌써 그것을 무서워하고 있었다. 게다가 동호 할아버지도, 풍 맞은 남수 할머니도 최근 들어 부쩍 누나를 손자며느리로 삼고 싶다는 말을 넌지시 흘리고 다니던 터였으니 말이다. 그리고 그 말을 듣고 온 계모는 자랑처럼 집에 와서 떠들어대고 있었으니 말이다. 그러니까 누나는 나를 핑계로 이 마을을 떠나고 싶었던 것이 틀림없었다.

그야 어쨌든, 누나가 아버지에게 대들 듯이 말한 그날 밤에 나는 잠이 오지 않았다. 그도 그럴 것이 누나는 아버지에게 큰 은혜를 입었는데 그것을 잊어서는 안 되는 일이었기 때문이다. 우리가 하루 세끼 굶지 않고 먹을 수 있다는 것만 해도 아버지의 은혜라는 사실은 말할 필요도 없다. 만약 아버지가 낮에는 온종일 산전에 가 일하고, 밤에는 나뭇짐을 지고 읍내로 가서 팔지 않았다면 우리 집도 장리를 먹었어야 했을 테고, 그랬더라면 우리는 일 년에 두 번, 설과 추석 때 돼지고기를 두 근씩이나 사 그 맛있는 돼지 고깃국을 끓여 먹지도 못했을 것이다.

그러나 그런 것은 아무것도 아니다. 어머니가 죽고 집안이 망할 대로 망해서 이 산간 마을로 들어오려고 할 무렵, 우리의 처지를 딱하게 여겼던 주변 사람 중에는 입이라도 하나 덜게 누나는 그냥 떼어놓고, 어디 식모살이라도 보내고 가는 게 어떠냐고 권유한 사람도 있었는데, 아버지는 끝내 그렇게 하지 않았다. 당시 국민학교 5학년이었던 누나는 그 말을 듣고 겁에 질린 표정으로 서럽게 엉엉 울면서 아버지에게 매달렸다. '아버지, 저도 데려가 주세요.'하고 말이다. 아버지도 그런 누나가 불쌍했던지 목이 멘 소리로 '그래 알았다. 내가 널 떼놓고 어딜 간단 말이냐.'하고 말했고, 그렇게 해서 누나도 우리와 함께 올 수 있었으니 누나는 결코 아버지의 은혜를 잊어서는 안 된다. 그런 아버지에게 대들 듯 말하다니, 그것이 모두 금계랍 때문이고, 금계랍 이전에 그놈의 요망스러운 노래 때문이었다.

'산 너머 남촌에는 누가 살길래'를 부르던 누나는 누구에겐가 편지를 썼고, 기다리는 것 같았다. 그리고 우체부를 기다리는 것 같았다.

"너도 나중에 딸자식 키워봐라. 과년한 딸이 서글프게 부르는 창가를 들으면 밤에 잠이 오지 않을 거야."

누나가 부르는 청승맞은 노랫소리가 얼마나 큰 근심을 가져다줬으면 어느 날 아버지는 어린 내게 이런 말을 다 했겠는가. 그러니 노래라는 것이 지각없는 아녀자들에게는 위험한 것이라고 내가 생각하지 않을 수가 있겠는가.

외지 사람들이 얼마나 무서운가 하는 것도 누나는 알아야 한다.

오석기의 장래 희망

　외지에서 상이군인들이 몰려왔다. 학교에서는 나라를 위해 용감하게 싸우다 부상한 사람들이라고 가르쳤기에 아이들은 상이군인들을 그다지 무서워하지 않았다. 그러나 어른들은 달랐다. 어른들은 순경도 무서워했지만, 상이군인도 무서워했다.

　상이군인들은 삼삼오오 무리를 지어 집집이 돌아다니며 껌, 비가, 세숫비누, 치약 따위를 팔았다. 사람들은 그런 것을 살 돈이 없었지만, 쇠갈퀴 손을 한 상이군인들이 무서워 마늘이나 말린 고추 따위를 퍼주고 그것들을 갈아줬다. 세숫비누 한 장에 마늘 한 접이었으니 혹독하게 비싼 값이었다. 그러나 비싸다는 말도 할 수 없었다. 자칫 잘못 말했다가는 거칠게 시비를 걸어왔기 때문이다. 그뿐 아니라 얼굴 반반한 처녀가 눈에 띄기라도 하면 지분거렸고, 어떤 마을에서는 처녀를 겁탈했다는 소문도 있었다. 그러다 보니 딸 가진 부모는 딸 단속에 신경 쓰지 않을 수 없었다. 확실히 아이들보다 어른들이 상이군인을 더 무서워하는 것 같았다.

　바로 그 무렵에 오석기 같은 애는 장래 희망을 묻는 담임 선생님의 질문에 '상이군인'이라고 대답해 웃음거리가 되기도 했다. 아마도 오석기는 어른들이 '상이군인이 최고네'하고 불만 섞인 투로 말한 걸 곧이곧대로 들은 것 같았다. 만약 어른들이 '문둥이가 최고네'하고 말했더라면 오석기 같은 애는 틀림없이 장래 희망을 '문둥이'라고 했을 것이다. 그런 멍청한 애들과 한 학교에 다닌다는 것이 서글펐다.

모내기 철이나 추수철이면 많은 아이가 학교에 나오지 않았다. 농사일을 거들어야 했기 때문이다. 그러다 보니 5학년 학생 중에 책을 제대로 읽을 줄 아는 아이가 많지 않았다. 함동춘 같은 애는 보통 애들보다 나이가 네 살이나 많았지만 겨우 책을 읽었다. 천병만 같은 애는 보통 애들보다 다섯 살이나 많았지만, 곱셈도 나눗셈도 할 줄 몰랐다. 그런 애들이 학교에 나오는 건 순전히 자기보다 어린 애들의 벤또를 빼앗아 먹기 위해서였다. 그리고 그런 멍청한 애들일수록 학교를 졸업하면 박수만처럼 멋을 내느라 자지에 머리카락을 붙이고 다니고, 열일곱이나 열여덟만 되면 장가갈 것이다.

상이군인들이 출몰하면서 나는 우선 누나를 지켜야 했다. 아버지도 계모도 모두 일하러 간 어느 날 오후, 상이군인 세 명이 우리 집에 들이닥쳤다. 이복동생을 업고 있던 누나는 겁먹은 표정으로 지금 어른들이 집에 없다고 했다. 그러자 상이군인 하나가 쇠갈퀴 손으로 누나를 가리키며 말했다.

"어른이 없다니? 여기 어른 있네."

그들은 열일곱 난 누나를 어른이라고 생각하는 것 같았다. 할 말을 잃은 누나는 등에 업은 이복동생만 흔들어댈 뿐 어쩔 줄을 몰라 하고 있었다.

"자기가 어른인데 어른이 없다고 거짓말을 한다니……"

다른 상이군인 하나가 말했다. 그들은 누나가 한 말 한마디를 꼬투리로 잡아, 까탈을 부릴 심산이었다.

그때 내가 갑자기 큰 소리로 울기 시작했다. 온 동네가 다 들을 수 있을 만큼 큰 소리로 울어대자 누나의 등에 업혀 있던 이복동생마저 덩달아 앙앙 울기 시작했다. 이렇게 되자 상이군인들은 난색을 지며 주위를 살폈다. 내 울음소리를 듣고 동네 사람들이 몰려올까 봐 걱정하는 것 같았다.

"야, 이 종간나 새끼야! 울긴 왜 울어? 내가 널 때렸어?"

그러자 나는 더욱 겁먹은 표정으로 울어댔다. 이렇게 되자 어쩔 수 없다고 생각한 듯 상이군인들은 물러갔다. 상이군인들이 떠나자 누나는 나를 보고 씨익 웃었다. 나도 누나를 향해 씨익 웃었다. 이제 누나도 외지 사람들이 얼마나 무서운지 알았을 테고, 따라서 이제 두 번 다시 '산 너머 남촌에는 누가 살길래' 따위 창가는 부르지 않으리라고, 나는 마음속으로 은근히 기대했다.

내가 상이군인들로부터 지켜야 했던 여자는 한 사람 더 있었다. 바로 가영이였다. 물론 가영이도 공부를 빼어나게 잘하는 애라고 할 수는 없었다. 그래도 중상은 갔다. 책도 또박또박 읽을 줄 알았고, 곱셈과 나눗셈도 할 줄 알았다. 나는 여자애가 그 정도면 충분하다고 생각했다.

무엇보다 그 애는 예쁘고 얌전했다. 얼굴은 뽀얗고 눈동자는 영롱해서 풀잎에 맺힌 이슬방울 같았다. 걸음걸이도 얌전하고, 웃는 모습도 얌전했다. 그도 그렇지만 그 애는 그 예쁘고 정갈한 뒤란이 있는 집 딸이니 말이다. 그런 가영이를 상이군인들로부터 지켜야 하는 건 당연했다.

우리 집에서 물러난 상이군인들은 마을을 한 바퀴 돌아 저만치 개울을 건너가고 있었다. 개울 건너 저만치 외따로 있는 가영이네 집으로 가려는 게 틀림없었다. 급한 마음에 나는 논둑길을 가로질러 가영이네 집으로 달려갔다. 내가 염려했던 대로 어른들은 아무도 없고 가영이 혼자 다소곳이 마루에 앉아 숙제하고 있었다.

내가 들어갔지만, 가영이는 잠시 고개를 들어 나를 쳐다볼 뿐 아무 말도 하지 않았다. 나 또한 아무 말도 하지 않고 그 애가 숙제하고 있는 마루로 가 어색하게 엉덩이를 대고 걸터앉았다. 내가 가영이네 집 뒤란을 본 뒤로 그 애와 나는 서로 내외하는 사이가 되었기 때문에 언제나 이렇게 점잖은 편이었다. 점잖게 앉은 채 얼핏 돌아보니 공부하는 그 애의 옆모습이 참 예뻤다. 바로 그때 상이군인들이 들이닥쳤다.

"야! 고거 삼삼한데."

상이군인 하나가 말했다.

"젖비린내 나겠는걸."

다른 하나가 말했다.

"조런 게 본래 야들야들해서 맛있어."

이런 대화를 하며 마당으로 들어선 그들은 어른들이 다 어디 갔느냐고 물었다. 놀란 토끼 눈으로 가영은 어른들은 지금 들일 갔다고 말했다. 그러자 상이군인 하나가 툇마루에 걸터앉으며 가영이에게 몇 살이냐고 물었고, 가영이는 열두 살이라고 대답했다. 툇마루에 걸터앉은 상이군인은 냉수 한 잔만 줄 수 있겠느냐고 했고, 가영이는 부엌으로 가 물 한 잔을 떠다 줬다. 냉수 한 잔을 다 마신 상이군인은 쇠갈퀴 손을 들어 보이며 자기네가 어떤 사람인지 아느냐고 물었다. 가영이는 약간 겁먹은 표정으로 '상이용사 아저씨'라고 대답했다.

바로 그 순간 나는 갑자기 히히히 웃기 시작했다. 그리고 금계랍을 먹은 누나가 전에 그렇게 했던 것처럼 허옇게 눈알을 까뒤집고 마당 한가운데로 달려나가 빙글빙글 돌기 시작했다. 그러면서 말했다.

"나 금계랍 먹었다. 그것도 세 개를 한꺼번에."

그리고 나는 마당 한쪽에 놓인 낫을 집어 들고 하늘을 향해 내저으며 연신 히히히 웃었다.

"어! 저 새끼 왜 저래?"

상이군인 하나가 당황한 목소리로 말했다. 나는 허공에 뭐가 보이기라도 하듯이 목청껏 소리쳤다.

"이리 와! 귀신아!"

그러면서 나는 허공을 향해 마구 낫을 휘둘렀다. 이런 모습을 가영이에게 보이는 것이 좀 창피스럽기는 했다. 그러나 어쩔 수 없는 일이었다. 나한테는 그것밖에는 달리 가영이를 지킬 방법이 없었다.

"이 동네 애 새끼들은 무슨 병에 걸렸나?"

상이군인 하나가 난처한 표정으로 혼잣말처럼 중얼거렸다.

"야, 그냥 가자."

다소 점잖게 생긴 상이군인 하나가 동료를 향해 말했다. 그러나 나는 그치지 않고 계속해서 소리를 질러댔다. 상이군인들은 물건 팔 생각은 하지도 못하고 슬금슬금 물러났다. 상이군인들이 떠난 걸 확인하고서야 나는 들고 있던 낫을 제자리에 갖다 놓았다. 마루에 서서 물끄러미 나를 바라보던 가영이가 내게 말했다.

"저녁 먹고 갈래?"

나는 괜찮다고 했다.

떡

    윗마을 천 영감이 죽었다. 어른들 사이에는 은밀하고 수상한 소문이 번지고 있었다. 나는 그 소문을 놓치지 않으려고 어른들이 주고받는 말에 바짝 귀를 기울였다. 그러나 워낙 은밀하고 조심스럽게 말하는 통에 온전히 알아들을 수는 없었다.

    내가 엿들은 내용은 대략 이런 것이었다. 천 영감이 그냥 죽은 것이 아니라 막내아들 때문에 죽었다는 것이다. 재산 분배 문제로 불만을 품었던 막내아들이 술을 먹고 와 행패를 부렸는데, 영감이 그만 죽어버렸다는 것이다. 그러나 막내아들이 어떻게 행패를 부렸기에 영감이 죽게 되었는지는 확실하지 않았다. 막내아들이 영감을 떠밀었다는 것 같기도 하고 뭐로 쳤다는 것 같기도 했다. 어쨌든 예기치 않게 영감이 죽어버렸다는 것이다. 소문이 번져 경찰의 귀에까지 들어가면 상당히 심각한 문제가 될 수도 있는 일 같았다. 그렇지 않고서야 어른들이 그토록 은밀하게 쑥덕거리지는 않았을 테니 말이다.

    소문을 차단하려고 그렇게 했는지는 모르지만 천 영감의 큰아들은 장례를 성대하게 치렀다. 허표네와 달리 천씨네는 그래도 상당한 재산이 있는 집안이었다.

    농번기였지만, 어른들은 일손을 멈추고 장례식에 몰려갔다. 내 아버지도 상두꾼으로 뽑혀 갔다. 그러나 아이들은 학교에 가야 했기 때문에 그 성대한 장례식에 갈 수 없었다. 갔더라면 소고기국밥을 배불리 먹을 수 있었을 텐데 말이다. 물론 천 영감 큰아들의 아들인 우리 반 천상진은 학교에 나오지 않았다. 자기 할아버지 장례식이었으니 말이다. 그래서 우리는 은근히 천상진을 부러워했다.

학교가 파하고 돌아오는 길에는 언제나 배고팠다. 그래서 우리는 아카시아꽃을 따 먹었다. 그때가 마침 아카시아꽃이 흐드러지게 피었을 무렵이었다.

그런데 그날 저녁, 장례식에 갔던 아버지는 흰 광목에 싼 어마어마하게 많은 양의 시루떡을 들고 왔다. 누나도 나도 그리고 이복동생들도 일제히 달려들어 걸신들린 사람들처럼 먹었다. 그런 우리를 아버지는 흡족해하는 표정으로 바라보고 있었고, 계모는 웬 떡을 이렇게 많이 가져왔느냐고 물었다. 아버지는 천 영감 큰아들이 아버지를 불러 손수 광목에 싸줬다고 했다. 이 말을 들으면서 나는, 물론 천상진의 아버지가 후덕한 사람이긴 해도 아버지를 따로 불러 이렇게 많은 떡을 손수 싸준 건 아버지가 순경을 무서워하지 않는다는 걸 알고 있었고, 그 때문에 아버지를 존경했기 때문일 거라고 생각했다. 멀건 조죽 한 그릇으로 저녁을 때웠던 우리 식구에게 시루떡은 정말 맛있었다.

아버지는 천 영감의 장례식이 얼마나 풍성했는지 이야기했다. 누구든 배불리 먹을 수 있었고, 상두꾼들에게는 목장갑 두 켤레, 담배 두 갑, 고무신 한 켤레, 광목 열 자씩을 나눠줬다고 한다. 그리고 음식도 얼마든지 가져가게 했다.

그날 밤 우리 식구들은 정말이지 배가 터질 만큼 시루떡을 먹었다. 그렇게 맛있는 떡을 그렇게 많이 먹기는 내 생전 처음이었다. 떡이 워낙 많았기 때문에 이복동생들도 서로 먹으려고 다투지 않았다. 그런 이복동생들이 그날 비로소 대견하게 보였고, 미우나 고우나 우리는 한 가족이라는 생각이 들기도 했다.

"인제 그만 먹어. 그렇게 자꾸 먹다간 자귀 나겠다."

계모가 이복동생들에게 말했다.

"냅둬. 실컷 먹게."

아버지가 말했다.

아닌 게 아니라 떡이 목구멍으로 올라올 것만 같았다.

"동포네 아들 순식이 보세요. 너무 많이 먹어서 결국 자귀 나서 죽었잖아요."

계모가 말했다.

"그것도 다 제 팔자지. 제 논에 물 들어가는 것과 자식 입에 밥 들어가는 것보다 더 보기 좋은 건 없다고 했잖아."

아버지는 빙그레 웃으며 떡을 먹는 우리를 바라보고 있었다. 어른들이 이런 말을 주고받는 동안에도 우리는 숨을 씩씩거리며 떡을 먹었다. 이복동생들은 과식하여 결국 그날 밤 설사했다.

그렇게 많이 먹었어도 떡이 남았다. 그래서 다음 날 아침 계모는 내 점심 벤또에도 큼직한 시루떡 두 장을 넣어줬다. 점심시간에 나는 그 시루떡을 아이들에게 조금씩 떼어줬다. 아이들도 모두 맛있게 먹었다. 천상진은 시루떡을 나누어주는 나를 멍하니 바라보고 있었다. 아마도 그 시루떡이 어제 자기 집에서 치른 장례식 시루떡이라는 걸 알고 있는 것 같았다. 그러나 그는 속 깊은 애라서 굳이 그 사실을 발설하지는 않았다. 그래도 나는 남의 집 떡으로 인심 쓰고 있다는 생각에 갑자기 좀 창피스러웠다.

계모는 천 영감 장례식에서 받아온 광목으로 누나와 이복 여동생에게 치마를 만들어줬다.

천 영감의 장례식은 그렇게 끝났고, 사람들은 이제 그 영감이 어떻게 죽었는지는 이야기하지 않았다. 그뿐 아니라, 허도와는 달리 천영감의 귀신을 보았다는 소문도 들을 수 없었다. 성대한 장례식을 치르면 귀신도 나타나지 않는 것 같았다.

귀신들은 휘영청 달이 밝은 밤이나 공회당에서 청년들이 연극을 하거나 읍내에 가설극장이 들어올 때처럼 특별한 밤에는 나타나지 않았다.

정미소 집 처녀의 젖통 가리개

읍내에 가설극장이 서 영화를 보러 가는 밤에는 정말이지 귀신들도 맥을 추지 못했다. 용감한 청년들을 앞세우고 많은 사람이 무리를 지어 몰려갔기 때문이다. 그 무리에 끼어 함께 가면 서낭당 앞을 지날 때도, 곳집 앞을 지날 때도, 향교 앞을 지날 때도, 심지어 공동묘지 앞을 지날 때도 나는 하나도 무섭지 않았다. 많은 사람이 왁자지껄 떠들며 가고 있으니 귀신들도 어쩔 수 없는 것 같았다. 통쾌했다. 귀신들이 숨죽인 그 평화로운 밤이, 나는 참 좋았다. 그래서 가설극장이 들어와 영화를 보러 가는 밤길을 좋아했다. 달이 휘영청 밝은 밤이면 읍내까지 가는 십리 길이 감미롭기까지 했다.

가설극장은 언제나 학교 운동장에 설치되었다. 축구 골대에 흰 천을 걸고, 그 위에 영화 화면을 투사했다. 학교 운동장은 영화가 시작되기 전부터 영춘면 모든 부락에서 몰려온 처녀와 총각들, 그리고 내 또래 아이들로 한밤중에 북새통을 이루었다. 상하리는 말할 것도 없고, 남천리, 백자리, 오사리, 느티, 밤수동, 사지원, 새터, 군간나루 동대리, 심지어 재 너머 의풍이나 보발에서까지 몰려왔다. 나는 가설극장이 열리는 이 학교가 바로 내가 다니는 학교라는 사실에 때때로 가슴이 뿌듯했다. 그런 멋진 밤에 가장 주목받는 사람은 우리 마을 정미소 집 처녀 영숙이였다.

영숙이 누나는 우리 누나보다 한 살인가 두 살 위인데, 외지에 나가 얼마간 지내다가 돌아왔다. 따라서 이 고장 어떤 처녀보다 세련된 여자였다.

나는 영숙이 누나가 고향으로 돌아오던 때 모습을 아직도 잊지 못한다. 각진 핸드백을 한쪽 팔에 걸친 채 버스에서 내리는 영숙이 누나는 보라색 양장을 입고 있었다. 짧은 치마 밑으로 드러난 다리에는 얇은 살 양말을 신었고, 발에는 굽 높은 뾰족구두를 신었다. 입술은 구찌 삐누를 발라 금계랍처럼 빨갰다. 정말이지 이 고장에서는 보기 드문 차림이었다.

그러나 무엇보다 우리를 감탄하게 했던 건 영숙이 누나의 껌 씹는 소리였다. 버스에서 내려 마을까지 십리 길을 걸어가는 동안 영숙이 누나는 한 번도 쉬지 않고 '딱딱딱'하고 규칙적인 소리를 냈다. 그 껌 씹는 소리가 얼마나 신기했던지 우리는 뾰족구두를 신고 엉덩이를 뾰족거리며 걸어가는 영숙이 누나의 뒤를 졸졸 따라갔다. 영숙이 누나의 껌 씹는 소리가 얼마나 멋있었으면 아편쟁이 딸 조춘자도 재수 없는 박노마도 그것을 배워보려고 애썼을 정도였다.

그런 영숙이 누나가 '딱딱딱' 앙증맞은 소리를 내며 껌을 씹고 있었으니, 영화를 보려고 모인 산골 총각들의 주목을 받지 않을 수 있었겠는가? 게다가 그런 밤이면 영숙이 누나는 '미니스카토'라는 짧은 치마를 입고 있어서 허연 허벅다리를 고스란히 드러내고 있었다. 그러나 정작 영숙이 누나는 자신을 향해 쏟아지는 총각들의 눈길 따위는 안중에도 없다는 표정으로 딱딱딱 껌 씹는 소리만 내고 있었으니, 우리 남천에서 온 처녀가 이렇게 많은 면민의 주목을 한 몸에 받고 있다는 사실에 나는 은근히 자부심이 들 때도 있었다.

영숙이 누나는 영화를 보러 갈 때는 우리와 함께 갔지만, 영화가 끝나고 집으로 돌아올 때는 우리와 함께 오지 않았다. 읍내에 친구가 많은 것 같았으니 그 친구들과 어울려 좀 더 놀다가 돌아오려는 것 같았다. 그러나 나는 영숙이 누나를 은근히 걱정하기도 했다. 우리가 모두 돌아간 뒤 뒤늦게 혼자 돌아오려면 무서울 거라고 생각했기 때문이다. 영숙이 누나도 귀신을 그다지 무서워하지 않을지도 모른다는 생각에 은근히 존경스럽기도 했다.

그런데 솔직하게 말하면 나는 영숙이 누나를 그다지 좋아하지는 않았다. 그 집은 우리 면에서도 하나밖에 없는 기계식 정미소를 하고 있어서 돈은 많지만 나쁜 집이었기 때문이다. 지금은 죽고 없지만 영숙이 누나의 아버지는 전쟁 때 보국대에 뽑혔다고 한다. 그러나 영숙이 누나의 아버지는 돈을 써서 자기는 빠지고 자기 대신 폭삭 늙은 이웃집 영감, 동호 할아버지를 보냈다. 그래서 나뿐 아니라 어른들도 그 집을 그다지 좋아하지 않았다.

내가 영숙이 누나를 그다지 좋아하지 않는 또 다른 이유는 남동생 영철이가 나쁜 놈이었기 때문이다. 영철이는 나보다 두 살이나 많아서 두 학년이 높지만, 공부도 못하고 싸움도 못하고 게다가 비겁했다. 힘이 센 다른 아이들에게는 꼼짝도 못 하면서 나만 보면 이유도 없이 때렸다. 새 운동화를 사면 운동화의 위력을 시험해본다고 나를 걷어찰 때도 있었다. 어쩌면 영철이는 어른들이 나를 보고 '면장감! 면장감!' 할 때마다 심사가 뒤틀렸는지도 모른다.

내가 영숙이 누나를 좋아하지 않는 또 다른 이유는 영숙이 누나가 예쁘지 않기 때문이다. 미니스카토를 입은 영숙이 누나의 다리는 짜리 몽땅하고 굵었다. 그래서 좀 흉스러웠다. 그리고 내가 영숙이 누나를 좀 우습게 보는 까닭은 '부라자'라는 젖통 가리개를 차고 다닌다는 걸 알았기 때문이다.

어느 날 영철이네 집 앞을 지나다가 우리는 빨랫줄에 걸린 좀 이상하게 생긴 빨래를 발견했다.

"저게 뭐지?"

동출이가 물었다.

"글쎄."

내가 말했다. 그때 마침 영철이가 집에서 나왔다. 동출이는 영철이에게 저게 뭐냐고 물었다.

"아하! 저거? 우리 누나 부라자야."

동출이와 나는 난생처음 듣는 말이어서 그게 뭐냐고 물었다. 영철이는 '젖통 가리개'라고 했다. 그렇게 말하는 영철이는 자기 누나가 저런 멋진 젖통 가리개를 찬다는 데 은근히 자부심이 있는 것 같았다. 동출이는 한번 보여줄 수 있겠느냐고 했다. 그러자 영철이는 빨랫줄에 걸린 것을 걷어 우리에게 보여줬다.

그것은 제법 근사했다. 가장자리에는 수가 놓여 있었고, 속에는 스펀지를 넣었는지 탄력이 좋았다. 영철이 누나는 왜 이런 걸 차느냐고 내가 물었다.

"젖통을 크게 보이게 하려고."

영철이가 말했다. 나는 젖통을 크게 보이게 하면 뭐가 좋으냐고 묻고 싶었지만, 굳이 그러지 않았다. 그러면서도 마음속으로, 젖통을 크게 보이게 하려고 저런 걸 차고 다니다니, 멋 부리려고 자지에 머리카락을 한 움큼씩이나 붙이고 다니는 박수만과 뭐가 다른가 하고 생각했다.

그런데 가설극장에 다녀오고 얼마 뒤 영숙이 누나의 큰오빠 영태가 영숙이 누나의 젖통 가리개와 미니스카토를 가위로 싹둑싹둑 잘라 아궁이 속에 던져 넣었다고 한다. 그 소문을 들은 나는 보기에 좀 흉하긴 해도 그렇다고 영태가 그렇게까지 할 건 뭔가 싶었다.

그런데 영태가 그렇게 화가 났던 건 가설극장이 열릴 때마다 영숙이 누나가 읍내에서 만난 청년들과 자고 오기 때문이라고 했다. 이 말을 들은 나는 더욱 영태를 이해할 수 없었다. 귀신이 우글거리는 길을 혼자 돌아오는 것이 무서워 읍내에서 만난 청년들과 자고 왔기로서니 그게 뭐 그리 화낼 일인가 싶었기 때문이다. 오히려 자기 여동생을 재워준 청년들에게 고마워할 일이 아닌가. 영태는 백자리 소두영네 소만도 못한 놈이었다.

소두영네 소

백자리에 사는 소두영네 늙은 암소는 소두영 삼 남매, 두영이 두식이 두희와 함께 학교에 다녔다.

처음에 소는 막내 두희를 따라 1학년 교실 안에까지 들어갔다. 소가 교실에 들어오자 수업이 제대로 될 리가 없었다. 그래서 1학년 담임 조신자 선생님은 교장 선생님을 찾아가 이 일을 어쩌면 좋을지 상의했다. 교장 선생님은 1학년 교실로 가 소가 교실 안에까지 들어와서는 안 되는 까닭을 소에게 설명했다. 그러자 소는 몹시 미안해하면서 후닥닥 교실 밖으로 뛰쳐나갔다. 이 학교에서 제일 높은 사람이 교장 선생님이라는 걸 소도 아는 것 같았다.

소가 교실 안에 들어가면 안 된다는 것도 몰랐다니, 소두영네 소는 백자리 소라서 확실히 세상 물정에 어두웠다. 상리나 하리 소라면 약아빠져서 절대 남의 웃음거리가 될 짓은 하지 않았을 것이다. 내가 사는 우리 남천 소만 해도 그렇다. 상하리 소처럼 약아빠지지는 않았지만, 그렇다고 그런 어처구니없는 실례를 범하지는 않았을 것이다.

교실을 나간 소는 창문 밖에서 두희가 공부하는 모습을 들여다보았다. 그러다가 때로 3학년 두식이 교실을 들여다보기도 하고, 5학년 두영이 교실을 들여다보기도 했다. 그러나 주로 1학년 두희 교실을 들여다보았다. 아무래도 어린 두희가 가장 사랑스럽고, 그리고 가장 걱정되는 것 같았다. 창밖에서 교실 안을 들여다보는 것까지는 굳이 말릴 수가 없었기 때문에 조신자 선생님도 다른 선생님들도 그리고 교장 선생님도 그것까지는 용납해주기로 교무회의에서 결정했다.

나리 나리 개나리
입에 따다 물고요
병아리 떼 종종종
봄나들이 갑니다

어린 두희가 이런 노래를 부르면서 율동할 때면 창밖에서 교실 안을 들여다보던 소는 윗입술을 뒤집어 누런 잇몸을 드러낸 채 혼자 웃었다.

소가 5학년 교실을 들여다볼 때면 우리는 소두영에게 말했다.

"두영아, 네 엄마 오셨다."

그러면 소두영은 민망해서 어쩔 줄을 몰라 했다.

소두영네 소가 학교에 온 건 전쟁통에 남편을 잃은 두영이 엄마가 늙은 홀시아버지와 어린 소두영 삼 남매를 남겨놓은 채 죽은 뒤부터였다. 소두영의 어머니는 죽기 전날 밤에 마구간의 소를 찾아가 이렇게 탄식했다.

소야 소야 내 소야
이 내 말씀 들어보소
죄 많은 이 내 몸은

황천길로 간다마는
저 어린 것 눈에 밟혀
내 어이 떠나갈고
내가 떠난 빈 마당에
어린 두희 혼자 앉아
'아침 바람 찬바람에
울고 가는 저 기러기'
처량한 목소리로
이런 노래 부를 적에
누구라서 그 아해의
짝이 되어 놀아줄고……

이 탄식을 들으면서 마구간의 소는 닭똥같이 굵은 눈물을 흘렸다고 한다. 이튿날 새벽 소두영의 어머니는 조용히 혼자 숨을 거두었고, 마구간의 소는 온 동네가 다 듣도록 구슬피 울었다.

장례를 치르는 동안 마구간의 소가 하도 슬피 울어댔기 때문에 이상히 여긴 사람들은 고삐를 풀어줬다. 그러자 소는 상녀의 뒤를 쫓아 장지에까지 따라갔다. 장례식이 끝난 뒤에는 어린 두희를 따라 학교까지 시오리 길을 아침마다 가기 시작했다.

"영물은 영물일세."

"사람보다 낫네."

어른들은 이렇게 말하곤 했다. 그러나 소가 학교에까지 따라오는 걸 소두영은 창피스러워했다. 그래서 처음 한동안은 소가 따라오지 못

방첩

학교에 대나는 소, acrylic on canvas 65x53cm, 2021. ⓒ 하일지

하도록 고삐를 단단히 매어두고 집을 나섰다.

그러나 아이들이 떠나고 나면 마구간의 소는 앞발로 구유를 걷어차면서 큰 소리로 울어댔다. 보고 있기가 안쓰러웠던 소두영의 할아버지는 소의 고삐를 풀어줄 수밖에 없었다. 고삐를 풀어주면 소는 헐레벌떡 마구간을 뛰쳐나가 아이들의 뒤를 쫓아갔다. 그런 소를 보면서 소두영의 할아버지는 아무래도 죽은 며느리의 혼령이 소에게 씐 것이 틀림없다고 생각했다.

소두영은 소가 따라오지 못하게 하려고 개울 이쪽 편에 서서 돌멩이를 던지기도 했다. 그러나 소는 두영이가 돌을 던지든 말든 힝힝 웃으면서 철벙철벙 개울을 건너왔다. 때마침 우편 배달을 가던 권 체부가 그 모습을 보고 소를 향해 큰 소리로 말했다.

"아이고, 두영이 어머니! 저 철없는 두영이를 어떻게 하면 좋아요? 제 어머니 혼령이 소한테 씐었다는 것도 모르고, 제 어머니한테 돌을 던지는 저 철딱서니 없는 자식을 어쩌면 좋아요?"

권 체부가 하는 말을 들은 소두영은 갑자기 머쓱해진 얼굴이 되어 들고 있던 돌을 슬그머니 떨어뜨렸다. 그리고 그때부터 학교에 따라오는 소를 내버려 두었다.

사람의 혼령이 살아 있는 사람에게 씐는 경우는 종종 있다. 느릅실에 사는 박수무당의 사례를 굳이 들지 않더라도, 가령 누나의 몸에는 종종 죽은 내 어머니의 혼령이 깃든다. 그럴 때면 누나는 흡사 죽은 내 어머니처럼 말하곤 했다.

"너 공부 안 하고 뭐 하니?"

누나가 이런 말을 할 때는 죽은 내 어머니의 혼령이 말하고 있는 것만 같아서 좀 무서워지기도 했다.

이렇듯 사람의 혼령이 살아 있는 사람의 몸에 깃들 수는 있지만, 소한테 씌었다고 생각하는 건 말도 안 되는 미신이다. 그것은 과학적인 생각이 아니라는 말이다. 그런데도 권 체부가 그런 말을 했던 건 두영이가 그 불쌍한 소에게 돌멩이를 던지지 못하게 하기 위해서였을 것이다.

물론 극히 드문 일이기는 하지만, 사람의 혼령이 장승이나 솟대, 그것도 아니면 당나무에 씰 수는 있다. 가령 연개소문의 혼령이 장승에 깃들거나 심청이의 혼령이 솟대에 깃드는 것도 바로 그런 것이다. 그리고 달섭이 누나 엄지영한테 장가간 만 오천 년 된 늙은 떡갈나무에는 을지문덕 장군의 혼령이 깃들었다. 그렇지 않고서야 태돌 영감이 그 나무를 그토록 극진히 섬기지는 않을 테고, 그 나무한테 시집간 색시가 그렇게 행복할 수도 없을 테니 말이다. 그러나 사람의 혼령이 살아 있는 동물의 몸에 깃드는 경우는 없다. 그래서 이런 속담도 있다.

"쥐구멍에도 볕 들 날 있다."

이 속담은 쥐구멍에도 볕이 들 거라고 믿는 사람들을 비웃어주려고 하는 말이다. 그러니까 이 말의 진짜 뜻은 쥐구멍에는 절대 볕이 들 수 없다는 것이다. 그리고 이때 볕이라는 것은 사람의 혼령을 뜻하는 것이니, 사람의 영혼은 절대 쥐 같은 동물의 몸에 깃들 수 없다는 말이다. 따라서 소두영 어머니의 영혼이 소두영네 암소에 깃들었다고 생각한다면, 그것은 쥐구멍에 볕 들었다고 말하는 것만큼이나 멍청한 생각이다.

그야 어찌 되었건, 두영이네 소가 처음 학교 운동장에 나타났을 때는 정말이지 난리가 났다. 아이들은 탄성을 질렀고, 소사 곽씨 아저씨는 소를 학교 밖으로 몰아내려고 이리 뛰고 저리 뛰었다. 그 모습이 재미있었던지 운동장에 모인 모든 아이와 모든 선생님이 까르르 웃었다. 아무리 쫓아내려고 해도 안 되자, 결국 곽씨 아저씨는 소를 끌고 와 국기봉에 묶어두었고, 교장 선생님이 훈시하는 동안 국기봉에 묶인 소는 배를 바닥에 깔고 앉아 천천히 되새김질을 했다.

학교에서는 소두영네 소를 어떻게 할 것인가 하는 문제로 심각하게 고민했다. 그러나 별 뾰족한 수가 없었다. 게다가 나이 많은 몇몇 노인이 학교에 찾아와, 그 소에는 필시 죽은 두영이 어머니의 혼령이 씌었으니 소가 아니라 사람으로 봐야 한다고 충고했기에 학교로서는 더욱 어쩔 수 없었다. 그래서 교실 안에 들어갈 수는 없지만, 학교에 오는 것까지는 허락해주기로 했던 것이다. 그렇게 해서 우리 학교에는 학생 820명에 소두영네 소 한 마리를 합쳐 모두 821명이 다니게 되었다.

소두영네 소가 학교에 다니게 되자 가장 불만이 많았던 사람은 곽씨 아저씨였다. 그도 그럴 것이 소두영네 소는 학교 운동장 여기저기에 커다란 똥을 싸놓았기 때문이다. 소의 몸에 깃든 자기 불쌍한 며느리가 학교 운동장에 똥을 싸는 통에 잔뜩 골이 나 있는 곽씨 아저씨를 달래려고 두영이 할아버지는 햇감자 한 포대를 져다 줬다. 그 뒤로는 곽씨 아저씨도 소두영네 소를 그다지 미워하지 않게 되었고, 온종일 1학년 교실을 들여다보느라 지쳤을 소를 위해 곽씨 아저씨는 꼴을 한아름 베어다 주기도 했다.

소소소미-이 도도도라-아

솔솔솔미 도도도라 솔미도시라

우리는 노래를 배우고 있었다. 음악책에는 없는 새로운 노래였다. 나라에서는 이런 노래를 가르치라고 학교에 지시를 내리는 것 같았다.

나는 노래를 부르면서 가영이를 돌아보았다. 노래하는 가영이의 옆모습이 참 예뻤다. 내가 가영이를 돌아보고 있었지만, 선생님은 풍금을 치는 데 몰두해서 나를 보지 못했다. 가영이 너머 저편 창문 밖에는 소두영네 소가 교실 안을 들여다보고 있었다. 어쩌면 소는 가영이를 보고 있는 날 보았을지도 모른다. 그러나 소는 그런 것에 별 관심이 없는 것 같았다. 소의 관심은 오직 두영이뿐이었으니 말이다. 설령 내가 가영이를 보고 있는 걸 보았다고 할지라도 소두영네 소는 입이 무거워서 그런 것을 소문내고 다니지는 않는다는 걸, 나는 알고 있었다. 그래서 나는 두영이네 소를 전혀 미워하지 않았다.

솔솔솔미…… 이렇게 계명으로 노래 부르고 나면 다시 가사를 붙여 불렀다.

티끌 모아 태산 되는
우편 저금은

그런데 노래를 부르던 우리는 모두 긴장했다. 복도를 지나가던 교장 선생님이 걸음을 멈추고 우리가 노래 배우는 모습을 들여다보고 있었기 때문이다. 담임 선생님도 교장 선생님이 지켜보고 있다는 걸 알았던지 약간 긴장한 표정이 되었다. 창문 밖에서 교실 안을 들여다보던 두영이네 소도 약간 긴장한 것 같았다. 교장 선생님은 키가 나지막하고 얼굴이 동글한 할아버지였다.

우리는 다시 한번 '솔솔솔미'로 불렀고, 다시 한번 '티끌 모아'로 불렀다. 교장 선생님이 지켜보고 있었기 때문에 우리는 노래 부르기에 집중했고, 따라서 웬만큼 노래를 외어가고 있었다.

그런데 그때 교장 선생님은 담임 선생님이 노래 가르치는 것이 영 마음에 들지 않았던지 자신이 한번 가르쳐보겠다고 했다. 그래서 담임 선생님은 풍금에서 물러났고, 그 자리에 교장 선생님이 앉았다. 교장 선생님은 풍금을 치면서 선창했다.

소소소미-이 도도도라-아
소미도시라-아

교장 선생님은 솔을 '소'로, 미의 뒤끝은 약간 처지게 '미-이'로 불렀고, 라는 뒤끝을 높여 '라-아'하고 불렀다. 교장 선생님의 노래는 그래서 약간 타령조가 되었다. 교장 선생님의 노래가 아무래도 좀 이상하다고 생각했던지 가영이는 고개를 갸웃거렸다. 그런 가영이의 모습이 얼마나 귀여웠던지 나는 교장 선생님이 부르는 '소소소미-이'도 귀엽게 들렸다. 약간 이상하긴 했지만, 아이들은 '솔솔솔미 도도도라 솔미도시라'하고 불렀다.

한 차례 계명으로 노래 부르기를 마쳤을 때 교장 선생님은 문득 나를 지적하며 일어나서 한번 불러보라고 했다. 그래서 나는 교장 선생님의 풍금 소리에 맞추어 '소소소미-이, 도도도라-아'하고 교장 선생님을 흉내내 완전한 타령조로 불렀다. 아이들은 와르르 웃음을 터뜨렸다. 창문 밖에서 교실 안을 들여다보고 있던 소두영네 소도 웃고 있었다. 그러나 가영이는 민망스러워 견딜 수 없었던지 손으로 자기 입을 가렸다. 뒤편에 서 있던 담임 선생님은 다소 어처구니없어하는 표정을 짓고 있었다. 그러나 교장 선생님은 내가 부르는 창법에 무척 만족한 것 같았다.

교장 선생님은 이제 가사를 붙여 부르기를 가르쳤다. 교장 선생님이 선창하는 '티끌 모아 태산 되는'은 할아버지 할머니가 숨이 차서 부르는 완전한 타령조였다. 좀 이상하다고 생각했겠지만, 아이들은 교장 선생님의 그 타령조는 무시한 채 담임 선생님이 가르쳐 준 대로 불렀다.

한 차례 노래 부르기를 마친 교장 선생님은 다시 나를 일으켜 세워 처음부터 끝까지 가사를 붙여 불러보라고 했다. 계속해서 나만 시키는 걸로 봐서 교장 선생님은 내가 노래를 잘하는 학생이라고 착각한 것 같았다. 노래를 잘 부르기로 치자면 오석기가 있는데 말이다.

자리에서 일어난 나는 교장 선생님이 치는 풍금 소리에 맞추어 교장 선생님이 불렀던 것처럼 완전한 타령조로 불렀다. 아이들은 자지러질 듯이 웃었고, 담임 선생님도 참을 수가 없었던지 웃음을 터뜨렸다. 창밖의 소는 윗입술을 뒤집어 활짝 잇몸을 드러낸 채 웃고 있었다. 그러나 가영이는 창피해서 견딜 수가 없었던지 내가 노래 부르는 내내

두 손에 얼굴을 파묻고 있었다. 내 노래를 다 듣고 난 교장 선생님은 그만하면 됐다는 듯이 고개를 끄덕였다.

노래 가르치기를 끝낸 교장 선생님은 왜 저금해야 하는지 설명했다. 그리고 우체국에 저금하면 뭐가 더 좋은지도 설명했다. 그러나 아이들에게는 교장 선생님의 그런 설명이 잘 이해되지 않았다. 우리 읍내에는 은행이 없기 때문에 달리 저금할 데도 없고, 게다가 저금할 돈을 가진 아이는 아무도 없었기 때문이다. 어른들도 마찬가지였다. 있는 사람은 장리를 놓고 없는 사람은 장리를 먹었다. 농사일도 바쁜데 굳이 우체국까지 가서 저금하라고 권할 수도 없는 일이었다.

어찌나 열심히 수업했던지 교장 선생님은 수업을 마치는 종소리도 미처 듣지 못했다. 수업이 끝나고 아이들은 긴 복도를 뛰어가면서 '소소소미-이 도도도라-아'를 타령조로 불렀다. 복도에서 마주친 가영이는 음악 시간에 내가 너무 짓궂게 굴었다고 생각했는지 나를 향해 하얗게 눈을 흘겼다. 그러면서도 애써 웃음을 참는 표정이었다.

백양나무가 된 성춘희

언제부터였는지는 모르지만, 학교에서는 내가 성춘희를 좋아한다는 소문이 나도는 것 같았다. 어쩌면 성춘희가 나를 좋아한다는 소문이었는지도 모른다. 자기들끼리만 수군거릴 뿐 내 앞에서는 입을 다물어버리기 때문에 소문의 자세한 내용은 나도 알 수 없었다. 그렇기는 하지만, 뭔 소문이 도는 건 확실한 것 같았다. 언젠가 한번은 옥희와 심하게 말다툼했는데, 단단히 화가 난 옥희는 느닷없이 이렇게 소리쳤던 것이다.

"너 성춘희랑 연애한다며?"

옥희의 그 말에 곁에 섰던 계집아이들은 통쾌했던지 일제히 와르르 웃음을 터트렸다. 어이가 없었다. 이 너무나도 뜻밖의 공격에 나는 미처 대꾸도 하지 못했다. 그런 내 모습을 보고 계집아이들은 또 와르르 웃음을 터뜨렸다. 나는 느닷없이 봉변을 당한 것이었다.

성춘희는 공부를 잘하는 아이는 아니었지만, 그렇다고 박노마처럼 재수 없는 아이도 아니었다. 코가 오뚝하고 눈이 동그랗게 생겨서 눈에 띄는 얼굴이긴 하지만, 워낙 말이 없고 조용한 아이여서 나는 한번도 말을 섞어본 적도 없었다. 뒤로 올려 묶은 머리 모양이나 약간 도톰한 입술 모양 때문에 전라도에서 시집온 동출이 작은어머니를 떠올리게 했다. 그래서 나는 그 애가 이 고장 태생이 아닐지 모른다는 생각은 해보았다. 그러나 어디서 왔는지 언제 왔는지 나는 알지 못했다. 왜냐하면 나는 그 애에 대해서는 아무런 관심도 없었으니 말이다. 심지어 그 애가 어디에 사는지도 나는 몰랐다. 그런데도 내가 그 애를 좋아한다는 소문이 돌고 있다니, 어처구니가 없었다. 내가 진짜로 그 애를 좋아한다면 나는 자지를 그 애에게 보여줬을 것이다. 그러나 나는 절대로 그런 적이 없다. 또 그 애가 진짜로 나를 좋아한다면 그 애는 내게 보지를 보여줬을 것이다. 그러나 그 애는 한 번도 그런 적이 없다. 그런데도 내가 성춘희와 연애한다는 소문이 돌고 있다니, 나는 너무나 억울해서 목이 메었다. 내 결백을 증명할 수만 있다면, 소두영네 소라도 증인으로 내세우고 싶은 심정이었다.

그 헛소문은 사내아이가 아니라 계집아이 사이에 떠돌고 있는 것이 틀림없었다. 사내아이들이라면 대놓고 나를 놀려먹었을 텐데 그런 일은 없었으니 말이다. 딱 한 번 병근이가 불쑥 이렇게 말한 적은 있었다.

"니가 성춘희랑 연애한다는데 그게 참말이야?"

그의 이 말은 참말인지 거짓말인지 확인해보기 위한 것이지 놀려먹기 위한 건 절대 아니었다. 그래서 나는 '아니.'하고 말했다. 그러자 병근이는 고개를 갸웃하면서 '그런데 왜 병숙이가 그런 말을 하지?'하고 혼잣말처럼 말했다. 그것으로 끝이었다. 병숙이는 병근이의 동갑내기 사촌 여동생이었다.

그런데 그 소문은 끈질기게 계집아이 사이에 떠도는 게 틀림없었다. 심지어는 누나마저도 어느 날 학교에서 돌아오는 내게 '성춘희라는 애가 어떤 애니?'하고 물었을 정도였다. 누나의 말에 나는 눈을 부라리며 '왜?'하고 소리쳤다. 그러자 누나는 황급히 '아니, 그냥.'하고 말했다. 소문이 누나의 귀에까지 번졌으니 가영이 귀에도 들어갔음이 틀림없었다. 그래서 나는 이 년들이 '떡갈나무 댁 새색시 미소 병'에 걸린 게 틀림없다고 생각했다. 이런 경우 떡갈나무 몽둥이가 약이라는 사실을 내가 모르는 바 아니지만, 그런 치료를 해줄 수도 없었다.

그런데 그 헛소문을 불식시킬 기회는 6학년이 되어서야 찾아왔다. 떡갈나무 몽둥이가 아니라 싸리나무 회초리로 말이다.

6학년이 되면서 나는 제일 공부를 잘했기 때문에 남천 부락 반장이 되었다. 부락 반장이 되면 자동으로 일주일씩 부락 단위로 돌아가면서 하는 주번 반장이 되었다. 주번 반장에게는 그냥 주번과 구별하기 위하여 하얀 줄이 세 개나 쳐져 있는 완장이 주어졌다. 그 완장을 차면 지각하는 아이나 청소하지 않는 아이들을 선생님처럼 회초리로 때릴 수도 있었다. 조회 시간에는 팔백여 명의 전교생을 대표해서 '차렷!' '열중쉬어!' '향 교장 선생님 일동 경배!'하고 구령을 붙였다. 하얀 줄이 하나밖에 없는 완장을 차고도 달섭이는 자랑스러워 학교에서부터 먼 골까지 시오리 길을 그것을 차고 갔을 정도였으니, 하얀 줄이 세 개나 그어져 있는 완장을 보여줬을 때 누나마저도 흐뭇해하는 미소를 지은 건 당연한 일이었다. 일찍이 내가 그 재수 없는 박노마에게 자지를 보여주지만 않았더라도 정말이지 나는 피가영이든 한은주든 김화든 누구에게나 자랑스럽게 내 자지를 보여줄 수 있었을 것이다.

주번에게는 우선 조회 시간을 앞두고 아이들을 모두 운동장으로 몰아내 청소시키는 직책이 주어졌다. 따라서 아침이면 나를 필두로 상근이도 달섭이도 그리고 봉남이도 1학년부터 6학년까지 교실들을 돌아다니며 싸리나무 회초리를 휘둘러댔다. 아이들은 우리가 휘두르는 회초리를 피하려고 우르르 교실 밖으로 달려나갔다. 정말이지 우리는 멋있었다. 소두영네 소마저도 그런 우리를 존경했다.

그 무렵 어느 날 아침 나는 6학년 교실 안으로 불시에 쳐들어갔는데, 대여섯 명의 계집아이가 그때까지도 운동장으로 나갈 생각은 하지 않고 재잘재잘 수다를 떨고 있었다. 계집아이들은 6학년이라 적당히 봐줄 줄 알았는지 모른다. 그러나 나는 공정한 사람이었다. 6학년이라고 봐줘서는 안 된다는 걸 알고 있었다. 나는 들고 있던 회초리로 계집아이들의 등짝을 후려갈겼다.

그런데 바로 그때였다. 갑자기 김춘자가 나를 쏘아보며 앙칼지게 소리쳤다.

"왜 성춘희는 안 때리고 우리만 때려?"

춘자의 말에 내가 당황하자 계집아이들은 기대에 찬 표정으로 일제히 나를 바라보았다. 그제야 둘러보니 저만치 떨어진 곳에 겁먹은 표정으로 성춘희가 서 있었다. 그 아이는 이미 교실 밖으로 뛰쳐나가던 참이었다.

나는 내가 얼마나 공정한 사람인지를 보여줘야 했다. 그리고 내가 성춘희와 연애한다는 괴소문을 불식시킬 절호의 기회가 왔다고 생각했다. 그래서 성춘희를 향해 소리쳤다.

"성춘희 너 이리 와!"

내 말을 거역할 수 없었던지 성춘희는 내게로 왔다.

"손바닥 벌려!"

성춘희는 파르르 떨면서 손바닥을 펼쳐 내 앞에 내밀었다. 나는 보란 듯이 그 애의 손바닥을 내리쳤다. 얼마나 아팠으면 그 애는 손을 움켜쥔 채 온몸을 웅크렸다. 그러나 나는 그 애의 등짝을 옴팡지게 후려쳤다. 지켜보던 계집아이들은 흐뭇해하는 표정으로 웃었고, 그런 동무들이 원망스러웠던지 성춘희는 하얗게 눈을 할겼다.

내가 그토록 혹독하게 성춘희를 때리는 걸 보았더라면 적어도 내가 성춘희를 좋아한다는 소문만은 충분히 잠재울 수 있었을 것이다. 그러나 그날 밤 나는 잠이 오지 않았다. 성춘희는 그때 이미 교실 밖으로 발을 내밀었는데, 그런 그 애를 굳이 불러들여 때린 건 공정한 처사라 할 수 없었으니 말이다. 게다가 떡갈나무 몽둥이 찜질을 해줬어야했던 대상은 근거 없는 소문을 퍼트리는 그 계집아이들이지 성춘희가아니다. 그런데도 아무 죄 없는 성춘희를 제물로 삼은 것은 내가 계집아이들 무리를 무서워했기 때문일 것이다. 다행히 그때 소두영네 소가그 장면을 보지 않았기 망정이지, 만약 보았다면 틀림없이 내 처사가공정하지 않다고 생각했을 것이다. 그래서 나는 부끄러웠다.

나는 사과와 위로의 뜻으로 성춘희에게 내 자지라도 보여줄까 생각까지 했다. 그러나 그때까지도 그 애가 어디에 사는지 몰랐다. 알았다면 그 애 집에 가서 그 애가 보는 앞에서 내 자지를 꺼내 보여줬을 것이다. 그랬더라면 그 애의 응어리진 마음이 풀어졌을 것이다.

그러나 굳이 그렇게 하지 않아도 되었다. 그 일이 있고 얼마 뒤에성춘희는 한 그루 백양나무로 변해버렸기 때문이다.

훗날에 들어서 알게 된 사실이지만, 성춘희 아버지 성기주는 향교지기였다. 향교 행랑채에 살면서 향교를 관리하고, 공자 제례 때 쓸 제물을 준비하고, 문중 행사가 있는 날에는 행사 뒷일을 하는 것이 주된임무였다. 그 댓가로 향교에 딸린 논 서 마지기와 밭 서 마지기를 얻어

소작료를 내지 않고 농사를 지어 먹을 수 있었다. 향교 입구에 서 있는 두 그루 은행나무와 앞마당 대추나무와 대성전 뒤 밤나무와 감나무에 달린 열매는 원칙적으로 제물로 쓰고, 그러고도 남는 것은 장에 내다 팔아 가용에 보탤 수도 있었다.

성춘희의 아버지가 향교지기로 들어온 것은 전쟁이 끝난 뒤였다고 한다. 술을 좋아했던 옛 향교지기가 전쟁통에 '동해물과 백두산이......'를 술김에 부르다가 따발총에 맞아 죽자 유림에서는 새 향교지기를 구해야 했는데, 그때 마침 성춘희의 아버지 성기주가 이 고장에 나타났던 것이다. 성춘희의 아버지가 향교지기로 발탁된 것은 말이 없고 조용하며 성실한 덕분이었다. 그리고 무엇보다도 전 향교지기와 달리 술을 마시지 않았다.

"한문도 좀 읽고 쓸 줄도 알았지."

듣고 있는 누군가가 덧붙였다.

처음 영춘에 당도했을 때 성기주는 코가 오똑하고 눈이 동그란 젊고 가냘픈 아낙 한 사람을 대동하고 있었다. 그들이 어디서 왔는지에 대해서는 의견이 분분했다. 경상도 춘양에서 왔다는 사람도 있고, 전라도 나주에서 왔다는 사람도 있고, 황해도 사리원에서 왔다는 사람도 있었다.

"그 아줌씨 코가 오똑하고 눈이 꼭 고양이 눈깔처럼 동그란 것이 조선 여자 같지가 않았어. 류큐 사람일지도 몰라."

누군가가 이렇게 말했다. 나는 류큐가 어디인지 궁금했지만, 아는 사람이 아무도 없었다.

"그 아줌씨 성이 영월 엄씨여. 영월에서 온 게 틀림없어."

이 말에 나는 속으로 크게 고개를 끄덕였다. 영월 엄씨의 딸이 아니고는 떡갈나무댁 새색시 엄지영처럼 코가 오똑하고 눈이 커다란 여자는 세상에 달리 없을 테니 말이다.

향교에 들어온 젊은 부부는 줄줄이 딸 셋을 낳았는데, 하나같이 어머니를 닮아 코가 오똑하고 눈이 동그랗고 몸매가 날씬해서 미모가 뛰어났다. 큰딸은 춘매, 둘째는 춘선, 세째가 바로 나한테 죄 없이 흠씬 두들겨 맞았던 춘희였다. 세 처녀는 모두 말이 없고 조용해서 사람들 눈에 잘 띄지도 않았다.

내리 딸 셋을 낳은 그들 부부는 마침내 아들을 하나 얻었는데, 출산 중에 피를 너무 많이 흘려 산모는 그만 죽고 말았다. 홀아비가 된 성춘희의 아버지는 세 딸과 아들 하나를 혼자 키우며 살았다. 아내를 잃은 성기주는 때때로 이런 노래를 혼자 불렀다고 한다.

저기 저산 춘양목은
뭐가 그리 그리워서
엄동설한 백설 속에
그리도 푸르른가

이런 노래를 부르던 성춘희의 아버지는 어느 겨울, 아내가 묻혀 있는 강 건너 태화산 기슭, 활고개를 따라 펼쳐진 공동묘지가 보이는 북벽 위에 서서 한 그루 커다란 춘양목으로 변해버리고 말았다. 목신이 되어버린 것이다.

"얼마나 마누라가 그리웠으면 나무가 되었을까?"

나무가 된 향교지기와 그 아이들, acrylic on canvas 65x53cm, 2022.. ⓒ 하일지

동네 어른 한 사람이 혀를 차며 이렇게 말했다. 나는 숨을 죽이고 듣고 있었다.

졸지에 아버지를 잃어버린 세 딸은 어린 남동생 춘식을 데리고 아침마다 북벽으로 올라가 춘양목에게 인사했다고 한다.

향교지기가 갑자기 소나무로 변해버렸으니 유림은 몹시 난감했다. 그래서 긴급히 회의를 소집했다. 참석한 유사들은 이 황당한 사태를 어떻게 해결해야 할지 의논했다. 그러나 뾰족한 묘책이 서지 않았다. 『산해경』처럼 요망한 책이 아니라면, 사서삼경 어디에도 사람이 나무로 변했다는 이야기가 없고, 이런 경우 어떻게 처리하는 것이 도리에 어긋나지 않은지에 대한 언급도 없었으니 말이다. 그러던 끝에 누군가가, 일단 소나무로 변한 성기주를 만나 저간의 사정을 물어보고, 앞으로 어떻게 할 것인지 의중을 알아보는 것이 순서라고 했다. 그 말에 공감한 유사 일동은 성기주의 세 딸과 아들을 앞세우고 북벽 꼭대기로 올라갔다.

거기에는 과연 난데없이 장대한 춘양목 한 그루가 서 있었다. 그러나 그 나무가 향교지기 성기주라는 근거는 없었다.

"여보게 기주, 우리가 왔네."

유사 중 한 사람이 소나무를 올려다보며 말했다. 그러나 나무는 아무 말 없었다.

"허어! 이 사람아. 자네가 나무로 변한 게 사실이라면 말을 해보게. 그래야 우리가 뒤처리를 할 거 아닌가?"

그러나 나무는 여전히 말이 없었다. 유사 중 한 사람은 북벽 아래를 살피기 시작했다. 성기주가 나무로 변한 것이 아니라 사실은 이 절벽에서 뛰어내렸을지도 모른다고 생각하는 것 같았다. 보이는 것은 까마득히 저 아래 흐르는 시퍼런 강물뿐이었다.

"아버지, 우리가 왔어요."

큰딸 춘매가 소나무를 올려다보며 말했다. 그제야 나무는 춘매를 향해 가지를 흔들어 보이며 반응했다. 바람도 불지 않는데 말이다. 그 모습을 요상하게 여긴 유사 한 사람이 나무를 올려다보며 말했다.

"괴이한 일이기는 하네. 다시 한번 반응해보게. 이 소나무가 기주 자네가 변한 것이 확실하다면 다시 한번 팔을 흔들어보게."

그러나 소나무는 미동도 하지 않았다. 그러자 막내딸 춘희가 나무에게 말했다.

"아버지, 유사 어른들이 오셨으니 인사드리세요."

그러자 소나무는 흡사 손을 모아 인사하듯 공손하게 가지를 앞으로 모았다. 그 모습을 본 유사들은 고개를 끄덕이며 말했다.

"성기주가 틀림없네."

유사들은 북벽에서 내려와 향교 대성전에 모여 이 일을 어떻게 할 것인지 상의했다. 결론은 다음과 같았다.

첫째, 연유는 알 수 없으나 향교지기 성기주가 나무로 변한 것이 확실하니 더는 향교지기 직을 수행할 수 없다고 판단됨.

둘째, 향교지기 성기주가 다시 사람으로 화하여 돌아올 수도 있는 일이고, 지난 17년간의 성실한 봉직에 대한 포상 차원에서 6개월 동안 기다려주는 것이 합당함.

셋째, 성기주의 식솔이 아직 나이 어리니 그들을 당분간 향교에 머무르게 하되, 이 문제에 대해서는 차후에 다시 논의하기로 함.

유사들이 돌아간 뒤로도 성기주의 네 아이는 아침마다 아버지를 찾아 북벽에 올라갔다. 그러던 어느 날부터인가, 담쟁이를 닮은 이름 모를 덩굴이 무서운 속도로 춘향목을 타고 올라가기 시작했다. 세 딸은 아버지를 괴롭히는 덩굴을 허겁지겁 걷어냈다. 그러나 소용없었다. 잠시 눈을 돌리면 어느새 덩굴은 나무 둥지를 순식간에 뒤덮어버렸다. 심지어 사람을 타고 올라오기도 했다. 그 싱싱하던 춘양목은 시들어갔고, 끝내 거대한 고사목이 되고 말았다.

"춘양목이라는 게 본래 아무데서나 자라는 게 아니여. 경상도 춘양에서만 자라는 나무라서 춘양목이라고 하는 거여."

누군가가 말했다.

춘양목이 죽어가고 있었지만 딸들은 매일같이 찾아가 인사를 드렸다. 그러던 어느 날 세 딸들도 담쟁이 덩굴에 덮인 채 나무로 변하고 말았다고 한다. 이 이야기를 듣고 있던 나는 목구멍을 차고 밀려 올라오는 울음을 가까스로 억눌렀다. 큰딸 춘매는 박달나무로, 둘째딸 춘선은 굴참나무로, 셋째딸 춘희는 백양나무로, 그리고 아들 춘식은 오리나무로 변했다. 그래서 오늘에도 사람들은 박달나무를 '춘매목'이라고도 부르고, 굴참나무를 '춘선목'이라고 부르고, 백양나무를 '춘희목'이라고 부르고, 오리나무를 '춘식나무'라고도 부른다.

나는 어른들이 들려주는 이 이야기를 귀담아 듣고 나서 그 나무들이 지금 어디에 있느냐고 물어보았다.

"북벽 꼭대기에 가보면 있겠지, 뭐."

어른 중 한 사람이 심드렁한 목소리로 말했다. 나는 즉시 북벽으로 향했다. 그러나 북벽 어디에도 담쟁이가 뒤덮은 고사목도 박달나무와 굴참나무와 백양나무와 오리나무를 찾을 수 없었다. 북벽 위에 자라는 나무는 바람을 받아 구부러진 소나무와 키 작은 소철, 그리고 떡갈나무뿐이었다. 이튿날도 그 이튿날도 올라가 찾았지만 향교지기와 그의 아이들이 변해서 된 나무라고 할 만한 것을 발견하지 못했다. 어른들에게서 들은 이야기가 흡사 꿈처럼 느껴졌다.

성춘희가 백양나무로 변한 뒤부터 나에게는 이상한 버릇이 생겼다. 길을 가다가 백양나무와 마주치면 허리춤을 풀고 자지를 꺼내 보여주는 버릇 말이다. 남들이 보면 오줌 누는 줄 알 것이다. 그러나 사실은 내게 회초리를 맞은 성춘희의 응어리진 마음을 조금이라도 달래주려고 내 자지를 보여주는 것이다.

성춘희에게 빚진 마음을, 나는 훗날 성춘희를 닮은 동출이 작은어머니에게 갚았다.

동출이 작은어머니의 비밀

　동출이 작은아버지는 장가를 세 번 갔다. 첫 번째 색시와는 왜 헤어졌는지 나도 모른다. 왜냐하면, 비록 내가 똑똑한 사람이기는 하지만, 그렇다고 해서 세상의 모든 것을 다 알 수는 없는 일이기 때문이다. 그렇기는 해도 동출이 작은아버지가 두 번째 색시와 헤어지게 된 까닭에 대해서는 확실히 알고 있다.

　두 번째 장가를 가고 얼마 되지 않은 어느 날 아침 다소 이른 시간에 동출이 작은아버지가 우리 집으로 왔다. 우리 아버지와는 나이 차이가 나 그다지 가까이 지내는 사이도 아닌데 이렇게 이른 시간에 동출이 작은아버지가 찾아온 건 다소 뜻밖의 일이었다.

　때마침 아침밥을 먹으려던 참이라 동출이 작은아버지도 우리와 함께 먹었다. 밥을 먹으면서 계모는 새로 장가를 가니 좋으냐고 물었다. 그런데 동출이 작은아버지는 뜻밖의 말을 했다. 아무래도 색시를 돌려야 할 것 같다고 말이다. 동출이 작은아버지는 그러니까 답답한 자기 마음을 누구에게라도 좀 털어놓으려고 그토록 이른 시간에 우리 집을 찾아온 것 같았다.

　아버지와 계모는 깜짝 놀라며 "왜?"하고 물었다. 그러자 동출이 작은아버지는 말했다.

"손이 커서 밥을 너무 많이 해요."

그러자 계모가 혼잣말처럼 중얼거렸다.

"그러면 안 되지."

나는 마음속으로 밥이야 좀 적게 하면 될 텐데 하는 생각을 했다. 그리고 가영이가 혹시 밥을 너무 많이 하면 어쩌나 걱정되기도 했다.

그 일이 있고 불과 며칠 지나지 않아 동출이 작은아버지는 정말 색시를 돌려보냈다. 그 소식을 들은 나는 밥을 좀 많이 하는 것이 그렇게 큰 죄인지 궁금했다. 멀리 전라도에서 여기까지 시집왔다가 밥을 너무 많이 해서 쫓겨난 그 색시도 참 딱했다. 그리고 얼마 뒤 동출이 작은아버지는 다시 전라도 여자 하나를 불러와 세 번째 혼례를 치렀다. 이렇게 잦은 혼례를 치르자 마을 사람들은 '그 집은 좀 이상해'하고 수군거리기도 했다.

생각해보면 동출이네는 이런 일이 잦았다. 몇 해 전 동출이 고모 사건만 해도 그랬다. 동출이 할머니는 열다섯 된 딸을 이웃 백자리에 시집보냈다. 싫다고 하는 어린 딸을 억지로 보냈는데, 첫날밤에 그만 도망을 간 것이었다. 처음에는 친정집으로 도망을 왔는데, 친정에서 다시 보내자 며칠 뒤에는 친정집으로도 오지 않고 어딘가로 영영 사라져버린 것이었다.

동출이 고모가 사라진 날 새벽에는 하얗게 눈이 내려 있었는데, 눈에 찍힌 발자국을 따라 자신을 잡으러 오는 사태를 염려했던 동출이 고모는 일단 친정집 쪽으로 가는 길에 발자국을 남겨놓았다고 한다. 그러고는 흔적도 없이 사라져서 지금까지도 행방을 알 수 없게 되었다. 친정집까지 발자국을 남긴 뒤 동출이 고모가 어디로 어떻게 사라

겼느냐는 건 지금도 풀리지 않는 수수께끼가 되었다.

그때 그 사건에 유독 관심을 보였던 사람은 누나였다. 누나는 동출이 고모와 동갑내기 동무였는데, 그 어린 딸을 강제로 시집보낸 동출이 할머니에 대해 분노하고 있었다. 그때 누나는 혹시 계모가 자기를 강제로 시집보내면 어쩌나 하고 심각하게 걱정하고 있었다.

그야 어쨌든, 동출이 작은아버지가 세 번째로 불러온 색시가 바로 성춘희를 닮았다는 동출이 작은어머니인 것이다. 세 번째 장가를 든 동출이 작은아버지는 우리 집 옆으로 이사 왔다.

나는 동출이 작은어머니를 그다지 좋아하지 않았다. 왜냐하면 궁둥이가 너무 크기 때문이다. 우리 집 곁으로 이사 오고 불과 며칠 안 되어 나는 집 모퉁이에서 오줌을 누고 있는 동출이 작은어머니의 허연 궁둥이를 우연히 보게 되었는데, 그것은 정말이지 커다란 항아리만큼이나 컸다. 그걸 보자 나는 좀 질려버렸다. 엉덩이가 너무 크긴 했지만, 그렇다고 동출이 작은어머니가 박노마처럼 특별히 재수 없는 사람은 아니었다.

멀리 전라도에서부터 아는 사람 하나 없는 이곳까지 시집와서 외로웠을 동출이 작은어머니는 저녁이면 종종 우리 집으로 와 계모와 더불어 늦게까지 이야기를 나누다 돌아가곤 했다. 그러다 보니 그런대로 정이 들었고, 그 커다란 엉덩이 따위는 잊어버릴 수 있었다.

그러던 어느 날 밤이었다. 동출이 작은어머니가 이런 말을 했다.

"우리 집 바깥양반이 글쎄 제가 시집오기 전에 처녀였나 아니었나를 자꾸 캐물어요. 그게 궁금한가 봐요."

듣고 있던 계모가 심드렁하게 말했다.

"그런 건 알아서 어쩌려고?"

"그러게 말이에요. 그런데도 요즘 들어 자꾸 그걸 캐물어요."

"그래서 뭐라고 했누?"

"처녀였다고 했지요. 그런데 못 믿겠대요."

그러자 계모가 말했다.

"처년지 아닌지는 젖을 보면 안다고 하던데, 어디 젖을 한번 보자."

방 한쪽에서 앉은뱅이 책상을 끼고 앉아 공부하던 나는 잠깐 돌아앉았다.

젖을 보고 처녀인지 아닌지 구별하는 법을 알아두고 싶었기 때문이다. 그러나 동출이 작은어머니는 부끄러운 듯 몸을 웅크리며 말했다.

"에이! 싫어요. 그리고 추워요."

나는 실망했다. 젖을 보고 처녀인지 아닌지를 구별하는 법을 배울 좋은 기회를 놓쳤기 때문이다.

잠시 침묵이 흘렀다. 어색한 표정을 짓고 있던 동출이 작은어머니가 마침내 입을 열었다.

"제가 하는 얘기 절대 어디 가서 말하지 않겠다고 약속할 수 있겠어요?"

이 뜻밖의 말에 계모는 '그러지.'하고 대답했다. 동출이 작은어머니는 그 자리에 있던 나한테까지도 약속을 받아냈다. 그제야 동출이 작은어머니가 말했다.

"사실 저는 처녀가 아니에요. 결혼해서 얼마간 살다 왔어요."

나는 몹시 놀랐지만, 계모는 대수롭지 않다는 듯이 물었다.

"자식은 있나?"

"자식은 없어요."

"그럼 됐네, 뭐."

계모는 남의 비밀을 더는 듣고 싶지 않다는 투로 말했다. 그러나 동출이 작은어머니는 시키지도 않은 이야기를 길게 늘어놓았다. 그 이야기란 대부분 전남편이 자기를 얼마나 애지중지 아껴줬던가 하는 것이었다. 가령, 시곗줄이 마음에 안 든다고 하면 빨간 시곗줄, 노란 시곗줄, 파란 시곗줄로 그날로 즉시 바꿔줬다고 했다. 이야기를 엿듣던 나는 마음속으로 바꿔준 것이 시계가 아니라 시곗줄이라는 데 약간 실망했고, 빨강, 파랑, 노랑 시곗줄이 있는지도 궁금했다. 그래도 시계가 있었다는 것만으로도 제법 잘사는 집이었겠다 싶었다. 왜냐하면 우리 남천에는 손목시계를 차고 다니는 사람은 딱 한 사람, 이장밖에 없었기 때문이다.

"그런데 왜 나왔누?"

계모가 물었다. 동출이 작은어머니는 자신이 나올 수밖에 없었던 까닭을 이야기했다. 그러나 이야기가 다소 모호해서 나는 이해할 수 없었다.

긴 이야기를 마쳤을 때 동출이 작은어머니는 이 이야기를 누구한테도 절대 말해서는 안 된다고 다시 한번 다짐했다. 계모는 내게 어디가서 이 이야기를 하면 큰일난다면서 절대 입밖에 내지 않겠다는 다짐을 받았다. 나는 절대 말하지 않겠다고 맹세했다. 나는 이 이야기를 동출이에게든 누구에게든 하지 않았다. 비밀을 지키는 것이야말로 성춘희에 대한 미안함을 갚는 길이라고 생각했다. 만약 내가 그 이야기를 발설하게 되면 동출이 작은어머니는 불현듯 느릅나무가 되어버릴 수도 있다고, 나는 생각했다.

그해 가을 어느 날 동출이 작은어머니는 우리 집 마당 가에 멍한 눈을 하고 서서 '동출이 작은아버지 못 보셨어요?'하고 물었다. 계모는 '못 보았는데.'하고 대답했다. 동출이 작은어머니는 마당 가에서 잠시 멍하니 서 있었다. 그러다가 자기 집으로 돌아갔다. 그리고 곧 혼자 아들을 낳았다. 뒤늦게 집으로 돌아온 동출이 작은아버지는 무척 기뻐했다. 아들을 낳았으니 이제 동출이 작은어머니를 쫓아내지는 않을 거라는 생각에 마음이 놓였다.

그러면서도 한편으로는 그렇게 궁둥이이가 큰 여자를 평생 데리고 살아야 할 동출이 작은아버지가 좀 딱하게 여겨지기도 했다.

문둥이의 노래

상이군인들이 한 차례 마을을 훑고 지나간 뒤에 한 무리의 문둥이들이 찾아왔다. 어른들이 상이군인을 무서워했다면 아이들은 문둥이를 무서워했다. 문둥이는 아이들 간을 빼 먹는다고 들었기 때문이다.

그러나 상이군인에 비하면 문둥이들은 아주 점잖은 편이었다. 그들은 마을에서도 좀 떨어진 보리밭 이랑에 기거하면서 아침 이른 시간에만 밥을 얻으러 마을로 내려오곤 했다. 천으로 얼굴을 가린 채 부엌 입구에 서서 말없이 바가지를 내밀었고, 집주인도 말없이 밥을 떠서 바가지에 담아줬다. 그러면 문둥이들은 조용히 떠났다. 그러니 아이들이 문둥이를 직접 볼 일은 거의 없었다. 그런데도 아이들은 문둥이를 무서워해서 학교에 갈 때나 올 때 언제나 무리를 지어 다녔다.

어른 중에는 문둥이들을 언제까지나 그냥 두고 볼 것이냐, 쫓아내야 하지 않느냐며 볼멘소리를 하는 사람도 없지 않았다. 특히 문둥이들이 둥지를 튼 보리밭 주인인 오석기의 아버지 오복상은 몸이 달았다. 문둥이들이 자기 보리농사를 망쳐놓으면 어쩌나 하고 걱정했던 것이다. 그래서 한번은 마을 회의가 열리기도 했던 것 같다. 그러나 아무런 결론도 내리지 못한 것 같았다. 아무 죄도 없는 사람들을 쫓아내는 건 천벌 받을 일이라는 기염이 외할아버지의 말을 아무도 반박할 수 없었던 것 같다. 그러나 그보다도, 누구도 나서서 문둥이들을 쫓아낼

문둥이의 주문, acrylic on canvas 65x53cm, 2021. ⓒ 하일지

용기가 없었던 것 같았다. 자칫 잘못했다간 문둥병이 옮을 수도 있고, 표나게 나섰다가 문둥이들 눈에 띄어 앙심이라도 품게 하면 어떤 복수를 당할지 모른다는 생각에 어른들도 은근히 겁을 먹고 있는 것 같았다. 읍내 파출소 순경을 찾아가 부탁하자는 의견도 없지는 않았지만, 그것도 흐지부지된 것 같았다. 우리 마을에서는 아이들이나 어른들이나 문둥이보다 순경을 더 무서워했기 때문이다. 그러다 보니 결국에는 문둥이들과 더불어 살 수밖에 없게 되었다.

아침 이른 시간에 밥을 얻으러 잠시 문둥이들이 내려올 때를 제외하면 마을 사람들과 문둥이들 사이에는 내왕이 없었기 때문에 보리밭 저 끝에 문둥이들이 어떻게 사는지 아무도 알지 못했다. 그리고 알고 싶어 하지도 않았다. 그런데 어느 날 밤, 보리밭 저쪽에서부터 이상한 노랫소리가 울려 퍼지기 시작했다.

그 노래는 어린이들이 좋아하는 '낮에 놀다 두고 온 나뭇잎 배'나 '퐁당퐁당 돌을 던지자'나 '낮에 나온 반달' 같은 노래가 아니었다. 그렇다고 어른들이 좋아하는 '도라지 도라지 백도라지'나 '신고산이 우르르 르르르 화물차 떠나는 소리에'나 '노들강변에 봄버들' 같은 노래도 아니었다. 또, 자지에 머리카락을 붙이고 다니는 박수만 같은 부랑자들이 좋아하는 '유정천리'나 '한 많은 미아리 고개'나 '노란 셔츠 입은 사나이' 같은 것도 아니었다. 그렇다고 예수쟁이들이 부르는 '요단강 건너서 만나리'처럼 재수 없는 노래도 아니었다. 물론 누나가 좋아하는 '산 너머 남촌에는'과 같은 노래도 아니었다. 그렇다면 그건 대체 어떤 노래였나? 그건 나도 도저히 말로 할 수가 없다. 그날 밤 그 노래를 처음 듣는 순간, 나는 세상에 이런 노래도 있나 하고 생각했으니 말이다.

그것은 젊은 남자의 노래였다. 산으로 둘러싸여 밤이 되면 동구 밖 밤나무에서 밤 떨어지는 소리도 들릴 만큼 조용한 마을에 젊은 남자의 우렁차면서도 애절한 노래가 울려 퍼졌으니, 누나와 내가 홀린 듯이 밖으로 달려나간 건 당연했다. 하늘에는 손에 잡힐 듯이 또렷한 별들이 가득했고, 노랫소리는 마치 귓전에서 들리는 듯 선명했다. 그 청아한 노랫소리는 이상한 파장을 일으키면서 우리 마을뿐 아니라 가까운 골짜기 마을 깊숙이까지 울려 퍼지고 있는 것 같았다. 신작로를 따라 늘어선 검은 미루나무들도 숨을 죽이고 그 노래를 듣는 듯했다.

　　"문둥이의 노래야!"

　　내가 누나에게 말했다. 행여 누나가 이 이상한 노래를 좋아하게 되면 어쩌나 하는 걱정이 들었기 때문이다. 빨간 금계랍을 세 알이나 먹고 정신을 잃은 적이 있는 누나라 나는 믿을 수 없었다. 누나는 내 말에는 아무 대답도 하지 않고 노래에 귀를 기울이고 있었다.

　　"저건 사람들이 쓰는 말도 아니야. 문둥이들끼리 쓰는 말이야."

　　그 노래 가사는 분명히 우리가 쓰는 말이 아니었다. 그러나 누나는 내가 하는 말 따위는 들리지도 않는지 두 손을 모아 가슴에 댄 채 홀린 듯한 눈으로 노래를 듣고 있었다. 그래서 나는 그 노래의 한 소절을 흉내내며 다시 말했다.

　　"오 솔레미오, 오 솔레미오…… 이건 틀림없이 간을 빼먹으려고 동네 애들 불러내는 주문이야."

　　그러나 누나는 내 말을 듣지 않았다. '오 솔레미오 오 솔레미오'가 몇 차례 굽이치듯이 반복될 때 누나의 두 눈에는 눈물이 고여 있었다. 그 긴 노래가 끝나자 누나는 한숨을 내뱉듯 혼잣말처럼 말했다.

"나 저 문둥이한테 시집갈까 봐."

누나의 말을 듣는 순간, 나는 한번 잘못 먹은 금계랍은 아편보다 더 지독하다는 생각에 절망했다. 그날 밤 나는 문둥이들이 자고 있을 보리밭을 불 질러버릴까 하는 생각도 했다. 그러나 그렇게 할 수도 없었다. 보리밭에 불을 지르면 오석기네 일가족은 굶어 죽을 것이 틀림없었기 때문이다.

그날 밤 그 노래를 들은 사람은 비단 누나와 나만은 아니었던 것 같았다. 이튿날 학교에 가니 문둥이의 노래는 아이들 사이에 화제가 되어 있었다. 강 건너 마을에 사는 아이들마저 그 노래를 들었다고 호들갑을 떨었으니 정말 놀라운 일이 아닐 수 없었다. 언제나 지린내가 풍기는 절어 빠진 바지를 입고 다니긴 하지만, 노래 잘 부르고 앵무새처럼 남의 목소리 흉내 잘 내기로 소문난 오석기는 어젯밤에 들은 '오 솔레미오'의 몇 소절을 제법 그럴싸하게 불러 아이들의 탄성을 자아내기도 했다. 장래 희망이 상이군인인 오석기는 어젯밤에 들은 그 노래가 간을 빼먹으려고 동네 아이들을 불러내는 문둥이들의 주문이라는 것을 그때까지도 모르고 있는 것 같았다. 그래서 나는 오석기를 딱하게 여겼다.

어젯밤에 들은 그 문둥이의 노래가 그냥 노래가 아니라 아이들을 불러내는 주문이라고, 내가 확신하는 데는 그만한 까닭이 있었다. 어른들은 그 노래를 전혀 듣지 못했다는 사실이 그것이었다. 가령, 아침에 내가 계모에게 '어머니, 어젯밤 그 소리 들었어요?'하고 물었는데, 계모는 귀찮다는 듯이 '얘가 뭔 말을 하는 거여?'하고 되물었고, 아버지는 '빨리 밥이나 먹어.'하고 말했던 것이다. 우리 집뿐 아니라 다른 집 어른들도 아무런 반응을 보이지 않기는 마찬가지였다. 상진이 아버지 어머니는 새벽같이 감자밭에 가 감자를 캤고, 권 체부는 언제나처럼 우편 배달을 했다. 어젯밤의 그 이상한 노래를 들었다면 이렇게 태연하게 일이나 할 수는 없었을 것이다.

이튿날도 그 이튿날도 문둥이는 노래를 불렀다. 나는 그 불길한 노래를 듣지 않으려고 귀를 틀어막았다. 그러나 누나의 귀를 틀어막을 수는 없었다. 밤이면 밤마다 누나는 마당 한 귀퉁이에 앉아 보리밭 저편에서 들려오는 노래를 듣곤 했다. 나는 불가항력을 느꼈다. 며칠 전 조회 시간에 내가 학교 운동장에서 빈혈로 쓰러질 때 느꼈던, 도저히 내가 감당할 수 없는 힘 같은 것 말이다. 그래서 나는 죽은 어머니를 원망했다. 어머니가 죽지만 않았더라도 내가 누나 때문에 이렇게 힘들어 하지 않아도 될 텐데 하고 말이다.

문둥이가 노래를 부르는 밤이면 나는 또 가영이를 걱정했다. 누나야 어린애가 아니기 때문에 문둥이들이 간을 빼먹지는 않겠지만, 가영이는 아직 어린이여서 능히 간을 빼먹을 수 있었기 때문이다. 그래서 어느 달 밝은 밤에 '오 솔레미오'가 울려 퍼지는 개울을 건너 가영이네 집까지 달려갔다.

내가 염려했던 일이 눈앞에 펼쳐졌다. 가영이는 봉창에 얼굴을 내민 채 두 손으로 턱을 괴고 그 노래를 듣고 있었다. 우리는 서로 내외하는 사이였기에 평소 같으면 굳이 간섭하지 않겠지만, 그날만은 놀란 목소리로 다소 호들갑스럽게 소리쳤다.

"그거 들으면 안 돼."

가영이는 그러나 이해할 수 없다는 표정으로 날 굽어보며 '왜?'하

문둥이의 오 솔레미오, acrylic on canvas 72x60.5cm, 2021. ⓒ 하일지

Haïji

고 물었다.

"그건 노래가 아니야. 간을 빼먹으려고 어린애들 꼬드기는 문둥이들의 주문이란 말야."

가영은 한동안 아무 말도 하지 않고 나를 굽어보고만 있었다. 그러더니 잠시 후에 말했다.

"아닌데. 홍사욱 선생님이 그러시는데 이건 이탈리아 노래래."

이 뜻밖의 말에 나는 어안이 벙벙해져서 말했다.

"홍사욱 선생님도 들었단 말여?"

홍사욱 선생님은 우리 학교에서도 풍금을 잘 치고 음악을 잘하는 선생님으로 유명했다.

"그럼 들었지. 홍사욱 선생님뿐 아니라 조신자 선생님도 배용국 선생님도 다 들으셨대. 선생님들이 하시는 말씀을 들었는데, 지금 노래 부르는 문둥이 아저씨는 틀림없이 일본 가서 성악을 공부하고 돌아온 성악가인 것 같대."

나는 말문이 막혀 혼잣말처럼 중얼거렸다.

"아무리 그래도 그렇지. 다 큰 처녀가 이 늦은 밤에 외간 남자가 부르는 노래나 듣고 있어서야……"

내 말이 우스웠던지 가영이는 소리 없이 배시시 웃었다. 그리고 잠시 후 말했다.

"알았어. 조금만 더 듣다가 잘게."

집으로 돌아오려고 개울을 건널 때 보니 수많은 반딧불이 반짝거리고 있었는데 그 모습이 흡사 하늘에서 별이 쏟아지는 것 같았다.

나처럼 똑똑한 아이의 생각도 때때로 틀릴 수 있다는 걸 나는 다음 날 학교에 가서야 알게 되었다. 조회 시간에 홍사욱 선생님은 한국말로 가사를 옮긴 문둥이의 노래를 전교생과 전 선생님들이 지켜보는 앞에서 풍금을 치면서 불러줬다. 그러나 홍사욱 선생님이 부르는 '오 솔레미오'는 문둥이가 부르는 그것처럼 애절하지도 않았다. 홍사욱 선생님보다는 차라리 문둥이의 목소리를 흉내내 오석기가 부르는 몇 소절이 훨씬 나았다.

그 무렵에 오석기는 '오 솔레미오'를 부르는 문둥이가 다른 데가 아닌 자기네 보리밭에 살고 있다는 사실에 은근히 자부심을 느끼는 것 같았다. 바로 그 점 때문에 아이들도 마음속으로 오석기를 존경하는 것 같았다.

문둥이들은 언제까지나 오석기네 보리밭에서 지낼 수 없었다. 보리를 수확해야 했기 때문이다. 그래서 얼마간은 빈 물레방앗간에 기거하기도 했고, 오석기네 보리밭이 수수밭으로 변했을 때는 다시 수수밭 이랑으로 옮겨 갔다.

허풍쟁이 상구

문둥이가 마을에 나타나면서 아이들은 혼자 다니는 일 없이 무리를 지어 다녔고, 무리를 지어 다니다 보니 많은 새로운 소문을 들을 수 있었다. 그중에는 아주 고약한 소문도 있었다. 가령, 말더듬이 윤수는 언덕 위에 사는 정갑수 아저씨와 아주머니가 씹을 했다고 했다.

이 말 같지도 않은 말은 듣고 싶지도 않았다. 박수만처럼 막돼먹은 사람이라면 몰라도 정갑수 아저씨처럼 점잖은 분이 그런 더러운 짓을 했다니 말도 안 되는 모함이었다. 그 점잖은 어른을 두고 감히 그런 헛소문을 퍼트리려고 하다니, 나는 윤수가 참 못된 아이라고 생각했다. 나뿐 아니라 다른 아이들도 믿지 못하겠다는 표정이었다.

"즈즈즈증말이라니까. 태태태태태식이가 바바바바봤대."

윤수가 말했다. 말더듬이의 말을 곧이곧대로 듣는다는 것은 어리석은 일이다.

그때, 중학교에 다니는 상구가 지나가다가 우리의 대화에 끼어들었다. 상구로 말할 것 같으면 우리 마을 대호인 박달 영감의 큰손자였다. 우리가 처음 이 마을에 올 때 박달 영감의 할머니로부터 많은 도움을 받았기 때문에 상구를 미워해서는 안 된다는 것을 나는 잘 알고 있었다. 그러나 상구를 존경할 수는 없었다. 나보다 네 살이 많긴 하지만, 상구는 공부하고는 담을 쌓은 데다가 어른 흉내를 내는 건방진 놈이었다. 박수만 같은 부랑자들을 동경해서 때때로 그들과 어울려 술도 마시고 담배도 피웠다. 게다가 허풍쟁이였다.

그런 상구였기 때문에 나는 애당초 상구가 하는 말 따위는 들으려고 하지도 않았다. 그러나 그가 하는 말이 너무나 충격적이어서 듣지 않을 수 없었다.

상구는 말했다. 정갑수 아저씨뿐 아니라, 세상의 모든 신랑 각시가, 모든 남편과 마누라가 씹을 한다는 것이다. 그것도 거의 매일 밤. 심지어 남자와 여자가 결혼하는 것도 다 씹을 하기 위해서라고 했다. 이렇게 떠벌리며 상구는 건방진 미소를 짓고 있었다.

"씹을 왜 하는데?"

듣고 있던 누군가가 물었다.

"좋으니까."

"뭐가 좋은데?"

상구는 건방진 표정으로 씨익 웃었다. 그리고 말했다.

"뭐가 좋은지는 해봐야 알아."

"그러는 형은 해봤어?"

또 다른 누군가가 말했다. 상구는 대답 대신 다시 한번 씨익 웃었다. 우리가 가소롭다는 표정이었다.

그때 우리 중 누군가가 얼마 전에 홍사욱 선생님과 조신자 선생님이 결혼했는데, 그럼 그 선생님들도 씹을 하느냐고 되받았다. 그런데 상구는 망설이는 기색도 없이 그렇다고 말했다. 듣고 있던 우리는 웃었다. 선생님들이 그런 나쁜 짓을 한다는 게 도저히 믿기지 않았던 것이다. 박수만 같이 재수 없는 놈과 어울리더니 아무래도 상구가 미쳐

가는 게 틀림없었다. 상구는 계속해서 떠벌렸다.

"아이는 어떻게 생기는지 알아? 남자와 여자가 씹을 해서 생기는 거야. 씹을 하면 남자의 자지에서 호르몬이 나오는데 그것이 여자의 보지 속에 있는 난자와 합쳐져서 아이가 만들어지는 거야."

나는 어떻게 해야 이 허풍쟁이의 말문을 막아버릴 수 있을지 궁리하고 있었다.

"그건 사람이나 짐승이나 마찬가지야. 개도 쌤을 붙잖아. 소도 교미를 붙이고."

듣고 있던 누군가가 끼어들었다.

"소 교미 붙이면 황소 주인한테 콩 서 말 준다."

상구는 신이 나서 계속했다.

"맞아. 왜 콩 서 말을 주면서 암소 교미를 붙이는데? 송아지 배게 하려고 그러는 거야. 너네도 모두 너네 엄마 아버지가 씹을 해서 생긴 거야."

그 말을 듣는 순간 나는 화가 머리끝까지 치밀어 불쑥 말했다.

"너야 소새끼니까 콩 서 말 주고 교미해서 낳았겠지만, 나는 사람이라서 그렇지 않아."

나의 이 말에는 상구도 화가 난 것 같았다. 그러나 그는 곧 자제하고 말했다.

"중학교에 가면 배워. 그때가 되면 내 말이 맞는다고 하겠지."

중학교에 가면 그런 나쁜 걸 가르친다는 것도 내게는 충격적이었다. 나는 그의 말이 모두 거짓말임을 밝혀내지 않으면 안 되었다. 그래서 말했다.

"작년에 느릅실 고봉만 씨 딸이 애를 낳았잖아. 시집도 안 간 처녀가 애를 낳았다고 온 동네 소문이 파다했는데, 그건 어떻게 설명할 거야? 꼭 씹을 해야 아이를 낳는 건 아니잖아."

아이들도 내 말에 공감하는지 모두 말했다.

"맞아."

그러자 상구는 비시시 웃으며 말했다.

"결혼은 안 했지만, 어느 놈과 몰래 붙어먹었던 거지."

듣고 있던 누군가가 펄쩍 뛰면서 말했다.

"그건 말도 안 돼."

그러나 상구는 태연하게 말했다.

"그게 부끄러워서 고봉만 씨 딸이 목을 매달아 죽은 거야."

우리는 어안이 벙벙해졌고, 상구는 신이 났다. 내가 말했다.

"정갑수 아저씨 동생 정을수 아저씨는 결혼한 지 여러 해 됐는데도 여태 아이가 없어 보리깜부기 칠해줄 사람도 없다고 늘 푸념하잖아. 그럼, 정을수 아저씨는 아주머니랑 씹을 안 해서 그런 거야?"

이 말에 대해서는 상구도 미처 대답하지 못했다. 나는 내친김에 계속해서 몰아붙였다

"그리고 달섭이 누나는 늙은 떡갈나무한테 시집갔어. 그럼 달섭이 누나는 떡갈나무하고 씹을 하는 거야?"

내가 이렇게 몰아붙이자 할 말이 없었던지 상구는 혼잣말처럼 중얼거렸다.

"하긴 뭐 때가 되면 저절로 다 알게 될 텐데 미리 알 필요는 없지."

이 말을 남기고 상구는 자리를 떴다. 불과 2년 뒤에 일어난 일이지

만 허풍쟁이 상구는 아편쟁이 조순규의 딸, 그 빨간 보지의 조춘자와 몰래 씹을 했다가 아이가 생기는 바람에 코가 꿰여 결혼했다. 박달 영감네 할멈은 대호 집 장손부로 하필이면 아편쟁이 딸을 맞이하게 되어 몹시 속상해했다고 한다.

그날 이후 나는 심란해졌다. 상구가 한 말이 어쩌면 사실일지도 모른다는 막연한 불안이 몰려왔기 때문이다. 특히, 중학교에 가면 학교에서 배운다고 했던 상구의 말이 찜찜했다. 그래서 누나에게 사람이 결혼하면 모두 씹을 하느냐고 물었다. 그러자 누나는 갑자기 빨갛게 달아오른 얼굴로 내 등짝을 후려치며 말했다.

"어디서 그런 소리나 듣고 다니냐?"

이렇게 되자 누나에게 더는 말을 붙일 수 없었다. 그래서 나보다 한 살 많은 동출이를 찾아갔다.

내 이야기를 들은 동출이는 숨소리까지 쌕쌕거리면서 사실은 자기도 그런 이야기를 들었다고 했다. 그러나 그게 참말인지 거짓말인지는 자기도 모르겠다고 했다. 그래서 우리는 믿을 만한 청년들을 찾아가 물어보기로 했다.

우리는 동출이의 육촌 형 동호를 찾아갔다. 동호의 집 앞에 있는 펌프장에는 때마침 동호와 몇몇 청년이 모여 잡담하고 있었다. 우리는 그들에게 상구한테서 들은 이야기가 모두 사실이냐고 물었다. 그러자 청년들은 저희끼리 히죽히죽 웃었다. 그러다 청년 하나가 말했다.

"야, 임마! 때가 되면 다 알게 될 일을 뭐하러 벌써 알려고그래?"

사실인지 아닌지만 말해주면 될 텐데 왜 대답을 피하는지, 나는 이해할 수 없었다. 하긴 이 촌구석 무지렁이 청년들이 뭘 알겠나 싶기도 했다.

　다음 날 나는 담임 선생님을 찾아갔다. 내 이야기를 끝까지 듣고 난 담임 선생님은 잠시 생각에 빠져 있다가 말했다.

　"중학교에 가면 배우게 되겠지만 그건 모두 사실이란다."

　그날 이후 나는 심하게 앓았다. 입안이 다 헐어서 밥도 못 먹었다. 그리고 어지러워 제대로 서 있을 수도 없었다. 밤이면 식은땀을 흘리고 헛소리를 한다고 했다. 그래서 근 보름 동안 학교에도 가지 못했다. 가을 운동회에도 빠졌고, 소풍도 가지 못했다. 그 보름 동안 내가 끼니때마다 먹는 것은 감자조림 몇 조각과 보리밥 몇 숟갈이 전부였다. 누나는 내가 혹시 상사병에 걸린 거 아니냐고 농담처럼 말했지만 나는 화를 낼 힘도 없었다.

　나를 힘들게 했던 것은 우선 재수 없는 박수만과 어울려 다니는 상구 같은 허풍쟁이가 한 말이 모두 맞았다는 사실이었다. 그러나 그보다 더 심각한 것은 죽은 어머니도 살아생전에 아버지와 그 짓을 해서 나를 낳았다는 사실이었다. 그토록 그리워했던 죽은 어머니마저도 더럽게만 느껴졌다.

　정말이지 나는 사는 것이 싫어졌다. 지난여름 그 소나기가 퍼붓던 밤에 죽은 허도처럼 나도 곧 죽게 될 테고, 내가 죽으면 아버지와 계모는 보리깜부기 칠도 하지 않은 나의 시체를 지게로 지고 뒷산으로 가 묻을 거라고 상상했다. 그런데 내 걱정은 누나였다. 내가 죽고 나면 누가 누나를 지켜줄까 하는 생각에 몹시 울적했다.

　아버지는 약방에 가 약을 지어 왔고 계모는 산에 가 무슨 나무 둥지 속에 산다는 굼벵이를 잡아 왔다. 그 굼벵이를 볶을 때 생기는 물을 바르면 나처럼 입안이 헐어 밥을 못 먹는 데 좋다는 말을 듣고 온 것이다. 누나는 내가 불쌍했던지 훌쩍훌쩍 울기도 했다. 누나가 그렇게 우는 것으로 보아 아무래도 나의 상태가 심각한 것 같았다.

그러던 어느 날 오후였다. 문밖에서 들리는 공깃돌 소리에 잠에서 깨어났다. 귀를 기울이니 누나가 누군가와 도란도란 이야기를 나누며 공기놀이를 하고 있는 듯했다. 열일곱 살이나 먹은 다 큰 처녀가 국민학교 계집아이들이나 하는 공기놀이를 하고 있다는 것이 믿기지 않아서 문을 열고 내다봤다.

문밖 봉당에는 뜻밖에도 가영이가 누나와 공기놀이를 하고 있었다. 우리 집에 잘 오지 않는 가영이가 우리 집에 왔다는 것도 그렇지만 5학년짜리 계집아이를 상대로 그토록 열심히 공기놀이를 하는 누나도 이해할 수 없었다. 두 사람은 공기놀이에 빠져 내가 문을 열고 내다보고 있다는 사실조차 모르고 있었다.

누나는 손이 커서 유리했다. 그러나 가영이도 만만치 않았다. 짧은 치마 밑으로 눈부시게 희고 정갈한 사타구니를 드러낸 채 쪼그리고 앉은 가영이는 정교하고 민첩한 동작으로 다섯 개 공깃돌을 실수 없이 받아내곤 했다. 그런 가영이를 멍하니 내다보면서 나는 문득 저 눈부시게 희고 정갈한 사타구니 사이 검은 팬티가 가리고 있는 가영이의 보지는 참 착하고 예쁠 거라고 생각했다. 마당에는 그때 빨간 고추잠자리가 가득히 날아다니고 있었다.

가영이가 놀다 간 그날 밤부터 나는 부끄럽게도 그 애의 보지가 보고 싶다는 생각이 들었다. 계집아이들 보지 따위에는 아무런 관심도 없었던 점잖은 내가 가영이의 보지를 그토록 보고 싶어 한다는 것을,

나는 이해할 수 없었다. 더욱 부끄러운 것은 나도 모르는 틈에 그 애와 씹하는 상상에 빠져들곤 했다는 것이다. 그 애의 그 착하고 예쁜 보지에 내 자지를 끼워 넣는 모습을 상상하다 보면 갑자기 상수리나무, 피나무, 오리나무가 내 눈앞에서 움직이기 시작했다. 그것들은 흡사 문둥이들처럼 무리를 지어 어두운 밤길을 걸어 다녔다. 나무들이 걸어 다니는 모습이 너무나 신기해서 나는 때때로 어둠 속으로 뛰어나가곤 했다. 내 눈앞에는 정말 장관이 펼쳐지고 있었다. 우체국 앞 상수리나무도, 향교 앞 은행나무도, 신작로를 따라 길게 늘어선 미루나무도 길거리를 배회하고 있었다. 대체 저 나무들이 어디로 가는 것일까 하는 생각에 나는 나무들을 따라 문둥이들이 코를 골며 자는 수수밭 끝자락까지 갈 때도 있었다. 심지어 강 건너 백화리까지 갔다 돌아오기도 했다. 백화리에서는 하얀 백양나무들이 떼를 지어 걸어 다니고 있었다. 백양나무 사이에 성춘희가 우두커니 서 있었다. 원망하는 듯한 눈으로 나를 바라보고 있는 춘희를 향해 나는 자지를 꺼내 보여줬다.

아버지가 지어다 준 약 덕분인지, 계모가 잡아온 굼벵이 덕분인지 다행히도 나의 건강은 차차 회복되었다.

티티새를 닮은 아주머니

　허풍쟁이 상구의 말이 모두 사실이라 할지라도 예외는 있었다. 언덕 위 정을수 아저씨와 아주머니는 부부 사이지만, 씹을 하지 않는 게 확실했다. 그래서 아이가 없었다.

　정갑수 아저씨의 동생 정을수 아저씨는 농한기가 되면 종종 『춘향전』『심청전』『유충렬전』『사씨남정기』따위 이야기책을 들고 우리 집으로 와 호롱불 밑에서 늦도록 두런두런 소리 내 읽다가 돌아가곤 했다. 정을수 아저씨가 책을 읽으면 누나와 계모는 귀 기울여 들었다.

　때로는 아버지도 함께 들었다. 그러나 나는 그 책 읽는 소리를 그다지 좋아하지 않았다. 무슨 말인지 도무지 알아들을 수 없다는 것도 그렇지만, 그 소리가 흡사 상엿소리 같아서 금방이라도 귀신이 나올 것만 같았기 때문이다. 그래서 정을수 아저씨가 책을 읽는 동안 나는 그 소리를 듣지 않으려고 베개에 귀를 접어 붙이고 누워 꼼짝하지 않았다. 나는 귀신이 호랑이보다 더 무섭고 뱀보다 더 무서웠다.

　그런데도 정을수 아저씨가 책을 읽는 동안 내가 잠들지 않고 버티는 것은 오직, 밤이 이슥해지면 책을 읽느라고 목이 탄 아저씨를 위해 계모는 무 구덩이에서 커다란 무를 하나 꺼내 와 충충 썰어 내놓는데, 그 시원하고 맵싸한 무 한 조각을 맛보기 위해서였다. 그러나 누나는 달랐다. 누나는 무 따위에는 관심이 없는 것 같았다. 누나는 정을수 아저씨가 읽고 있는 이야기에 푹 빠져 때로는 긴 한숨을 내쉬기도 하고 때로는 훌쩍훌쩍 울기도 했다. 어쩌면 누나가 나보다 더 똑똑할지도 모른다는 생각에 나는 은근히 부아가 치밀어 오를 때도 있었다. 그래서 나는 누나 쪽으로 엉덩이를 향한 채 방귀를 뿡 뀌기도 했다. 무를 먹고 뀐 방귀라 냄새가 독했던지 누나는 내 엉덩이를 찰싹 때렸고, 계모는 코를 틀어막았다.

밤마다 내 앞에 귀신들을 불러내기는 했지만 나는 정을수 아저씨가 재수 없는 사람이라고 생각한 적은 없었다. 왜냐하면 그 아저씨는 눈이 꼭 소두영네 소처럼 선했기 때문이다. 아버지도 계모도 종종 정을수 아저씨를 두고 '참 좋은 사람'이라고 말하곤 했다.

착하기로는 정을수 아저씨의 아주머니도 마찬가지였다. 무슨 일 때문이었는지는 기억나지 않지만, 한번은 그 집에서 자게 되었는데, 그때 아주머니는 나를 친아들처럼 따뜻하게 대해줬다. 이불을 턱밑에까지 끌어올려 덮어주고 내가 잠들도록 가슴을 토닥여주기까지 했다. 국민학교에 다니는 다 큰 나를 어린아이 취급하는 것이 약간 이상했으나 내 계모 같으면 턱도 없는 일이어서 나는 그저 고맙기만 했다. 그 집에서 잔 날에도 나는 어김없이 오줌을 쌌지만, 아주머니는 오줌 싼 내가 대견하다는 듯한 표정으로 옷을 갈아입혔고, 아침밥도 차려줬다. 나는 이 아주머니가 내 계모였다면 얼마나 좋을까 생각했다.

아저씨도 아주머니도 이렇게 착한 사람이었기에 두 사람은 사이가 좋았다. 장날이면 두 사람은 오누이처럼 다정하게 장에 가곤 했다.

언젠가 한번은 감자밭에서 일하고 있을 아버지와 계모에게 점심밥을 갖다주려고 누나를 따라 도창골에 간 적이 있다. 가는 길에 우리는 엄청난 소나기를 만났다. 누나와 내가 어쩔 줄 모르고 있을 때 저편 기슭에서 누군가가 우리를 향해 다급하게 손짓하며 '이리 오라.'고 소리쳤다. 누나와 나는 허겁지겁 그쪽으로 달려갔다. 거기에는 제법 널찍한 동굴이 있고, 안에는 정을수 아저씨와 아주머니가 흡사 둥지 안에 들앉은 한 쌍의 새처럼 사이좋게 나란히 앉아 있었다. 그 동굴 바로 밑이 정을수 아저씨의 콩밭이었으니, 아저씨와 아주머니도 콩밭에서 일하다가 소나기를 피해 이리로 들어온 것 같았다.

동굴 안은 이상하리만치 아늑하고 포근했다. 밖에는 억수같이 비가 퍼붓고 있었지만 동굴 안은 뽀송뽀송했다. 아주머니는 수건으로 나의 머리와 얼굴을 닦아줬고, 아저씨는 삶은 옥수수와 감자를 꺼내놓고 우리더러 먹으라고 했다. 옥수수를 질경질경 씹어 먹으면서 나는, 나중에 내가 크면 정을수 아저씨의 이 밭을 내가 사야겠다고 생각했다. 이 밭을 사면 가영이와 내가 이 밭에서 일하다가 비가 오면 이 동굴에서 비를 피할 수 있을 테니 말이다.

농한기에는 아주머니도 때때로 우리 집으로 와 계모와 더불어 늦도록 도란도란 이야기를 나누다 돌아가곤 했다. 아주머니가 털어놓는 탄식은 언제나 하나, 슬하에 아이가 없어 보리깜부기 칠해줄 사람도 없다는 것이었다. 그때마다 계모는 십 년 동안 아이가 없다가도 갑자기 들어선 사례를 들면서 이제 곧 좋은 소식이 있을 테니 걱정하지 말라고 위로하곤 했다. 계모의 말을 들으면 아주머니는 기분이 좋아지는지 얼굴이 환하게 밝아지곤 했다. 나는 그런 아주머니를 보면서 아이를 낳으려면 씹을 해야 한다고 말해주고 싶었다. 그러나 차마 그렇게 하지는 못했다.

계모가 하는 위로의 말에 기분이 좋아진 아주머니는 결혼 첫날밤에 자기 신랑이 얼마나 귀엽고 예뻤던지 조심스럽게 자랑했다. 합환주 한 잔에 얼굴이 발그레해진 신랑을 보고 친정어머니도 꼭 동자승처럼 예쁘다고 했다.

　　첫날밤을 치른 이튿날 아침 친정아버지 산소를 찾아갈 때 이야기도 했다. 곱게 차려 입고 산소에 가는데 신랑이 나란히 걷지 않고 자꾸 뒤에 처져서 따라오기만 하더라는 것이다. 그래서 왜 나란히 걷지 않느냐고 물었다.

　　"그랬더니 글쎄 뭐라고 하시는지 아세요? 앞에 서서 걸어가는 제 뒷모습이 너무 예뻐서 그걸 보려고 그랬다지 뭐예요."

　　듣고 있던 계모가 말했다.

　　"그래서 옛날부터 신행길에 치맛자락을 나폴거리며 가는 제 색시 뒷모습이 세상에서 제일 보기 좋다고 하잖아."

　　아주머니는 또 신혼시절에 정을수 아저씨가 자기 친정집 뒤란을 얼마나 좋아했는지도 이야기했다. 친정집 뒤란에 핀 꽃 하나하나와 풀잎 한 포기마저도 예쁘다면서 감동한 눈으로 바라보곤 했다는 것이다. 그 말을 엿들으면서 나는 언젠가 내가 본 가영이네 집 뒤란을 떠올렸다.

　　"그래서 각시가 예쁘면 처가 말뚝도 예뻐 보인다잖아."

　　계모가 말했다. 그러나 내 생각은 좀 달랐다. 예쁜 뒤란을 보면 그 집 딸이 얼마나 예쁜지 깨닫게 된다는 것이 내 생각이었다. 실제로 나는 가영이네 집 뒤란을 보고서야 비로소 가영이가 얼마나 예쁜지 깨달았다. 따라서 '각시가 예쁘면 처가 말뚝도 예뻐 보인다.'는 말은 '처가 말뚝이 예뻐 보이면 각시가 예쁘다는 걸 알게 된다.'로 바꿔야 한다고 생각했다.

그야 어쨌든, 계모와 더불어 이런 이야기를 나누는 아주머니를 보면서 나는 흡사 한 마리 가엾은 티티새 같다고 생각하곤 했다. 그리고 나도 나중에 장가가면 저만치 가영이를 앞세우고 치맛자락을 나폴거리며 가는 그 애 뒷모습을 지켜보리라 마음먹었다. 그리고 단 한 번밖에 보지 못한 가영이네 집 뒤란을 마음껏 보기로 마음먹었다.

그런데 그토록 착하고 사이좋은 아저씨와 아주머니가 헤어졌다. 전라도 색시 하나를 불러다 아저씨가 새장가를 들었다. 보리깜부기 칠해줄 사람도 없는 아들을 지켜보고만 있을 수 없었던 정씨 할아버지와 할머니가 정을수 아저씨에게 새로 장가가라고 계속해서 몰아붙였던 것이다.

헤어지자는 말을 차마 할 수가 없었던 아저씨는 아주머니에게 며칠간 친정에 가 있으라고 했다. 아주머니가 친정에 가 있는 사이에 아저씨는 혼례를 치렀고, 친정에서 돌아온 아주머니는 뒤늦게 사실을 알고 실신했다. 정신을 차린 뒤에는 서럽게 울면서 정을수 아저씨와 전라도 색시에게 절대 방해하지 않을 테니 셋이 함께 살자고 애원했다. 정을수 아저씨는 말없이 눈물만 흘렸다. 그러나 전라도 색시는 단호했다. 부엌에서 칼을 들고 와 둘 중 하나가 죽자고 했다. 땅바닥에 엎어져 우는 아주머니 머리채를 잡고 흔들며 전라도 색시는 당장에라도 찔러 죽일 듯이 목에 칼을 들이댔다. 그 모습을 보고 온 계모는 몸서리가 쳐진다는 듯이 치를 떨며 중얼거렸다.

"아이고, 독한 년!"

티티새를 닮은 아주머니는 마을을 떠나기 전 우리 집에도 들렀다.

계모를 붙들고 '단양이 어머니, 나한테도 아이가 들어설 거라고 했잖아요. 그런데 왜 나한테는 끝내 보리깜부기 칠해 줄 사람도 없나요? 나는 이제 어쩌면 좋아요?'라며 서럽게 울었다. 계모는 아주머니 등을 토닥여줄 뿐 아무 말도 해줄 수 없었다. 그런 가엾은 아주머니를 지켜보면서 나는 마음속으로 왜 정을수 아저씨는 이 착한 아주머니에게 씹을 해주지 않았을까 하고 원망했다. 그리고 나는 씹을 해주지 않아서 가영이 눈에 저런 피눈물을 흘리게 하지는 않으리라 다짐했다.

아주머니가 쫓겨나 친정으로 돌아갔을 때 친정집도 발칵 뒤집어졌다. 그러나 아이를 낳지 못했으니 어쩔 수 없는 일이었다.

그 후 아주머니가 얼마간 위자료를 받았다는 소문도 들렸다. 아주머니는 질이 좋지 않은 어떤 남자와 태백인가 함백인가에 가 산다는 소문이 들리기도 했고, 그 남자와도 헤어져 또 어딘가로 갔다는 소문이 들리기도 했다. 그러나 어느 것도 확실한 것은 없었다.

아주머니가 떠난 뒤 나는 정을수 아저씨의 전라도 색시도 동출이 작은아버지의 두 번째 색시처럼 밥을 많이 해서 쫓겨나기를 바랐다. 그러나 밥을 많이 하는 것 같지 않았다. 나의 바람과 달리 정을수 아저씨의 전라도 색시는 오래지 않아 정말 떡두꺼비 같이 허연 아들을 낳았다. 농사철이 되면 밭에 나가 부지런히 일했고, 농한기에는 전에 티티새를 닮은 아주머니가 그랬듯이 때때로 우리 집으로 와 계모와 더불어 늦도록 두런두런 이야기를 나누다 돌아가기도 했다. 사람들은 이제 옛날의 그 티티새 같았던 아주머니를 잊어가고 있었다.

아이를 못 낳아 쫓겨나는 여인, acrylic on canvas 65x53cm, 2021. © 하임지

질경이 씨앗으로 짠 기름

성골에 사는 김 선달의 외동아들 진수는 자기 진짜 아버지가 김 선달이 아니라 몇 해 전에 죽은 하인 흡시라는 사실을 최근에서야 알게 되었다. 말하자면 자기 어머니가 하인 흡시와 씹을 해서 자신을 낳았다는 사실을 흡시도 김 선달도 다 죽고 난 뒤에서야 뒤늦게 알게 된 것이었다. 진수가 그것을 알게 된 것은 껍질을 벗기고 남은 마른 삼대, 겨릅에 난 구멍 덕분이었다고 한다.

"그래서 옛날부터 씨 도둑질은 못한다는 말도 있잖아."

아주머니들 중 하나가 이렇게 말하고 있었다.

"말도 안 돼!"

듣고 있던 나는 마음속으로 소리쳤다. 그도 그럴 것이 진수는 지난 추석에 공회당에서 했던 「한 많은 38선」에도 배우로 출연했던 훌륭한 청년이고, 그런 아들을 둔 진수 어머니는 누구나 존경할 만한 현숙한 부인이었으니 말이다.

흡시는 사실 보는 것만으로도 기분이 나빠지는 그런 사람이었다. 어릴 때부터 고생을 너무 해서 그런지 얼굴은 거지 궁둥이처럼 불그죽죽하고, 다래처럼 비뚤하게 생긴 대가리에는 머리카락이 거의 다 빠지고 겨우 몇 올만 듬성듬성 나 있었다. 손과 발에는 굵은 물 사마귀가 덕지덕지 나 있어서 고목나무 껍질 같았다. 나이가 몇 살이나 됐는지 아는 사람은 아무도 없었다. 겉으로 볼 때는 삼백 살은 되어 보이지만 실제로는 서른이나 마흔 살밖에 안 됐다고 하는 사람도 있었다. 흡시 자신도 자기가 몇 살인지 알지 못했다. 죽기 일 년 전에는 도깨비를 만나 씨름했다가 넋이 빠져 멍한 얼굴을 하고 지냈다. 진수 어머니처럼 현숙한 부인이 그런 더러운 흡시와 씹을 해 진수를 낳았다니, 누가 그런 말을 믿을 수 있겠는가.

"흡시가 죽었을 때부터 뭔가 좀 이상했대."

다른 아주머니가 말했다. 나는 숨을 죽이고 귀를 기울였다.

흡시가 죽었을 때 김 선달은 자기 아들 진수에게 상주 노릇을 맡겼다고 한다. 그러자 진수는 하인이 죽었는데 왜 자기더러 상주를 하라는지 이해할 수 없다고 했다. 김 선달은 진수에게 이렇게 타일렀다.

"그게 그렇지가 않단다. 평생 우리 집에서 일하다가 죽었지만, 보리깜부기 칠해줄 사람도 없으니 너라도 해주는 것이 인간의 도리가 아니겠나?"

그래서 진수는 흡시의 얼굴에 보리깜부기를 칠해줬는데, 이상하게도 감당할 수 없이 눈물이 났다고 한다. 어찌나 눈물이 쏟아지는지 진수가 흘린 눈물로 흡시의 얼굴에 칠한 보리깜부기가 씻겨 나갈 판이었다.

"그래서 피는 못 속인다는 말도 있잖아."

듣고 있던 계모가 말했다. 계모가 하는 말을 들으면서 나는 마음속으로 웬 뜬금없는 피 타령인가 했다. 하인이 죽었는데 그렇게 눈물을 흘렸던 건 피 때문이 아니라 「한 많은 38선」에 배우로도 출연했을 만큼 진수가 훌륭한 청년이기 때문이고, 허도와도 가까이 지냈을 만큼

홍사의 죽음 (씨 동냥), acrylic on canvas 65x53cm, 2021. © 하일지

착한 사람이기 때문이라고, 나는 생각했다.

흡시가 죽고 나서 꼭 이 년째 되는 날 김 선달도 죽었다. 그런데 김 선달이 죽었을 때 정작 진수는 그다지 슬프지 않았다고 한다.

"그래서 피는 물보다 진하다는 말도 있잖아."

계모가 또 피 타령을 했다. 뜬금없이 피 타령이나 하는 계모가 부끄러웠다. 이복동생들에게는 좀 미안한 말이지만 그런 계모가 죽는다 해도 나는 하나도 슬프지 않을 것 같았다. 계모가 죽으면 아버지는 정을수 아저씨의 그 티티새를 닮은 아주머니를 데려와 새로 장가를 가면 좋겠다는 생각도 들었다.

하인이 죽었을 때는 그렇게 슬펐는데 정작 자기 아버지가 죽었을 때는 그다지 슬프지 않은 것이 진수 자신도 좀 이상하다고 생각했다고 한다. 그러다가 지난 사월 김 선달의 첫 기일에야 진실을 알게 되었다.

나는 왠지 끔찍한 생각이 들어 더는 듣고 싶지 않았다. 그 현숙한 진수 어머니가 더러운 흡시와 씹했다는 걸 도저히 인정하고 싶지 않았던 것이다. 그런데도 남의 말 하기 좋아하는 아낙네들은 멈추지 않았다.

제상을 차려놓고 진수는 절을 했다고 한다. 한 차례 읍을 한 뒤 껍질을 벗기고 남은 하얀 마른 삼대, 겨릅에 난 구멍을 통해 들여다봤다고 한다. 망원경을 들여다보듯이 겨릅에 눈을 대고 구멍을 통해 들여다보면 죽은 사람의 혼령을 볼 수 있다고 믿었던 진수는 자기 아버지가 음식을 잘 드시는지 어떤지 확인해보고 싶었던 것이다.

그런데 이게 어찌 된 일인가? 제상 앞에는 삼 년 전에 죽은 흡시의 혼령이 허연 두루마기를 입고 갓까지 쓴 채 점잖게 앉아 음식을 먹고 있는 것이 아닌가? 자기 아버지는 어디 가고 흡시가 와 음식을 먹고 있는 걸까 하고 생각한 진수는 자기 아버지를 찾으려고 겨릅에 눈을 댄 채 이리저리 둘러봤다. 그런데 자기 아버지 김 선달의 혼령은 남루하기 짝이 없는 행색으로 제상 한 귀퉁이에 쪼그리고 앉아 흡시가 먹다 남긴 음식을 받아 걸신들린 것처럼 먹었다.

그 광경을 본 진수는 너무나 놀란 나머지 한동안 아무 말도 하지 못했다. 그러다가 대체 어찌 된 일인지 어머니에게 따져 물었다. 진수의 어머니는 마침내 진실을 털어놓았다. 보리깜부기 칠해줄 사람이 없어 오랫동안 근심했던 김 선달은 흡시에게 씨 동냥을 했던 것이다.

"씨 동냥을 해도 그렇지, 왜 하필이면 흡시였을까?"

문배네 아주머니가 말했다.

"흡시라야 입이 무거워 비밀을 지킬 거라고 생각했겠지."

오석기의 어머니가 말했다. 흡시가 입이 무겁다는 것은 모두 인정했다. 흡시는 벙어리였다.

사람들은 진수를 흡시한테 씨 동냥해서 낳은 아들이라고 철석같이 믿는 것 같았다. 그러나 나는 다음과 같은 두 가지 점에서 이 이야기가 좀 허무맹랑하다고 생각했다.

첫째, 비록 내가 직접 본 적은 없지만, 흡시의 자지는 틀림없이 박수만의 그것처럼 흉측하게 생겼을 텐데, 진수 어머니처럼 현숙한 부인이라면 그런 더럽고 흉측한 자지를 가진 흡시와는 도저히 씹을 할 수도 없었을 것이다. 그건 마치 문둥이하고 씹을 했다고 말하는 것이나 같은 것이니, 진수 어머니를 모함하기 위하여 사람들이 헛소문을 내고 있는 것이 틀림없었다.

둘째, 겨릅에 난 구멍을 통해 흡시와 김 선달의 혼령을 봤다는 것

귀신을 보는 가장 괴학적인 방법, acrylic on canvas 65x53cm, 2021. © 하일지

도 믿을 수가 없는 말이다. 말라 비뚤어진 겨릅에 설사 구멍이 있다 할지라도 너무나 좁아서 그걸 통해 뭘 본다는 것이 쉽지 않은 일이니 말이다.

물론 겨릅 구멍을 통해서 보면 귀신을 볼 수 있다고 믿는 사람을 나는 더러 만나본 적이 있다. 가령, 동출이도 오석기도 그렇게 믿고 있었다. 나의 계모도 그렇게 믿고 있는 것 같았다. 심지어는 멍청한 나의 누나마저도 계모한테서 나쁜 교육을 받아 그렇게 알고 있었다. 요즘이 어떤 시대인데 그런 미신을 믿는단 말인가. 귀신을 제대로 보려면 질경이 씨앗이 필요하다. 겨릅 따위로는 귀신을 제대로 볼 수도 없다.

하긴 박노마의 할머니처럼 까마귀 눈알을 먹는 것이 귀신을 보는 가장 확실한 방법이겠다. 그러나 그건 썩 좋은 방법이라고 할 수는 없을 것이다. 수많은 귀신이 항상 눈에 보이면 무서워서 살아가기가 힘들 테니 말이다. 그래서 옛날 사람들이 찾아낸 비방이 바로 질경이 씨앗인 것이다.

질경이 씨앗은 모래알처럼 잘아서 그걸 한 말이나 두 말쯤 모으는 것은 쉽지 않다고 생각할 것이다. 그러나 가을날 들에 나가보면 지천으로 널린 것이 질경이가 아닌가?게다가 그것은 손으로 죽죽 훑기만 하면 되기 때문에 그걸 수확하는 것은 생각보다 그다지 어려운 일은 아니다.

세상에 이렇게 많은 질경이가 자라게 된 것은 일찍이 태돌 영감이 아기 장수한테 받은 씨앗을 세상에 골고루 뿌렸기 때문이라는 것은 말할 것도 없다. 어쨌든 그것을 한 말이나 두 말쯤 모아 살짝 볶은 뒤 기름틀에 넣고 짜면 제법 맑은 기름이 나올 것이다. 그 기름에는 아주 신기한 성분이 들어있어서 그 기름으로 등잔불을 밝히면 그냥은 볼 수 없었던 것도 볼 수 있게 된다. 제삿날 밤에 혼령을 보는 가장 과학적이면서도 현명한 방법은 바로 이 질경이 씨앗으로 짠 기름으로 등잔불을 밝히는 것이다. 촛불마저 다 꺼버린 깜깜한 방에 오직 질경이 씨앗으로 짠 기름으로 등잔불을 켜면 제사 음식을 먹기 위해 온 혼령들을 훤히 볼 수 있는 것이다.

이 방법이 얼마나 확실한지를 말해주는 옛날이야기도 있다. 옛날에 어떤 효자가 죽은 아버지를 너무나 보고 싶어 했다. 그런 그에게 과객 한 사람이 이 비방을 가르쳐줬다. 과객이 일러준 대로 그 효자는 제삿날 밤에 질경이 씨앗으로 짠 기름으로 등잔불을 밝혔는데, 흰 두루마기에 갓을 쓴 아버지가 수저를 들어 점잖게 음식을 드시는 모습이 훤히 나타났다고 한다. 그런 아버지의 모습을 보면서 효자는 무척 행복해했다.

이 말을 들은 다른 어떤 사람도 호기심에 아버지 제삿날 밤에 질경이 씨앗으로 짠 기름으로 등잔불을 밝혀봤다고 한다. 그리고 그 사람도 아버지를 보긴 봤다고 한다. 그런데 그의 아버지는 흰 두루마기와 갓은 고사하고 죽었을 때 염한 모습 그대로 엉금엉금 기어와 피투성이가 된 손을 뻗어 음식을 집어 걸신 들린 듯이 먹었다고 한다. 그도 그럴 것이 그의 아버지는 살아생전에 아주 나쁜 사람이었다. 그 끔찍한 모습을 본 사람은 두 번 다시 질경이 씨앗 기름으로 등잔불을 밝힐 엄두를 내지 못했다.

그 뒤로 질경이 씨앗의 비밀은 너무나 오랜 세월을 두고 감추어져 오다가 아기 장수가 태어나면서부터 조금씩 세상에 알려지게 된 것이다. 그도 그럴 것이 그때 아기 장수는 왼손에 한 웅큼 질경이 씨앗을 움켜쥔 채 이런 말을 하였던 것이다.

"내가 이것을 천지간에 뿌리니, 이는 오직 아비가 그리워 눈물로 새벽을 밝히는 놈들을 위함이니라."

그때부터 사람들은 질경이를 아기 장수풀이라고도 부르게 된 것이다.

질경이 씨앗의 비밀에 대하여 누구보다도 소상히 알고 있는 나는 내가 알고 있는 이 비방을 진수에게 가르쳐줄까 하는 생각도 해봤다. 그러나 그렇게 하지 않기로 했다. 만약 진수 어머니가 흡시의 씨를 받아 진수를 낳은 것이 사실이라면, 이미 지나간 일인데 질경이 씨앗 기름으로 훤하게 등잔불을 밝히고 사실여부를 확인한들 뭐가 달라지겠는가 하는 생각이 들었기 때문이다.

그보다도 나는 씨 동냥을 해서 아이를 낳는 그런 좋은 방법이 있었다면 정을수 아저씨는 왜 그 티티새를 닮은 착한 아주머니를 위하여 씨 동냥도 하지 않았을까 하는 생각에 갑자기 정을수 아저씨가 야속하게 느껴졌다. 물론 가영이한테는 좀 미안한 말이긴 하지만, 씨 동냥할 사람이 그렇게 없었다면 나한테라도 부탁했어야 할 것 아닌가, 그 착한 아주머니가 쫓겨나지 않게 하기 위해라면 내가 무슨 일인들 못해줬겠는가 하는 생각을 했다.

씨가 문제였다. 씨로 말하자면 봉남이를 슬프게 했던 양귀비 씨앗도 있다.

봉남이네 라디오

봉남이가 갑자기 풀이 죽었다. 봉남이 아버지가 대산 깊은 곳에 심어놓은 양귀비가 발각되어 경찰에 잡혀갔기 때문이다. 그의 배다른 형이 맹호부대 용사로 월남 전쟁에 참전해 있었기 때문에 언제나 씩씩했던 봉남이가 그렇게 풀이 죽을 줄은 아무도 상상하지 못했다.

"씨앗이 바람에 날아와 저절로 자랐지 일부러 재배한 건 아니라고 둘러대지 않고."

어른들 중에는 안타까운 마음에 이렇게 말하는 사람도 있었다.

"그렇게 둘러대기도 했겠지. 그렇지만 그런 말이 씨가 먹히겠어?"

봉남이 아버지가 붙잡혀갔다는 소식을 들은 마을 사람 중에는 한밤중에 대산 골짜기로 들어가 자기 밭에 하얗게 꽃을 피운 양귀비를 모조리 뽑아 석유를 뿌리고 태워버린 사람도 있었다.

사람들은 또, 그 깊은 산속에 숨어 있는 양귀비 밭을 어떻게 찾아냈을까 신기해했다. 허풍쟁이 상구는 비행기가 날아다니면서 매일 사진을 찍는다고 했다. 그 사진을 크게 확대해서 보면 땅바닥에 기어다니는 개미 새끼 한 마리도 훤히 볼 수 있다고 했다. 어쩌면 그럴지도 모르겠다면서 어른들마저도 고개를 끄덕였다. 그렇지 않고서야 그 깊은 산골짜기에 숨어 있는 양귀비 밭을 찾아낼 수는 없을 테니 말이다. 그러고 보면 상구는 공부를 못해서 그렇지 아는 것은 참 많다. 세상의 모든 신랑 각시, 남편과 아내가 씹을 하고, 씹을 해서 아이를 낳는다는 것을 알고 있었던 것도 상구였으니 말이다.

비행기가 매일 날아다니며 사진을 찍고 있다고 생각하자 나는 갑자기 좀 무서워졌다. 길가에서 오줌 누고 있을 때 비행기 안에서는 조종사가 내 자지까지 빤히 내려다보며 키득키득 웃고 있는 건 아닐까 하는 생각도 들었다. 그런 생각을 하자 하늘 아득히 하얗게 꼬리를 남기며 날아가는 꼬리 비행기도 예전 같이 보이지가 않았다.

그야 어쨌든 아버지가 경찰에 끌려간 뒤로 봉남이는 완전히 풀이 죽어 학교를 오갈 때나 학교에서나 통 말이 없었다. 보고 있기가 딱할 정도로 풀이 죽어 있었다. 아이들은 그런 봉남이를 먼발치에서 눈으로만 위로했다. 감히 무어라 위로를 해야 할지 알 수 없었기 때문이다.

그렇게 풀이 죽어 한 달을 지냈던 봉남이가 어느 날 갑자기 활기를 되찾았다. 왜냐하면 그의 아버지가 돌아왔기 때문이다. 생각보다 빨리 풀려나게 된 것은 월남 전쟁 참전 용사의 아버지였기 때문이라는 소문도 있었다.

많은 아이들에게 둘러싸인 채 학교로 가면서 봉남이는 흡사 개선장군처럼 씩씩하게 말하고 있었다.

"감방장이 최고래. 감방장한테만 잘 보이면 두 다리 뻗고 잘 수 있대. 그렇지만 감방장한테 잘못 보였다 하면 묵사발이 되도록 얻어터지고 냄새나는 변소 옆에 웅크리고 자야한대."

아이들은 넋을 놓고 듣고 있었고 봉남이는 계속해서 떠들어대고 있었다.

"어쩌다 담배가 생기면 제일 먼저 감방장한테 갖다 바친대. 감방장이 한 모금 피우고 나서 돌린대. 그러면 돌아가면서 딱 한 모금씩만 피운대. 그런데 그게 꿀맛이래."

　　나는 감방장이 뭔지 궁금해졌다. 그러나 봉남이도 확실히는 모르는 것 같았다. 그래서 나는 순경 같은 거냐고 물었다. 그러자 봉남이는, 그게 아니라 감방의 왕초를 말한다고 했다. 그럼 감방에 갇힌 죄수들 중 왕초란 뜻이냐 하고 다시 물었다. 봉남이는 그런 것 같다고 했다. 그럼 감방장은 누가 임명하는가, 아니면 죄수들이 뽑는 것인가 하고 물었다. 봉남이도 거기까지는 알지 못했다. 어쨌든 오석기가 들었더라면 상이군인 대신 감방장을 장래 희망으로 정했을 거라는 생각을 했다. 감방장이 되어 감방 안에서 오솔레미로를 부르면 멋질 테니 말이다.

　　아무튼 봉남이가 활기를 되찾아서 다행이었다. 봉남이 아버지가 심어놓았던 양귀비는 진작에 뽑혀 석유 불에 태워졌고, 봉남이 아버지는 이제 두 번 다시 양귀비를 심지 않을 테니까 봉남이는 아무 걱정하지 않아도 될 거라고 나는 생각했다.

　　그런데 불과 몇 달 뒤에 봉남이는 다시 풀이 죽었다. 이번에는 지난번보다 더 풀이 죽어 무슨 말이라도 건네면 금방이라도 울음을 터뜨릴 것만 같았다. 그도 그럴 것이 월남에 갔던 그의 배다른 형이 전사했다는 통지가 날아왔기 때문이다.

　　봉남이 형이 전사했다는 소식은 다시 한번 온 마을을 발칵 뒤집어놓았다. 면장과 파출소 소장이 봉남이네 집을 직접 찾아가 위로의 말을 전했고, 학교에서는 조회 시간에 일동 묵념을 했다. 그리고 학생들과 선생님들은 돈을 모아 봉남이에게 위문품을 전달하기도 했다. 그러나 마을 사람들은 봉남이네를 위하여 따로 해줄 수 있는 일이 없었다.

왜냐하면, 봉남이 이복형의 유해는 국립묘지에 안치되기에 집에서 따로 초상을 치르지도 않았던 것이다. 따라서 마을 사람들은 몇 차례 분주히 읍내를 들락거리는 봉남이 아버지와 어머니를 먼발치에서 바라보고만 있을 뿐이었다. 그 무렵에는 정말이지 온 마을이 숙연했고, 봉남이의 슬픔은 끝날 것 같지 않았다.

그러나 봉남이의 슬픔은 그다지 오래 가지는 않았다. 불과 열흘 남짓 지났을 때 봉남이는 다시 활기를 되찾았다. 얼마간 보상금이 정부에서 나왔고, 그 돈으로 봉남이 아버지는 서낭당 옆 논 몇 마지기를 샀다. 논을 사고 남은 돈으로 봉남이 어머니는 라디오 하나를 샀다.

라디오를 설치하는 날 손재주 좋은 청년들은 안테나를 설치해주기 위해 봉남이네 집으로 몰려갔다. 물론 라디오에는 자체적인 안테나가 있지만, 산으로 둘러막힌 봉남이네 집에서는 따로 안테나를 설치하지 않으면 소리가 잘 나지 않기 때문이다. 청년들의 노력 덕분에 마침내 영월 방송이 잡히면서 봉남이네 라디오에서는 이런 노래가 흘러나오기 시작했다.

노오란 셔츠 입은
말없는 그 사람이
어쩐지 나는 좋아
어쩐지 맘에 들어
아아 야릇한 마음
처음 느껴 본 심정

물론 라디오는 학교에도 있고, 공회당에도 있어서 때때로 라디오 소리를 들었지만 봉남이네 마당에 둘러앉아 듣는 소리는 훨씬 더 경쾌했다. 그 깊은 슬픔에 잠겨 있던 봉남이네 집에 기쁨의 소리를 전해주는 것 같았다. 물론 건전지를 아껴야 했기 때문에 오랫동안 듣고 있을 수는 없었지만, 그 라디오 때문에 봉남이는 이제 완전히 활기를 되찾은 것 같았다.

그러나 어른들 중에는 혀를 차며 이렇게 말하는 사람도 있었다.

"죽은 놈만 불쌍하지."

"친아들이 죽었으면 그 돈으로 라디오 살 정신이 있었겠어?"

그날 밤 나는 내가 월남에 가서 죽으면 나의 계모도 틀림없이 라디오를 살 거라고 생각했다. 그래서 나는 절대 월남 전쟁에는 가지 않겠다고 마음속으로 다짐했다. 이런 다짐을 하면서 나는 봉남이네 라디오에서 들었던 「노란 셔츠 입은 사나이」를 마음속으로 혼자 불러봤다. 그러다가 나는 문득 이런 생각을 했다. 만약 봉남이의 이복형이 월남에서 전사하지 않았다면 봉남이네는 라디오를 사지 않았을 것이고, 그랬더라면 나는 이 노래를 들을 수 없었을 거라는 생각 말이다. 이렇게 생각해보면 봉남이의 이복형은 죽어서 내게 이 경쾌한 노래를 들려줬다고 할 수도 있었다. 폐결핵으로 죽어 몽달귀신이 된 허도하고도 친해서 어느 해 추석날 밤에는 「한 많은 38선」의 배우로 출연했던 봉남이 이복형의 얼굴을 떠올리면서 나는 다시 한번 「노란 셔츠 입은 사나이」를 불러봤다.

뱀이 된 동호 어머니

동호 어머니가 뱀이 되었다. 그것은 참 이상한 일이었다. 성춘희처럼 사람이 나무가 되는 것은 흔한 일이지만, 뱀이 되는 것은 흔한 일이 아니다.

동호 어머니가 뱀이 된 것을 보고 누구보다 당황한 사람은 전도사였을 것이다. 그도 그럴 것이 전도사는 사람들에게 예수를 열심히 믿는 사람은 죽어서 새가 되어 천당에 가고, 그렇지 않은 사람은 뱀이 되어 지옥에 간다고 설교했는데, 동호 어머니는 매일 새벽 10리 길을 걸어 새벽기도를 다녔을 만큼 열심히 예수를 믿었음에도 새가 되지 못하고 뱀이 되었으니 말이다. 예수를 열심히 믿기로는 동호 어머니를 따라갈 사람은 아무도 없을 것이다. 동호 할아버지도 몹시 낙담했다. 그 불쌍한 며느리가 뱀이 되어버렸으니 말이다.

"세상에! 그렇게 착한 사람이 뱀이 되다니?"

누나도 믿어지지 않는다는 표정으로 이렇게 말했다.

"동호 어머니가 뱀이 됐다는 건 어떻게 알았는데?"

내가 묻자 누나는 상여 밑에 고운 재를 깔아놓고 상여가 나간 뒤 재에 찍힌 자국을 보면 안다고 했다. 새가 된 사람은 새 발자국이, 뱀이 된 사람은 뱀이 기어간 흔적이 남는다는 것이었다. 나는 고개를 끄덕였다. 그럴싸했던 것이다.

그러나 누나가 한 말만으로는 믿을 수가 없었다. 예수를 믿었나 안 믿었나를 떠나서라도 동호 어머니는 더없이 착한 사람이어서 충분히 천당에 갈 만하다고 나는 믿어왔기 때문이다. 전쟁통에 남편을 여읜 청상과부가 홀시아버지를 모시고 두 남매를 키우며 살았으니, 그런 사람이 천당에 못 가면 대체 어떤 사람이 가는 걸까 싶었다. 그래서 나는 동호의 육촌 동생인 동출이를 찾아갔다. 누나가 듣고 온 말만으로는 도저히 믿을 수가 없었기 때문이다. 게다가 동출이는 동호 어머니의 오촌 조카라서 장례식에도 갔다.

"동호 어머니는 착한 사람이었으니 새가 되었겠지?"

나는 넌지시 말을 꺼냈다. 그러자 동출이는 몹시 난처해하는 표정으로,

"아이! 그런 이야긴 뭐하러 해?"

하고 말했다. 분명히 뭐가 있긴 있었던 것 같았다. 그뿐이 아니었다. 우리 집에 놀러온 동출이 어머니에게 심술궂은 나의 계모가 말했다.

"그분이야 지극정성으로 예수 믿었으니 천당에 갔겠네?"

그러자 동출이 어머니 또한 동출이가 그랬던 것처럼 몹시 당황한 표정으로 딴청을 부렸다. 그런데도 나의 계모는 심술궂게 말했다.

"그런 사람도 천당에 못 간다면 예수는 믿어 뭐하겠나?"

이렇게까지 말하는 것으로 보아 계모도 무슨 말을 들은 것 같았다. 동출이 어머니는 난처한 표정을 지을 뿐 아무 대꾸도 하지 않았다. 이렇게 모두 쉬쉬 했으니 동호 어머니가 뱀이 되었다는 소문은 더 이상 번져나가지는 않았다.

동호 어머니가 뱀이 된 뒤에도 전도사는 '목화' 따러 다녔다. (예수

를 믿지 않는 사람들은 '목회'를 '목화'로 듣고, '목회하러 간다', '목회 다닌다'는 말을 '목화 따러 간다', '목화 따러 다닌다'고 말했다. 나의 계모 같이 무식한 사람은 '솜 따러 간다', '솜 따러 다닌다'고 말했을 정도였으니, 처음에는 나도 전도사가 목화를 따러 다니는 줄 알았다.)

전도사가 목화 따러 다닐 때는 항상 읍내에 사는 단정한 양장차림의 젊은 아주머니 하나와 함께 다녔다. 그 아주머니의 이름은 권사였다. 권 체부의 친척인 것 같다. 전도사와 권사는 우리 마을 뿐만 아니라 멀리 있는 산골마을까지 일일이 찾아다니며 집집이 들렀다. 심지어 사람의 발길이 잘 닿지 않는 대산 깊은 곳에 외따로 사는 사람 집에까지 찾아간다고 한다.

그렇게 돌아다니다가 교인들 집에 들러서는 그 집 식구들을 앉혀 놓고 기도하고 찬송가를 불렀다. 그리고 교인이 아닌 사람 집에는 찾아가 예배당에 나오라고 권유했다. 그렇게 끈질기게 찾아다녔으니 큰진 영감같이 순진한 영감과 할멈은 예수쟁이가 되지 않을 수 없었을 것이다.

전도사와 권사는 우리 집에도 몇 차례 와 예배당에 나오라고 했다. 그러나 계모는, 농사일 바빠서 그런 데 갈 시간이 없다고 했다. 그런 나의 계모에게 전도사는, 예수를 믿어야 농사도 잘 된다고 했다. 그 까닭은 곡식을 자라게 하는 것도 모두 하나님이기 때문이라는 것이다. 이 말을 들으면서 나는 갑자기 아버지가 불쌍해졌다. 곡식을 자라게 하려고 그 험한 산전에 씨를 뿌리고 거름을 져다 날랐는데, 아버지의 그 노고는 송두리째 무시하고 하나님이 곡식을 자라게 한다고 하니 말이다.

전도사와 권사는 특히 나의 누나에게 눈독을 들였다. 누나가 순진해 보이니까 쉽게 꼬득일 수 있을 거라고 생각한 것 같았다. 그러나 보기와는 달리 누나는 그다지 어리석지 않았다. 전도사와 권사가 떠나고 나면 누나는 혼잣말을 했다.

"어이구, 귀신 시끄러워!"

우리 집에서 물러난 전도사와 권사는 동출이네 집으로 갔다. 동출이네 집에서는 동출이 아버지 어머니 그리고 할아버지까지 불러 안방에 앉혀놓고 기도하고 찬송가를 불렀다. 동출이 어머니가 예수쟁이였으니 말이다.

어른들이 안방에서 기도하고 있는 동안 아랫방에서는 나와 동출이, 그리고 동출이 동생들이 모여 장난을 치며 놀았다. 그러다가 나는 안방에서 하고 있는 일이 궁금하여 문틈으로 들여다봤다. 동출이 아버지와 할아버지는 어색해하는 표정으로 멀뚱히 앉아 있고, 전도사와 권사, 그리고 동출이 어머니는 고개를 숙이고 기도를 하고 있었다. 그런데 그때 나는 너무나 놀라 하마터면 비명을 지를 뻔했다. 그도 그럴 것이 고개를 숙이고 기도 말을 하고 있는 전도사가 흡사 뱀처럼 혀를 날름거리고 있었기 때문이다. 그제야 나는 동호 어머니가 왜 뱀이 되었는지 알 것 같았다.

예배가 끝났을 때 전도사는 아랫방에서 놀고 있던 동출이와 나를 불렀다. 나는 덜컥 겁이 났다. 전도사가 사람의 형상을 하고는 있지만 사실은 뱀이라는 것을 내가 알아버렸다는 것을 알고 있을지 모른다고 생각했기 때문이다.

우리를 부른 전도사는, 어른들이 기도하는 동안 우리가 너무 시끄럽게 떠들었다고 꾸짖었다. 외국에서는 전쟁터에서도 기도하는 사람은 방해하지 않고, 기도하는 사람에게는 총도 쏘지 않는데, 그런데도 우리가 기도를 방해했다면서 다소 길게 꾸짖었다. 동출이와 나는 무릎을 꿇은 채 고개를 푹 숙이고 있었다. 다행히도 전도사는 뱀으로 변한 자기 모습을 내가 문틈으로 훔쳐봤다는 것은 모르는 것 같았다.

그런 일이 있고 얼마 뒤, 전도사가 갈렸다는 소문이 돌았다. 동출이 어머니는 '전도사님이 시험에 드셨다'고 했다. 그러나 그게 무슨 말인지 나는 통 이해할 수 없었다. 그런데 남정네들은 이죽이죽 웃으며 이렇게 말했다.

"그렇게 밤낮 없이 붙어 다니니 당연한 일이지."

전도사가 떠나고 얼마 뒤에서야 알게 된 사실이지만, 전도사와 권사가 대산 어느 골짜기에서 대낮에 홀딱 벗고 씹하다가 사람들 눈에 띄었다. 그 소문이 빠르게 퍼지고 있어서 전도사는 더 버틸 수 없었던 것 같았다.

착한 기염이

전도사만 나무랄 수 없는 일이었다. 나도 제대로 된 사람 같지는 않았으니 말이다.언제부터인지는 모르지만 내게는 가영이와 씹하는 상상에 빠져드는 버릇이 생겼다. 가영이가 그 사실을 알면 얼마나 기분 나빠할까 하는 생각이 들기도 했지만 어쩔 수 없는 일이었다. 집에서나 학교에서나 심지어는 길을 가면서도 틈만 나면 나도 모르는 사이에 그 상상에 빠져들었다. 나같이 점잖은 사람이 그런 나쁜 상상에 빠져들다니, 아무래도 심하게 앓고 난 후유증 때문인 것 같았다. 어쩌면 나도 금계랍을 먹어야 할지 모른다는 생각이 들었다.

그런데 그 상상에 빠져들면 나무들이 걸어 다니기 시작했다. 나는 그 나무들을 따라 멀리까지 가곤 했다. 백화리나 심지어 군간 나루까지 갔다. 군간 나루를 건너 칠십 리를 더 가면 기찻길이 있는데, 거기까지 가 기차가 지나가는 것도 멍하니 바라봤다. 기찻길을 따라 조금만 더 가면 단양이 있을 것이다.

다른 아이들도 나처럼 나무들이 걸어 다니는 걸 봤는지 알고 싶었다. 그러나 차마 그것을 물어볼 수가 없었다. 자칫 잘못 말했다가는 웃음거리가 될 것 같았기 때문이다. 그리고 그걸 물어보자면, 내가 보고 겪은 이야기를 모두 소상하게 말해야 할 텐데, 그러다 보면 자칫 내가 가영이와 씹하는 상상에 빠져든다는 사실이 탄로 날 수도 있는 일이었다. 그런데도 나는 딱 한 번 아이들에게 나무가 걸어 다니는 걸 봤느냐고 물었던 적이 있다. 그 애들은 어떤지 궁금해서 견딜 수 없었기 때문이다. 그러나 아이들은 내 말을 알아듣지 못했다. 그래서 '새벽이 오기 전에 어둠 속에 나무들이 길에 돌아다니는데 그걸 본 적이 있느냐'고 다시 물었다. 그러자 달섭이가 내게 되물었다.

"넌 그걸 봤어?"

내가 차마 대답을 못 하니 영악한 상진이가 씨익 웃었다. 내가 공부를 잘하는 아이가 아니었다면 틀림없이 그 애들은 나를 놀려먹었을 것이다. 그리고 나에 대해 이상한 소문을 냈을 것이다. 그런데 그때 기염이가 말했다.

"그럴지도 모르지."

기염이는 불쌍한 아이였다. 젖먹이였을 때 어머니가 죽었는데, 그런 줄도 모르고 죽은 어머니에게로 기어가 젖을 빨았다는 이야기를, 기염이 외할머니는 술만 마셨다 하면 울면서 되뇌었다. 기염이는 외가에 얹혀살면서 어린 외사촌 동생들을 모두 업어 키웠고, 외삼촌 외숙모를 도와 온갖 일을 도맡아 했으니 나의 누나와 비슷한 처지였다. 누나보다 한 가지 나은 점이 있다면, 기염이는 학교에 다녔다는 것이다. 그러나 공부를 잘하지는 못했다. 일에 시달려서 그랬을 것이다.

그래도 기염이에게는 신망이 있었다. 누가 무슨 말을 하든지 신중하게 대답했다. 따라서 기염이 말에는 믿음이 갔다. 나이는 어리지만 기염이는 어른이었다. 그런 기염이가 '그럴지도 모르지'하고 내 편을 들어줬으니 달섭이도 상진이도 할 말이 없어졌다.

"우리가 잠든 사이에 무슨 일이 일어나는지 우리는 알 수 없으니까 말이야.”

그때 나는 어린 기염이가 죽은 자기 젖을 빨고 있다는 것을 죽은 기염이 어머니가 알고 있었을까 생각했다.

며칠 뒤 나는 기염이를 따라 이질 설사로 고생하는 기염이 외숙모에게 줄 귀선이풀을 뜯으러 온달성이 있는 산 아래 동굴 근처로 갔다. 동굴 입구에는 안에서 쏟아져 나오는 엄청난 양의 물을 이용해서 목재를 켜는 제재소가 있는데, 그 제재소 주변에 쥐손이풀이 지천으로 자라고 있었다.

우리는 쥐손이풀을 뜯기 전에 먼저 제재소 위로 올라가 동굴을 구경했다. 거대한 입을 벌리고 있는 검은 동굴에서는 엄청난 양의 물이 쏟아져 나와 깊고 푸른 소를 만들고 있었다. 그 소에 이무기가 산다는 말을 들었기에 평소에는 잘 가지 않던 곳이었다.

“대체 이 많은 물이 어디서 흘러나오는 걸까?”

검은 동굴 속을 바라보면서 내가 물었다.

“글쎄. 어쩌면 이 산속에 강이 흐르는지도 몰라.”

그러나 제재소에서 나무 자르는 소리가 너무 시끄러워서 우리는 대화를 계속할 수 없었다. 우리는 말없이 동굴을 바라보다가 내려와 쥐손이풀을 뜯기 시작했다.

“난 나무들이 걸어 다니는 걸 봤어.”

돌아오는 길에 내가 말했다. 기염이는 신중한 표정으로 진지하게 말했다.

“네가 봤다면, 맞을 거야.”

“그런데 내가 궁금한 건 다른 사람도 나무가 걸어 다니는 걸 봤느냐는 거야. 넌 본 적 있어?"

잠시 생각에 잠겼던 기염이가 말했다.

"아니, 난 아직 못 봤어."

그러고는 잠시 후 덧붙였다.

"그렇지만 내가 못 봤다고 해서 네가 본 것이 사실이 아니라고 말할 수는 없어."

착한 기염이의 고생은 도무지 끝날 것 같지 않았다. 그런데 어느 날 학교에 가보니 기염이에 대한 소문이 쫙 퍼져 있었다. 기염이는 누구의 눈에도 띄지 않을 만큼 조용해서 소문의 대상이 될 것 같지 않았는데 말이다. 그날 새벽 날이 채 밝지도 않은 이른 시각에 군용 지프차 한 대가 마을로 들어와 기염이 외가 앞에 멈췄고, 지프차에서 내린 군인이 안으로 들어갔다가 잠시 후 기염이를 차에 태우고 급히 가버렸다는 것이다.

이 이야기를 들은 나는 어안이 벙벙해졌다. 그 착한 기염이를 군인이 데려가버렸다니 말이다. 기염이가 말했듯이 내가 잠든 사이에 무슨 일이 일어나는지 알 수 없다는 생각이 들었다.

집에 돌아오니 어른들 사이에도 기염이에 대한 소문이 퍼져 있었다. 그런데 어른들은 모두 이렇게 말했다.

"아이고, 잘됐네! 아이고, 잘됐어!"

"그 어린 것이 고생도 참 많이 했는데, 아이고, 잘 됐네!"

알고 보니 그날 새벽, 멀리 전방에 사는 기염이 아버지가 나타나 기염이를 데리고 갔다는 것이다. 그러니까 지프차를 타고 왔던 그 군인이 기염이 아버지였던 것이다. 기염이에게도 아버지가 있었다는 사실이, 내게는 뜻밖이었다. 나뿐 아니라 아이들은 모두 그런 멋진 아버지가 있는 기염이를 부러워했다.

그날 새벽 기염이 아버지는 기염이 외할머니에게 자식을 버려둔 채 그렇게 오랫동안 찾아오지 않았던 걸 사과했다고 한다. 그리고 기염이 외삼촌과 외숙모에게는 그동안 기염이를 키워줘서 고맙다고 했다. 그리고 기염이 외할머니에게는 물론이고 외삼촌과 외숙모에게 옥양목으로 만든 옷을 한 벌씩 선물로 내놓았다.

착한 기염이는 생전 처음 보는 군인이 자기 아버지라는 말을 듣고 어안이 벙벙해졌을 것이다. 그러면서도 그 군인이 시키는 대로 낡은 옷 한 벌과 책을 보자기에 싸 들고 군용 지프차에 올랐다. 기염이가 차에 오르자 차는 서둘러 마을을 빠져나갔다. 기염이 아버지는 몹시 바빴다.

물론 기염이를 위해서는 잘된 일이었다. 그러나 기염이가 떠났다는 말을 듣고 나는 몹시 서운했다. 이제 나무가 걸어 다니는 걸 봤다는 말을 누구에게도 털어놓을 수 없게 되었으니 말이다. 잘 가라는 작별 인사라도 할 수 있었으면 이렇게 서운하진 않았을 거라는 생각에 기염이 아버지가 좀 원망스럽긴 했다. 뭐가 그렇게 바빠서 불과 두 시간 만에 서둘러 떠났는지, 나는 끝내 이해할 수 없었다. 그렇게 떠난 기염이는 두 번 다시 마을로 돌아오지 않았다. 기염이가 떠난 뒤 내게는 문제가 생겼다.

나무들의 비밀

겁에 질린 누나의 울음소리가 어렴풋이 들리는 것 같았다. 당황한 계모가 나를 흔들어 깨우고 있었고, 아버지는 나의 두 뺨을 찰싹찰싹 때리며 정신 차리라고 소리치고 있었다. 그 서슬에 깨어난 이복동생 하나가 울고 있었다. 그 소란통에 나는 겨우 정신을 차렸다. 밖은 아직 깜깜했다. 한밤중인 것 같았다.

"자다가 어딜 나가니?"

아버지가 소리쳤다.

"꿈을 꿨니?"

계모가 말했다. 누나는 겁에 질린 표정으로 울고 있었다. 내게는 이 알 수 없는 상황이야말로 꿈만 같았다.

"꿈을 꿨니?"

계모가 다시 다그쳤다. 나는 졸음이 몰려와 대답하기도 귀찮았다. 그래도 겨우 말했다.

"아니요."

"그럼 왜 자다 말고 나가려고 해? 이 한밤중에?"

계모가 말했다. 그러나 나는 너무나 졸려 대답할 수 없었다.

"대답해."

누나가 울먹이면서 하는 말이 희미하게 들려왔다.

"몸이 허해서 그런 것 같다. 아무래도 약 한 첩 지어다 먹여야겠다."

아버지의 목소리가 들렸다. 나는 다시 잠 속으로 빠져들었다.

나무들이 다시 걷기 시작했다. 상수리나무도 피나무도 오리나무도…… 걸어 다니는 나무들을 바라보면 너무나 신기하고 황홀했다. 그리고 아름다웠다.

봤네 봤어 나는 보았어
동훈이네 숫염소 자지 보았네
염치없는 숫염소는
밤낮없이 쌤을 붙네

짓궂은 떡갈나무는 짓궂은 노래를 불렀다. 나무들은 자지러질듯이 웃음을 터뜨렸다. 소두영네 소도 이를 드러낸 채 웃고 있었다. 화가 난 동출이네 숫염소는 떡갈나무를 향해 돌진하고 있었다. 가설극장에 가는 사람들처럼 나무들은 유쾌했다.

달섭이 누나 엄지영한테 장가간 태돌 영감의 떡갈나무도 우리와 함께 가고 있었다. 만 오천 년이나 된 거대한 나무는 조그마한 처녀 엄지영이가 사랑스러운지 커다란 자지를 꺼내 보여줬다. 엄지영은 그런 나무를 향하여 자기 치마를 걷어 올렸다.

큰 진 영감네 밤나무도 경중경중 걸어왔다. 거대한 밤나무 둥지에는 거대한 구렁이가 대가리를 내밀고 내다보고 있었다. 소란스러운 바깥 동정이 궁금한 것 같았다. 흡사 강보에 싸인 아이처럼 순한 표정이었다. 저런 순진한 뱀을 사람들이 무서워하다니, 웃음이 나왔다.

벼락을 맞아 화염에 휩싸인 작은 진 영감네 대추나무도 무너진 돌담을 넘어왔다. 귀머거리 할멈은 대추나무가 담을 넘어 밖으로 나가는 소리를 듣지 못할 것이다. 태화사 탁발승은 목탁을 치고 염불을 하면서 불타는 대추나무를 따라오고 있었다. 큰 진 영감과 작은 진 영감이 길에서 만났을 때 그렇게 하듯이 큰 진 영감네 밤나무와 작은 진 영감네 대추나무도 서로 못 본 척 애써 외면했다.

어둠 속을 걸어 다니는 나무들은 귀신이 무섭지도 않은 것 같았다. 아니, 귀신이 나무를 무서워하는 것 같았다. 무리를 지어 걸어가고 있었으니까 귀신인들 어떻게 감당할 수 있겠는가. 그런 나무들을 따라가고 있으면 나도 귀신 따위는 무섭지 않았다. 지나가는 사람에게 씨름을 청하려고 길가에 우두커니 서 있던 키가 큰 도깨비도 겁먹은 표정이 되어 슬금슬금 뒷걸음질을 쳤다.

나무들을 따라 걷다 보면 순경을 볼 때도 있었다. 순경은 겁먹은 듯한 눈으로 나를 바라볼 뿐이었다. 아마도 순경은 어둠 속에서 나무들과 함께 나타난 나를 나무 귀신이라고 생각하는 것 같았다. 나는 그런 순경을 보면서 속으로 웃음이 나왔다. 때로는 상이군인들을 만나기도 했다. 상이군인들은 나무들과 함께 걸어오는 나를 겁먹은 얼굴로 바라볼 뿐이었다. 나무들과 함께 걸어가는 밤하늘에는 문둥이의 노래가 울려퍼졌다.

나무들을 따라가다가 나는 때때로 가영이와 씹을 하기도 했다. 가영이의 그 예쁘고 정갈한 보지에 내 자지를 끼워넣고 가만히 있으면 내 몸에서 호르몬이 나와 가영이 보지 안으로 들어갔다. 나의 호르몬을 받아들이는 가영이가 대견했다.

백화리의 백양나무들도 우리와 합류했다. 거기에는 눈이 큰 성춘희도 있었다. 가설극장의 영화도 이제 끝난 것 같았다. 우리는 무리를 지어 신작로를 따라 걸었다. 그렇게 걷다 보면 기찻길이 나타났다. 긴 기차가 지나가고 있었다. 기차 안 사람들은 나무와 함께 걸어가는 나를 내다보고 있었다.

"너 어젯밤 일 생각나?" 누나가 물었다.

"뭘?"

내가 되물었다.

"자다가 밖에 나간 거?"

"내가 어딜?"

누나는 걱정스러운 표정으로 나를 굽어보며 한숨을 푹 내쉬었다.

"매일 밤 그래. 저번 날은 대체 네가 어딜 가는지 알아보려고 아버지와 내가 뒤를 따라가 봤어."

"내가 어딜 갔는데?"

"그 한밤중에 글쎄 문둥이들이 자고 있는 수수밭 끝까지 가서 우두커니 섰다가 돌아왔어. 기억 안 나?"

"거짓말하지 마."

말은 이렇게 했지만 나는 좀 무서웠다.

"그뿐이 아니야. 저번 날은 한밤중에 네가 서낭당 앞에 우두커니 혼자 서 있더래. 그걸 본 전달수 아저씨가 왜 거기 그렇게 서 있느냐고 물었지만 대답도 하지 않더래. 그래서 아저씨가 널 집에까지 업고 왔는데, 그것도 기억 안 나?"

나는 도무지 이해할 수 없었다. 내가 잠든 사이에 세상에서는 무

몽유병, acrylic on canvas 65x53cm, 2021. ⓒ 하일지

슨 일이 벌어지는 것일까.

아버지는 탕약 한 첩을 지어왔다. 아버지는, 몽유병이라고 하더라고 했다. 내 나이 때는 흔히 그럴 수 있는 병인데 나이 들면 괜찮아지니 너무 걱정하지 말라고 했다고 했다. 듣고 있던 누나는 그제야 안심이 되는 표정이었다.

나 자신은 모르지만 아무래도 내가 무슨 심각한 이상 증세를 나타내기는 하는 것 같았다. 계모도 누나도 나에 대해서는 전에 없이 조심하는 것 같았다. 밤에 내가 오줌을 싸도 잔소리하지 않았다.

내가 밤에 자다가 밖으로 나간다는 소문이 아이들 사이에도 퍼진 것 같았다. 그래서인지 동네 아이들은 나를 좀 무서워했다. 아이들은 틀림없이 자고 있는 나를 귀신이 밤마다 불러낸다고 생각했을 것이다. 심지어는 방앗간 집 영철이마저도 나만 보면 슬금슬금 피했다. 동출이는 그런 내가 불쌍하다고 생각했던지 삶은 밤 한 줌을 꺼내 줬다. 나는 아이들의 그런 반응을 이해할 수 없었다.

누구보다도 나를 걱정했던 사람은 누나였다. 누나는 내가 자다가 또 어디로 가버릴까 봐 잠도 안 자고 지키는 것 같았다. 내가 누나를 지켜주어야 하는데 문둥이한테 시집가고 싶어 할 만큼 분별력 없는 누나가 나를 지켜주다니 좀 어처구니가 없었다.

태화사 가는 길

날이 추워지기 전에 문둥이들은 모두 떠났다. 따라서 사람들은 문둥이의 노래를 더는 들을 수 없었다. 문둥이들이 떠난 텅 빈 들판 저편에 서 있는 미루나무들은 꼭대기에만 노랗게 물든 잎사귀들을 달고 있었다. 문둥이들이 떠나 텅 빈 들판을 바라보면서 누나는 쓸쓸한 표정으로 '오 솔레미오'를 낮게 부르곤 했다. 그러나 그것은 문둥이가 아니면 아무도 제대로 부를 수 있는 노래가 아니었기 때문에 누나는 '오 솔레미오'만을 몇 차례 반복해서 불렀다. 내가 기염이를 그리워하듯이 누나는 문둥이를 그리워하는 것 같았다. 문둥이를 그리워하다니, 그게 다 금계랍 때문이라는 건 말할 것도 없었다.

그 무렵 어느 날이었다. 저 멀리 개울 건너 가영이네 집 앞에서 누나가 나를 향해 손짓하며 소리쳐 부르고 있었다. 가영이네 집 앞에는 누나뿐 아니라 가영이 어머니와 나의 계모도 함께 모여 있었다. 나는 무슨 일인가 하고 징검다리를 건너 가영이네 집 앞으로 달려갔다.

"너 가영이랑 태화사 좀 갔다 올래?"

누나가 내게 물었다. 태화사까지는 가는 데 삼십 리, 오는 데 삼십 리 도합 육십 리 길이니 아이들에게는 좀 먼 거리였다.

"태화사 큰 스님이 다리를 다쳐 뼈가 부러졌다는 말을 듣고 홍화씨 기름을 좀 보내려고 한다. 그런데 일손이 바빠서 가영이를 보낼까 하는데, 네가 따라갔다 오면 안 되겠니?”

가영이 엄마는 몹시 미안해하는 표정으로 말했다. 내가 혹시 거절할까 봐 걱정이 되었던지 곁에 섰던 누나가 거들었다.

“너는 남자라서 괜찮지만, 가영이는 여자니 얼마나 무섭겠니? 그먼 길을 혼자 갔다 온다고 생각해봐. 가영이가 불쌍하지도 않아? 그리고 가영이 엄마는 가영이 혼자 보내놓고 얼마나 걱정되겠니?”

나는 고개를 끄덕였다. 가영이 엄마와 누나는 서로 마주보며 눈웃음을 교환하고 있었다. 어쩌면 누나는 내가 바람이라도 쐬고 오면 몽유병 증세가 좀 나아질지도 모른다고 생각하는 것 같았다. 그러나 계모는 그다지 만족해하지 않는 표정이었다. 내가 없으면 저녁때 소여물 끓일 사람이 없었으니 말이다. 그때까지도 정작 가영이는 보이지도 않았다.

가영이 아버지는 홍화씨 기름을 담은 항아리를 가는 동안 깨지지 않도록 짚으로 싸고 새끼줄로 단단히 묶었다. 그리고 단단한 끈을 달아 어깨에 맬 수 있도록 했다. 보고 있던 누나가 내게 말했다.

“가영이가 어떻게 그걸 지고 가겠니? 네가 짊어져.”

나는 그것을 어깨에 둘러맸다. 가영이 아버지는 내게 무겁지 않으냐고 물었다. 나는 전혀 무겁지 않다고 대답했다. 그럼, 송이버섯 한 두름도 갖다드리라면서 버섯 두름을 내 등짐에 매달았다. 그제야 곱게 단장한 가영이가 방에서 나왔다.

“아이고, 그렇게 차려입으니 제법 처녀 태가 나네!”

누나가 말했다. 가영이는 수줍은 듯 쌩긋 웃었다.

아닌 게 아니라 그날따라 가영이는 참 예뻤다. 곱게 빗어 묶은 머리에는 하늘색 리본을 달았고, 분이라도 바른 듯이 뽀오얀 얼굴의 두 뺨이 발그스름했다. 하얀 깃이 달린 파란 블라우스에 허리가 잘록한 폭 넓은 연두색 치마를 입고 있었다. 발에는 추석 때 샀을 새 운동화를 신고 있었다.

가영이 어머니는 가는 길에 배고프면 먹으라고 삶은 고구마와 옥수수를 싼 조그마한 보자기를 가영이 손에 쥐어줬다.

"엄마, 가영이 우리 며느리 삼아요."

길을 나서는 우리 등 뒤에서 누나가 이렇게 말했다. 누나의 말에 계모는 빈정거리는 투로 말했다.

"하이고, 저 오줌싸개를 언제 키워 며느리 보누?"

이 말을 듣는 순간 나는 계모는 역시 계모라고 생각했다. 아무리 내가 오줌을 싸기로서니 진짜 엄마라면 가영이처럼 다 큰 처녀 앞에서 그런 말을 하지는 않았을 테니 말이다.

"우리 집 사위로 들어오려면 우리 가영이 잘 데리고 갔다 와야 한다, 알았니?"

가영이 어머니도 농담처럼 말했다. 그러나 나는 뒤돌아볼 수가 없었다. 계모가 했던 말에 속이 상했기 때문이다.

우리는 향교 앞을 지나 상리 나루터까지 시오리 길을 가을 햇살 속으로 걸어갔다. 그러나 서로 아무 말도 하지 않았다. 그도 그럴 것이 상리 나루터까지 가는 내내 나는 약 삼십 미터 앞서서 경중경중 혼자 걸어갔고, 가영이는 저만치 뒤에서 쫄랑쫄랑 따라왔기 때문이다.

내가 그토록 멀찌감치 앞서서 혼자 걸어갔던 건 지린내 나는 절어 빠진 허름한 바지 차림에 등짐까지 진 내 모습이 흡사 하인 같을 텐데,

그런 내가 나란히 걸어가면 가영이가 창피스러워할지도 모른다고 생각했기 때문이다. 그리고 혹시라도 나란히 함께 가는 걸 학교 아이들이 본다면 이상한 소문을 낼 수도 있는데, 나야 뭐 사내니까 상관없지만, 가영이처럼 다 큰 처녀를 두고 이상한 소문이 돌게 되면 좋은 일은 아니라는 걸 알고 있었기 때문이다.

배를 타고 강을 건너는 동안에도 우리는 서로 모르는 사이처럼 다른 곳을 바라보고 있었다. 강물 위에는 울긋불긋 단풍든 산 그림자가 부서지고 있었고, 강 건너 저 멀리 보이는 느티마을에 옹기종기 모여 있는 초가집들은 새로 지붕을 이어서 노랗게 단장하고 있었다. 정을수 아저씨의 그 티티새를 닮은 아주머니의 친정집이 저 마을 어디에 있다고 들었는데, 저 집 중에서 어느 집이 그 집일까 마음속으로 생각하고 있었다.

나는 강을 건너고 나서야 가영이를 돌아보며 말했다.

"무거우면 날 줘. 내가 들고 갈게."

나룻배에서 폴짝 뛰어 내리면서 가영이가 말했다.

"괜찮아, 하나도 안 무거워."

가영이는 정말로 하나도 무겁지 않다는 걸 보여주려는지 들고 있던 보따리를 앞뒤로 힘차게 흔들었다. 그러고는 사뿐사뿐 걷기 시작했다. 나도 가영이를 따라 걸었다.

강 건너 백화리로 가는 소나무 사이 활고개길은 유난히도 빨간 황톳길이었다. 청록색 소나무와 빨간 황톳길이 대조를 이루어 그림 속 길처럼 아득하게 느껴졌다. 그 아득한 길을 따라 가영이는 치맛자락을 나폴거리며 걸어갔고, 그 애의 그런 뒷모습이 보기 좋아서 나는 열 걸

태화사 가는 길, acrylic on canvas 65x53cm, 2021. © 하일지

음쯤 뒤에서 따라갔다. 가영이가 걸음을 옮길 때마다 길바닥에 앉아 있던 메뚜기들이 포록포록 날아올랐고, 풀숲에서는 귀뚜라미들이 쉬지 않고 노래했다.

"다리 안 아퍼?"

완만하게 경사진 오르막길을 걸어가는 그 애의 가느다란 종아리가 안쓰러워 보여 내가 말했다.

"아니."

가영이는 걸음을 멈추고 나를 돌아보며 말했다. 그 애 얼굴에 늦가을 햇살이 쏟아졌다.

"아프면 아프다고 말해. 나 혼자 얼른 갔다 오면 되잖아."

내가 이렇게 말하자 가영이는 자기를 떼어놓고 나 혼자 갈까 봐 걱정되기라도 한다는 듯이 말했다.

"하나도 안 아파. 증말이야."

이렇게 말하고는 고무줄 놀이라도 하듯 깡충깡충 뛰어 보였다.

소나무 숲길이 끝나자 우리는 나란히 걸었다. 거기서부터는 길 오른편으로 공동묘지가 펼쳐져 있어서 가영이가 무서워할지도 모른다고 생각했기 때문이다. 그러나 걱정했던 것과 달리 가영이는 무서워하지 않는 것 같았다. 무덤가에 핀 들국화를 꺾기도 하고, 잠자리를 잡기도 했다. 흡사 소풍이라도 나온 듯이 즐거워 보였다.

공동묘지가 끝나고 산모퉁이를 돌아가니 산을 끼고 굽이도는 새파란 강물이 눈앞에 활짝 펼쳐졌다. 강 건너 저 멀리 용수마을은 늦가을 햇살을 받고 있었고, 마을 뒤편으로 울긋불긋 단풍 든 산들이 첩첩히 늘어서 있었다. 발아래 펼쳐진 풍경을 굽어보다가 우리는 거기서 잠시 쉬어가기로 했다.

"여긴 참 좋다, 그치?"

들고 있던 보자기에서 삶은 옥수수 한 개를 꺼내 내게 내밀며 가영이가 말했다. 아닌 게 아니라 눈앞 풍경이 꿈속에서 보는 것처럼 신기했다.

"저기 용수마을에 가봤어?"

나는 옥수수를 먹으며 물었다.

"아니."

가영이가 말했다.

"용수마을에 가면 용수가 있는데, 거기에 용왕이 산대. 용수를 따라 밑으로 내려가면 지하 세계에 갈 수 있대."

가영이는 실눈으로 용수마을을 건너다보며 고개를 끄덕였다. 그리고 우리 사이에 잠시 침묵이 흘렀다. 나는 우걱우걱 옥수수를 먹었고, 가영이는 얌전하게 고구마를 먹었다. 꽤 오랜 침묵이 흐른 뒤 문득 가영이가 물었다.

"학교 졸업하면 뭐 할 거니?"

나는 약간 당황했다. 정을수 아저씨와 티티새를 닮은 아주머니가 비를 피했던 동굴이 있는 밭을 사겠다는 것 말고는 그때까지 장래에 대해 한 번도 생각한 적이 없었기 때문이다. 잠시 망설이던 나는 나도 모르게 불쑥 말했다.

"이 촌구석에서 더는 살고 싶지 않아."

나는 내친김에 덧붙였다.

"서울 같은 대도시 일류 중학교에 갈 거야."

가영이는 이해할 수 있을 것 같다는 표정으로 고개를 끄덕였다. 나는 걷잡지 못하고 계속했다.

"이 촌구석 중학교는 나오면 뭐 해? 면서기라도 해 먹으려면 대도시 일류 중학교는 나와야 할 거 아니야."

나는 나도 모르는 사이에 언젠가 누나가 아버지에게 했던 말을 반복하고 있었다. 가영이는 고개를 끄덕이며 말했다.

"그래서 어른들은 널 보고 면장감이라고 하는구나."

나는 무엇에 홀린 듯 말하고 있었다.

"쳇! 면장? 이 촌구석 사람들은 면장이 제일 높은 줄 알겠지. 그런 시시한 건 아예 생각도 안 해. 중학교를 마치면 고등학교에 가고, 고등학교를 마치면 대학교에 갈 거야."

나는 허풍을 너무 치고 있다는 생각에 마음이 찜찜했다. 그러나 가영이 얼굴에는 행복해하는 미소가 번지고 있었다. 그 미소가 충동질했는지는 모르지만 나는 더욱 걷잡지 못하고 말했다.

"대학교에서 공부 마치면 미국 영국 독일 프랑스에도 갈 거야."

내가 생각해도 너무 심한 허풍이었다. 학교에서 배워 이름은 알고 있지만 그런 나라들이 실제로 있는지도 확신할 수 없었다. 설사 실제로 있다 해도, 아무나 갈 수 있는 곳은 아닐 것이다.

"좋겠다."

가영이는 좀 쓸쓸한 표정을 지으며 혼잣말처럼 말했다. 어쩌면 나의 허풍을 알아챈 건 아닐까 하는 생각에 나는 얼굴이 굳어졌다. 잠시 후 가영이는 조심스레 물었다.

"그런데 서울 가서 중학교 고등학교 대학교에 다니려면 돈이 많이 들 텐데, 그걸 어떻게 감당할 거니?"

나는 잠시 생각하다가 말했다.

"우리 누나가 공장에 다녀 내 학비를 대준다고 했어."

듣고 있던 가영이는 고개를 끄덕이며 말했다.

"그렇게 하면 되겠구나."

가영이는 여전히 쓸쓸한 표정으로 말했다. 그러다가 잠시 후 덧붙였다.

"단양 언니도 나한테 그렇게 말했어. 공장에 다녀서라도 네 공부는 꼭 시키겠다고."

우리는 바위 벼랑에서 떨어져 내리는 물을 한 모금씩 마신 뒤 다시 걷기 시작했다. 그런데 가영이는 어딘지 모르게 쓸쓸해하는 표정을 짓고 있었다. 어쩌면 내가 떠날 거라는 말에 벌써 서운해하고 있었는지도 모른다는 생각이 들었다.

백화리를 지난 뒤부터는 산길이었다. 그 산길을 걸어가면서 나는 비로소 나의 장래 희망에 대해 생각하기 시작했다. 공군에 들어가 비행기 운전사가 될까 하는 생각도 해봤다. 비행기를 운전하면 재미있을 것 같았다. 그러나 비행기를 운전하기는 무서울 것 같았다. 학교 선생님이 되면 어떨까 하는 생각도 해봤다. 그러나 학교 선생님이 되려면 사범학교를 나와야 하는데, 사범학교에 들어가기도 쉬운 일은 아닐 것 같았다. 언젠가 한번은 선생님 한 분이 내가 말을 잘하니 변호사 하라고 농담처럼 말했는데, 그 말이 왠지 모욕으로 들렸다. 말을 잘해서 되는 것이라면 약장수와 다르지 않을 것 같았다. 그래서 나는 언젠가 누나가 아버지와 했던 말처럼 면서기를 하면 좋겠다고 생각했다. 그러나 그렇게 허풍을 쳐놓고 면서기가 되면 가영이는 나를 비웃을지도 몰랐다. 내가 이런 생각에 빠져 있을 때였다. 갑자기 가영이가 소스라치게 놀라며 나의 팔에 매달렸다.

"뱀이야!"

그러고 보니 저만치 길 한가운데 독사 한 마리가 웅크리고 있었다. 나도 사실은 불알이 오그라들 만큼 겁이 났다. 그러나 나는 짐짓 말했다.

"저까짓 게 뭐가 무섭다고?"

그러고 땅바닥을 두리번거리며 돌멩이를 찾았다. 마음이 급해서 그런지 돌멩이가 잘 보이지 않았다. 결국, 나는 기다란 나무 막대기 하나를 찾아들고 뱀을 향해 휘둘렀다. 그러자 뱀은 산딸기덩굴 속으로 사라졌다. 그때부터 가영이는 잔뜩 겁을 먹었는지 내 곁에 바짝 붙어서 걸었다. 옆구리에 와 닿는 가영이 몸이 애잔하게 느껴졌다.

절에 도착한 우리는 가영이 어머니가 가르쳐준 대로 주지 스님을 찾아갔다. 법당 뒤뜰 무덤가에 웅크리고 앉아 고추를 널어 말리던 주지 스님은 우리에게 남천서 여기까지 그 먼 길을 걸어 왔느냐며 놀라워했다. 나는 그다지 먼 길도 아닌데 그렇게 놀라는 스님이 약간 우스웠다. 나는 그때까지 지고 온 홍화씨 기름과 송이버섯을 전했다.

"먼 길 오느라 고생했다. 노스님한테는 내가 전할 테니 저녁 공양이나 하고 가거라."

스님이 말했다. 그러나 우리는 가영이 엄마가 미리 일러준 대로 어두워지기 전에 돌아가야 해서 저녁 식사는 할 수 없다고 말했다. 그러자 스님은 여기까지 왔으니 부처님께 절이나 하고 가라고 했다. 우리는 스님을 따라 법당으로 들어갔다.

절하러 법당으로 들어갈 때까지만 해도 나는 밤에 자다가 오줌을 싸지 않게 해달라는 소원을 빌어야겠다고 생각했다. 그러나 막상 법당 안으로 들어섰을 때 그런 생각은 까맣게 잊어버렸다. 그도 그럴 것이 법당 안이 너무 무서웠기 때문이다. 정면에 앉아 있는 커다란 불상들도 그렇지만, 좌우에 늘어선 나한상과 사천왕상이 너무도 무서웠다. 마치 혼령들이 앉아 있는 것만 같았다. 그래서 나는 아무 생각 없이 설날 어른들에게 세배하듯이 얼른 한 번 절하고 일어났다. 그러나 가영이는 무섭지도 않은지 무려 열댓 번을 다소곳이 절했다. 절을 얼마나 지극정성으로 했던지 가영이를 보고 있던 스님마저 이렇게 말했다.

"아이고! 우리 예쁜 애기 보살은 무슨 소원이 그리 깊어 이렇게 치성을 드릴까?"

우리가 절을 떠나려 할 때 스님은 가다가 배고프면 먹으라고 삶은 밤과 대추를 줬다. 홍화씨 기름도 무사히 전달했고, 부처님한테 절도 열댓 번이나 해서 그랬는지 모르지만, 돌아오는 길에 가영이 얼굴은 무척 밝아 보였다. 발걸음도 가벼워 보였다.

"얘, 너 저 나무들이 밤이 되면 길거리를 돌아다닌다는 거 알어?"

내가 물었다. 산기슭을 따라 하얗게 서 있는 백양나무들을 보자 문득 생각났던 것이다.

그러나 내 말을 들었는지 못 들었는지 가영이는 아무 말 없이 치맛자락을 나폴거리며 걸어가기만 했다. 나는 약간 머쓱해져서 혼잣말처럼 중얼거렸다.

"증말이야. 우체국 앞 상수리나무도, 향교 앞 은행나무도, 신작로를 따라 서 있는 미루나무도 새벽이 오기 전에 거리를 돌아다닌단 말여. 그분이 아니여. 저기 백화리 자작나무들도 밤이면 하얗게 떼를 지어 걸어 다녀."

내가 이렇게 말했을 때야 비로소 가영이는 걸음을 멈추고 나를 돌아봤다. 그리고 약간 상기된 얼굴로 말했다.

"나도 알아. 윗마을 서낭당 소나무들도 떼를 지어 걸어 다니는 걸 봤어."

나는 깜짝 놀랐다. 설마 그 애도 나처럼 나무들이 걸어 다니는 걸 봤으리라고는 전혀 기대하지 않았기 때문이다.

"서낭당 소나무까지도? 별 걸 다 봤네."

나는 혼잣말처럼 중얼거렸다. 그리고 나도 모르게 얼굴이 달아올랐다. 어쩌면 그 애도 나처럼 나와 씹하는 장면을 상상했을지 모른다는 생각이 들었기 때문이다. 하늘에는 기러기들이 줄지어 날아가고, 어둠이 내리는 산에서는 부엉이 울음소리가 들려왔다.

"너 혹시 그거 알아?"

공동묘지를 지날 때쯤에야 내가 말했다. 가영이는 나를 올려다보고 있었다. 나는 어떻게 말해야 할지 몰라 망설였다. 잠시 후 내가 입을 열었다.

"중학교에 가면 학교에서 다 배우게 되는데……그러니까……너 같은 어린애는 아직 모를 거야."

"뭘?"

그 애가 물었다. 나는 어떻게 말해야 좋을지 몰라 한참을 망설이다가 말했다.

"남자와 여자가 결혼하면 첫날밤에 하는 그거."

내가 굳이 그 이야기를 꺼냈던 건, 그걸 모르면 가영이도 동출이 고모처럼 첫날밤에 도망갈 수도 있다고 걱정했던 것이다. 그런데 가영이는 말끄러미 나를 올려다보다가 말했다.

"알아."

그렇게 말은 했지만, 설마 알까 하는 생각에 내가 덧붙였다.

"남자와 여자가 그걸 해야 아기가 생기는데, 네가 그걸 안다는 거여?"

그 애는 고개를 까닥였다.

"그걸 네가 어떻게 알아?"

나는 믿어지지 않는다는 투로 말했다.

"조신자 선생님이 말해줬어."

가영이가 말했다. 나는 혼잣말처럼 중얼거렸다.

"조신자 선생님이? 별 걸 다 가르쳤네. 나이 들면 저절로 알게 되는데."

우리는 어색한 침묵 속에서 걸었다. 한참 뒤에 내가 물었다.

"그럼 너도…… 가령 우리가 결혼한다면…… 만약에 우리가 결혼하게 된다면 말여.... 그걸 할 거여?"

내 말에 가영이는 걸음을 멈추고 나를 빤히 올려다봤다.

"그렇지만 넌 나한테 장가올 거 아니잖아."

너무도 뜻밖의 말을 듣고 나는 깜짝 놀라며 말했다.

"왜? 왜 그런 생각을 하는 거지?"

그러자 가영이가 대답했다.

"아까 네가 말했잖아. 넌 이 촌구석이 싫다고. 학교 졸업하면 서울에 있는 일류 중학교 고등학교 대학교에서 공부할 거라고. 그리고 미국 영국 독일 프랑스에도 갈 거라고. 그런데도 나 같은 촌 계집애한테 장가들겠어?"

나는 어안이 벙벙해졌다. 아무래도 내가 괜한 허풍을 쳤다는 생각이 들었다. 그래서 말했다.

"그렇지만 내가 안 갈지도 모르잖아."

그러자 가영이는 고개를 두어 번 저으며 낮게 말했다.

"아니야. 가. 가야 해. 넌 할 수 있어."

나는 뭐라고 말해야 좋을지 몰라 멍한 얼굴을 하고 있었다. 그러자 나를 격려하기라도 하듯이 가영이가 말했다.

"난 네가 자랑스러워."

나는 이해할 수 없다는 표정으로 '왜?'하고 물었다. 그러자 가영이는 배시시 웃어 보이며 말했다.

"네가 그런 생각을 한다는 것이 자랑스럽다고. 네가 아니면 누가 감히 그런 생각을 할 수 있겠어?"

그렇게 말하는 가영이의 표정은 언젠가 내가 정을수 아저씨네 집에서 자다가 오줌을 쌌을 때 내가 오줌을 싼 것마저도 대견하다는 듯이 바라보던, 그 티티새를 닮은 아주머니의 흐뭇해하는 표정을 떠올리게 했다. 그래서 나는 마음이 아팠다. 갑자기 무거워진 내 표정을 보고 가영이는 분위기를 누그러뜨리려는지 농담처럼 말했다.

"그리고 넌 아까 용감하게 그 뱀도 쫓아버렸잖아."

내가 아무 말도 하지 않자, 가영이가 말했다.

"내년이면 우리 학교가 세워진 지도 육십 년이 된대. 그런데 그 육십 년 동안 대학에 들어가서 공부한 사람은 아직 없었대. 그런데 네가 대학에 가면 얼마나 자랑스럽겠니? 너니까 그런 생각을 하는 거지, 누가 그런 걸 생각이나 할 수 있겠어? 그래서 네가 자랑스러운 거야."

그러나 가영이가 하는 말이 귀에 들어오지 않았다. 나의 진짜 장래 희망은 정을수 아저씨와 티티새를 닮은 아주머니가 비를 피했던 그 동굴이 있는 밭을 사고, 가영이한테 장가가는 것이었다. 장날이면 오누이처럼 다정하게 가영이랑 장에 가고 밤이면 씹하면서 살아가는, 그 편안한 삶을 버리고 고등학교 대학교에 가고, 미국 영국 독일 프랑스에 간다고 생각하자 갑자기 겁이 났다.

공동묘지를 지나 소나무 사이로 난 길로 접어들어서야 가영이가 문득 내게 물었다.

"아까 태화사에서 부처님한테 절할 때 넌 무슨 소원 빌었니?"

나는 좀 당황해하며 말했다.

"그냥 절만 했어. 아무 소원도 빌지 않았어."

자다가 오줌을 싸지 않게 해달라는 소원을 빌고 싶었지만, 깜박 잊었다는 말은 차마 하지 못했다. 가영이는 고개를 끄덕였다. 내가 물었다.

"그러는 넌? 넌 무슨 소원을 빌었어?"

그러자 가영이는 소리 없이 배시시 웃었다. 그리고 잠시 후 말했다.

"나중에…… 나중에 말해줄게."

"나중에 언제?"

가영이는 생각에 잠긴 표정으로 잠시 가만히 있다가 대답했다.

"내년에."

"내년에 언제?"

"내년에 네가 서울로 떠날 때."

나는 당황했다. 왜냐하면 내년에 서울로 떠날 생각을 한 적이 한 번도 없었기 때문이다. 그런데도 가영이는 확신하는 것 같았다. 나는 아무 말도 하지 않았다.

우리 앞에는 빨간 황톳길이 펼쳐져 있었고, 저 멀리 보이는 상리 나루터에는 늙은 뱃사공 고덕수가 우리를 기다리고 있었다. 하늘에는 하얀 하현달이 떠 있었다.

"이쁜 처녀 총각이 어딜 갔다 이제 오나?"

우리를 기다리던 늙은 뱃사공이 배에 오르는 우리에게 물었다. 그러나 우리는 아무 말도 하지 않았다.

강을 건너는 동안 가영이는 고물에 얌전히 앉아 있었고, 나는 뱃머리에 서서 어둠에 묻혀가는 강 건너 마을을 바라보고 있었다. 배에 탄 세 사람 사이에 아무 말도 없었기에 늙은 뱃사공의 노 젓는 규칙적인 소리만 들렸다.

남천에 도착했을 때 날은 이미 저물어 있었다. 헤어지기 전 가영이는 낮은 목소리로 내게 '잘 가!'라고 말했다. 그 소리가 얼마나 애잔했던지 가슴이 저려왔다.

벼락 맞아 죽은 사람의 딸

상구 큰어머니가 문배와 씹했다는 소문이 어른들 사이에 조심스럽게 퍼졌다. 그러나 아무도 상구 큰어머니를 비난하지 않았다. 오히려 동정했다. 물론, 자기 마누라를 두고 상구 큰어머니와 씹한 문배에 대해서는 그다지 좋게 말하지 않았다.

내가 엿들은 어른들의 말은 이런 것이었다. 어느 날 밤 문배네 집에 사람들이 모여 늦도록 놀다가 더러는 돌아가고, 더러는 그 방에서 그냥 잤다. 방에서 자던 사람 중 하나가 오줌이 마려웠던지 잠에서 깼고, 변소에 가려고 성냥불을 켰는데 방 저편에 문배와 상구 큰어머니가 붙어 있더라는 것이다. 이것이 전부였다. 이것을 두고 어른들은 이렇게 말했다.

"갈 데가 없었겠지?"

"여북했으면 그랬을까?"

"따뜻한 방에서 따뜻하게 몸을 붙이고 있으면 정이 들어서 그렇게 되겠지 뭐."

상구 큰어머니는 우리 면의 대호인 박달 영감의 맏며느리였다. 그런데 얼마 전에 갈 데가 없어졌다. 직업군인으로 밖에 나가 살던 시동생과 그의 식솔이 돌아와 집과 재산을 모두 차지해버렸기 때문이다.

상구 큰어머니는 말이 없는 사람이었다. 말이 없을 뿐 아니라 표

벽란 맛아 죽은 사랑의 딸, acrylic on canvas 65x53cm, 2021. © 하일지

정도 없는 사람이었다. 웃지도 않았고, 얼굴을 찌푸리지도 않았다. 무표정한 얼굴로 말없이 일만 했다.

상구 큰어머니가 그렇게 말도 표정도 없어진 것은 어릴 때 친정아버지가 들에 나가 일하다가 벼락을 맞아 죽은 뒤라고 한다. 벼락 맞아 죽은 사람의 딸이라는 생각에 상구 큰어머니는 언제나 죄인처럼 묵묵히 일만 하는 것이라고 했다. 어쩌면 그 말이 맞을지도 모른다. 그렇지 않고서야 그렇게 말도 없고 표정도 없을 수가 없을 테니 말이다.

아주머니에게는 순자와 영자, 두 딸이 있었다. 순자는 나보다 두 살 많고, 영자는 한 살 어렸다. 그래서 사람들은 '순자 엄마'라고 불렀다. 순자와 영자는 공부도 잘하지 못했고 그다지 예쁘지도 않아서 그런지는 모르지만, 어머니에게 힘이 되지는 못했던 것 같다. 그래서인지 상구 아버지는 고향으로 돌아오고 나서 불과 일 년 뒤 집과 토지의 등기를 모두 상구 앞으로 이전해버렸다.

상구 아버지는 이제 박달 영감의 모든 재산이 자기 것이라는 사실을 사람들에게 알리고 싶었는지 모른다. 우리 집에도 찾아와 무슨 무용담을 늘어놓듯이 그 사실을 이야기했다. 아버지와 계모는 아무 말 없이 듣고만 있었고, 나는 등기라는 건 상구 아버지처럼 똑똑한 사람만이 할 수 있는 특별한 것이라고 생각했다. 그렇지 않고서야 상구 아버지가 그렇게 자랑스레 말하지는 않을 테니 말이다.

그런데 상구 아버지가 돌아간 뒤 뜻밖에도 아버지는 이렇게 중얼거렸다.

"나쁜 놈!"

계모마저도 덩달아 말했다.

"순자 영자가 불쌍하지."

이 말을 받아 아버지는 다시 한번 중얼거렸다.

"나쁜 놈! 혼자 사는 제 형수는 어쩌라고?"

그제야 나는 등기를 하는 사람은 나쁜 놈이라는 걸 알았고, 따라서 상구 아버지도 나쁜 놈이라는 걸 알았다. 그래서 나는 허풍쟁이 상구도 나쁜 놈이라고 생각하게 되었다.

순자 엄마한테는 그런데 남편이 있었다. 순자 엄마의 남편인 박달 영감의 큰아들은 왜 그랬는지는 모르지만, 이미 오래전에 고향을 떠나 멀리 속초인가 양양인가 하는 바닷가에 살고 있었다. 거기서 새로 장가를 들어 슬하에 자식도 있다고 했다. 들리는 말로는 거기서 끼니도 제대로 잇지 못할 만큼 가난하게 산다고 한다. 대호 집 큰아들이 왜 밖에 나가 그토록 가난하게 사는지, 나는 이해할 수 없었다.

그런데 나는 순자 엄마의 남편을 몇 년 전에 딱 한 번 본 적이 있었다. 무슨 일이었는지는 모르지만, 박달 영감네 아랫방에서 아이들과 함께 자고 있었다. 잠결에 들으니 어떤 중후한 남자 목소리가 '저 애는 누구지?'하고 물었다. 나를 가리키는 것 같았다. 순자 어머니는 내가 누구인지 설명했고, 듣고 있던 그 중후한 남자의 목소리는 '아, 그렇구나.'하고 말했다. 그도 몇 년 전 이 마을에 들어와 살기 시작한 우리 아버지와 가족에 대해 들어서 알고 있는 것 같았다.

눈을 떠 보니 정말이지 영화에서나 볼 수 있을 법한 중후한 신사 한 분이 중절모와 외투를 벗고 있었다. 그런 중절모는 우리 집에만 있는 줄 알았는데, 그 신사분도 그런 모자를 쓰고 있었다. 순자 엄마는 전에 없이 행복한 미소를 지으며 모자와 외투를 받아 걸었다. 정말이지 순자 엄마의 얼굴에도 표정이 있다는 것이 신기할 정도였다.

나는 자리에서 일어나 앉았다. 그러자 그 신사 아저씨는 '왜 더 자지 않고?'하고 부드럽고 점잖은 목소리로 말했다. 그러나 아저씨 얼굴은 어딘지 모르게 우울해 보였다.

나는 그 훌륭한 신사 아저씨가 내게 말을 걸었다는 것이 황송하고 어색해서 대답도 못 하고 밖으로 나왔다. 밖에는 날이 훤하게 밝아 있었고, 나는 그길로 개울을 건너 우리 집으로 돌아왔다. 그날 새벽 내가 본 그 훌륭한 신사 아저씨가 바로 박달 영감의 큰아들, 즉 순자 엄마의 남편이었다. 그날 새벽 잠시 다녀간 뒤로 그 아저씨는 두 번 다시 돌아오지 않았다. 그런데도 나는 그날 아침에 봤던 그 신사 아저씨의 우울한 표정을 두고두고 잊지 못했다.

상구 아버지가 등기를 하고 얼마 지났을 때 상구 큰아버지가 상구 아버지를 불러 호되게 야단쳤다는 소문이 들리기도 했다. 그러나 한번 한 등기는 야단을 친다고 돌이킬 수 있는 것은 아닌 것 같았다.

그 뒤로도 순자 엄마는 박달 영감네 집에서 그대로 살았다. 그런 순자 엄마를 두고 계모는 딱하다는 표정으로 이렇게 말하곤 했다.

"순자 엄마는 이제 그 집 식모살이 하는 거지."

아버지마저도 다시 말했다.

"나쁜 놈! 그 무던한 형수를……"

웬만하면 남의 일에 말하지 않는 아버지가 이런 말을 또 했던 걸 보면 상구 아버지는 정말 못할 짓을 한 것 같았다.

물론 나는 순자 엄마를 존경한 적이 없다. 왜냐하면 순자와 영자가 공부를 못하는 데다가 순자와 내가 대판 싸운 적이 있기 때문이다.

그런데도 아버지는 순자 엄마를 존경하는 것 같았다. 그래서 그랬겠지만, 때때로 이렇게 말했다.

"세상에 그렇게 무던한 사람은 없을 거야. 그 큰 집 살림을 살면서도 생전 얼굴 한번 찌푸리는 걸 본 적이 없어."

그게 다 순자 엄마의 친정아버지가 벼락을 맞아 죽었기 때문이라는 걸 아버지는 모르는 것 같았다. 그리고 벼락 맞아 죽은 사람의 딸을 불쌍하게는 여길 수 있을지는 모르지만, 존경해서는 안 된다는 것도 모르는 것 같았다.

얼마 뒤 순자와 영자는 외지에 사는 친척집으로 보내졌다. 딸들을 떠나보낸 뒤에도 순자 엄마는 얼마간 박달 영감 댁에서 그대로 살았다. 그러던 순자 엄마가 문배와 씹을 했다는 것이다. 이 말을 듣고 나는 그 표정 없는 순자 엄마도 씹을 한다는 것이 의아했고, 문배처럼 불량기 있는 남자와 따뜻한 방에서 따뜻하게 몸을 붙이고 있다가 정이 들어 씹까지 하고 나쁜 소문에 휘말린 것을 좀 딱하게 여기기도 했다.

그 소문이 나돌고 불과 얼마 뒤 순자 엄마는 영영 마을을 떠났다. 순자 엄마가 떠났다는 소식을 듣고 나는 그날 밤 순자 엄마가 문배와 따뜻한 방에서 따뜻하게 몸을 붙이고 있지만 않았더라도 그렇게 쓸쓸히 마을을 떠나지 않아도 되었을 거라고 생각했다. 어디로 갔는지는 모르지만, 그 뒤 순자 엄마는 영영 돌아오지 않았다.

나무 이름 대기 차차차

가을걷이도 끝나고 먼 산에 허옇게 눈이 내렸다. 그때까지도 나는 때때로 가영이와 씹하는 상상에 빠지기는 했지만 옛날처럼 그렇게 깊이 몰입하지는 못했다. 태화사를 다녀온 뒤로 나는 그 애와 씹하는 장면을 상상하는 자신이 부끄러워졌기 때문이다. 가영이와 비교하면 정말이지 나는 한낱 오줌싸개에 지나지 않는다는 생각이 들기도 했다.

너무 심한 허풍을 쳤던 것이 후회되기도 했다. 졸업하면 뭐 할 거냐는 물음에 그냥 정을수 아저씨와 정을수 아저씨의 그 티티새를 닮은 아주머니가 비를 피했던 동굴이 있는 밭을 사고, 가영이한테 장가갈 거라고 말하고는 용감하게 내 자지를 꺼내 보여줬더라면 그 애는 부끄러운 듯 쌩긋 웃으며 귀엽다는 듯이 내 자지를 만져줬을 텐데 말이다. 왜냐하면 내 자지는 박수만의 자지처럼 훌렁 까지지도 않았고, 멋을 내려고 머리카락을 붙이지도 않았으니 말이다. 내 자지를 보여주면 가영이도 틀림없이 치마를 걷어올리고 팬티를 내려 그 예쁜 보지를 내게 보여줬을 것이다. 그랬더라면 우리는 백년가약을 맺은 사이이므로, 씹하는 상상은 물론이고 때때로 만나 실제로 씹을 해도 아무런 부끄러움이 없었을 것이다. 그러나 후회해도 소용없는 일이었다.

그 무렵 어느 날이었다. 내가 잘 모르는 중학생 하나가 내게 보발리에 있는 자기 집에 놀러가자고 했다. 낯선 중학생이 왜 자기 집에 놀러 가자고 하는지, 나는 이해할 수 없다는 표정을 지었다. 그러자 그는 내 어머니(계모)가 자기 사촌 누나이니 내가 자기 외오촌 조카라고 했다. 그러니까 그 아이는 내 가짜 외할아버지인 큰 진 영감의 보발리 조카 중 하나였다.

처음에 나는 망설였다. 내 계모의 수양 친정 작은집이라고는 하지만, 나는 계모의 친아들도 아니었기 때문이다. 게다가 남의 집에서 자다가 오줌이라도 싸면 어쩌나 해서 걱정이 앞섰다.

그런데 그 중학생과 함께 있던 우리 반 한은주가 내 팔에 매달리며 말했다.

"오빠, 놀러 가."

한은주는 비록 공부는 못해도 곱상한 얼굴에 수줍음이 많은 아이였다. 그 수줍음 많던 아이가 이렇게 대범하게 내 팔에 매달리며 '오빠'라고 부르는 것이 놀라웠다. 그러자 내 외오촌 아재비를 자처하는 그 중학생이 설명했다. 한은주는 자기 친누나의 딸이니 나와는 이종 육촌간이라고 했다. 그 중학생의 설명과는 상관없이 나는 내 친어머니가 한씨이므로 어쩌면 한은주는 나와 진짜 혈연관계인지도 모른다는 막연한 생각이 들었다. 나는 그들을 따라가기로 했다.

소두영네 소가 사는 백자리를 지나 재를 넘으면 보발이었다. 우리는 어둠이 내릴 무렵에야 도착했는데, 산골짜기에 옹기종기 모여 사는 진씨 일가와 진씨 외손인 한씨, 서씨가 모두 우리를 기다리고 있었다. 나는 왁자지껄 떠드는 그들에게 둘러싸여 정신을 차릴 수 없었다.

"우리 조카가 그렇게 공부를 잘한다며?"

누군가가 내게 말했다. 그가 말한 '조카'는 나를 가리켰다.

"언제나 일등인걸."

곁에 섰던 한은주가 자랑스럽다는 듯이 말했다.

"우리 누님이 아들 하나는 듬직하게 잘 뒀네."

다른 누군가가 말했다. 그가 말한 '우리 누님'이란 바로 내 계모를 가리켰다. 나는 계모의 친아들이 아니라고 말하려다 그만두었다. 내가 그렇게 말하면 찬물을 끼얹는 일이 될 테고, 어쩌면 그들도 내가 친아들이 아니라는 것쯤은 진작에 알고 있을지도 모른다고 생각했기 때문이다.

"얘 누나 단양이는 또 얼마나 좋다고. 생긴 것도 참하지만 행실도 반듯하다고 소문이 자자하던데."

다른 누군가가 말했다. 그러나 나는 마음속으로 누나가 금계랍을 한꺼번에 너무 많이 먹어서 행실이 반듯하다고만은 말할 수 없다고 생각했다. 물론 그런 말도 굳이 입밖에 내지는 않았다.

많은 사람이 둘러앉아 적두와 고구마를 넣은 조밥과 짠지로 저녁을 먹었다. 감자떡도 먹었고 도토리묵도 먹었다. 그리고 잣죽도 먹었다. 모든 것이 참 맛있었다. 배불리 먹고 난 뒤에는 내 또래 아이들이 방안 가득 둘러앉아 놀았다.

어른들은 우리가 노는 모습이 보기 좋은지 우리가 노는 방에 들어와 한동안 구경하다 가기도 했다. 그런가 하면 어떤 어른은 우리를 웃기려고 이런 이야기를 들려주기도 했다.

"뽕나무가 뽕 하고 방구를 끼었대. 그러자 피나무나 피 하고 웃었대. 그러나 대나무는 '대끼놈!' 하고 야단쳤대."

아이들은 떽떼그르르 웃음을 터트렸다. 아이들의 웃음소리에 사랑방에 계시던 진씨 할아버지까지 와서 이런 이야기를 했다.

"옛날에 밤나무가 밤똥을 누러 가는데, 소나무가 소리를 듣고 '그 뉘시오?'하고 말했대. 그러자 참나무가 '참 나 원! 별걸 다 참견하네'하고 말했대."

아이들은 다시 자지러질 듯이 웃었다. 죽은 어머니에게는 좀 미안한 말이지만, 이렇게 사람들과 어울려 웃고 떠들다 보니 내가 진짜 진씨 집안 외손이라도 된 것 같은 착각이 들 지경이었다. 게다가 한은주는 내가 벗어놓은 양말을 그 차가운 물에 빨아 너는 등 더없이 알뜰하게 나를 보살펴줬으니, 비록 그 애가 공부를 그다지 잘하지 못해서 그동안 내가 한 번도 눈여겨 본 적은 없었지만, 이런 곱상하고 알뜰한 애가 내 이종 여동생이라는 사실이 부듯하기까지 했다.

우리는 편을 갈라 윷놀이를 했다. 우리가 하는 윷놀이가 재미있었던지 뒤에 물러나 앉아 있던 어른들도 말판에 참견했다. 그러면서 분위기가 더욱 와자지껄해졌다.이렇게 노는 동안 아주머니들은 우리가 배고플 것을 염려하여 으깬 고욤이나, 강냉이엿을 가져다줬다. 그때 밖에는 눈이 내리고 있었다.

"눈이다."

아이 하나가 이렇게 소리쳤고, 우리는 우르르 밖으로 달려나갔다. 한참 동안 내리는 눈을 바라보다가 다시 방으로 들어와 그때부터는 둘러앉아 '나무 이름 대기 차차차'를 했다. 무릎을 서로 맞대고 빙 둘러앉아 손으로 자기 양 허벅지를 두 번 치고, 손뼉을 두 번 치고, 옆에 앉은 사람의 허벅지를 두 번 치면서 한 사람씩 돌아가며 나무 이름을 하나씩 대야 했다. 중간에 막히거나 반복하면 벌로 노래를 불렀다. 소나무,

대나무, 밤나무, 대추나무, 감나무, 고욤나무, 앵두나무, 사과나무, 배나무, 오얏나무, 자두나무, 참나무, 떡갈나무, 꿀밤나무, 느티나무, 뽕나무, 피나무, 가죽나무, 박달나무,상수리나무, 오리나무, 닥나무, 싸리나무, 오동나무, 옻나무, 엄나무, 두릅나무, 잣나무, 배롱나무, 벚나무……
깊은 산골에 살아서 그런지 아이들은 끝없이 나무 이름을 댔다. 그러나 나는 번번이 막혀 '낮에 나온 반달'이나 '송알송알 싸리잎에 은구슬' 같은 노래를 불러야 했다. 작은 진 영감의 할머니는 그때까지도 자지 않고 뒤편에 누운 채 나를 보고 '우리 손자 목청도 좋고 참 잘하네.'하고 칭찬했다. 내 노래를 그렇게 칭찬했던 건 어쩌면 내가 부르는 노래가 다른 아이들이 부르는 노래와 좀 달랐기 때문인지도 모른다. 다른 아이들은 주로 '새야 새야 파랑새야'나 '달아 달아 밝은 달아'나 그것도 아니면 '석탄 백탄 타는 데는 연기만 퐁퐁 나고요' 같은 같은 구식 노래를 불렀다. 심지어 이런 이상한 노래도 불렀다.

언니는 좋겠네
언니는 좋겠네
우리 형부 코가 커서
언니는 좋겠네

'나무 이름 대기 차차차'는 사실 좀 단조롭고 따분했다. 그런데도 나는 곧 그 단조롭고 따분한 놀이에 빠져들었다. 그도 그럴 것이 내 바로 옆에는 한은주가 앉아 있었는데, 방이 좁고 사람이 많아서 그랬겠지만, 서로 몸을 바짝 붙이고 앉아 있으려니 그 애 몸에서 전해오는 체

228

온이 따뜻하고 포근했기 때문이다. 특히, 두 번 손뼉치고 두 번 그 애의 허벅다리를 칠 때 손바닥에 전달되는 그 느낌이 너무나 보드라웠다. 공부를 잘하는 편이 아니어서 평소에는 그다지 눈여겨보지 않았던 한은주의 몸에서 이렇게 따뜻하고 포근한 느낌이 전해져온다는 사실이 신기했다. 그리고 허벅다리가 이토록 보드랍다는 것도 놀라웠다. 비록 가짜이긴 해도 이제 한은주는 내 이종 육촌 여동생이 되는 셈인데, 그런 친척 여동생의 몸에서 전해오는 체온을 즐겨도 되는지, 죄가 되는 것은 아닌지, 그런 생각이 얼핏 들기도 했다. 그러나 나는 한은주 몸에서 받은 느낌을 도저히 뿌리칠 수 없었다. 한은주 또한 나와 똑같은 느낌을 내 몸에서 받는지 몸을 밀착한 채 꼼짝도 하지 않았다. 때때로 돌아보면 그 애의 얼굴은 발그스름하게 달아올라 있었다.

그날 밤 우리는 늦도록 놀다가 더러는 돌아가고 더러는 그 방에서 함께 잤다. 한은주도 돌아가지 않고 우리와 함께 잤는데, '난 오빠 옆에 잘래.'하면서 베개를 들고 쪼르르 내 옆으로 와 누웠다. 그리고 이내 내 어깨에 코를 박은 채 쌔근쌔근 잠들었다. 그러나 나는 잠이 오지 않았다. 허벅다리가 그렇게 보드라운데 한은주의 보지는 얼마나 따뜻하고 보드라울까 하는 생각이 내 머리를 어지럽혔다. 따뜻한 방에 따뜻하게 몸을 붙이고 누워 있으니 아닌 게 아니라 한은주와 정이 드는 것 같았다. 상구 큰어머니와 문배도 이렇게 몸을 붙이고 있었으니 씹을 할 수밖에 없었겠구나 하는 생각을 비로소 하게 되면서 갑자기 무서워졌다. 이렇게 있으면 틀림없이 나도 그 행실 나쁜 문배처럼 씹을 하게 될 것만 같았다. 그러면 가엾은 한은주는 상구 큰어머니처럼 이 마을을 떠나야 할 거라는 생각에 마음이 아팠다. 그래서 돌아누웠다.

한은주에게 등을 돌리고 누운 나는 가영이와 씹하는 장면을 상상하려고 했다. 그렇게라도 하지 않으면 한은주와 씹하게 될지도 모른다는 무서운 생각이 자꾸 들었기 때문이다. 그러나 집중할 수 없었다. 가영이의 그 정갈한 보지에 내 자지를 끼워넣는 장면을 상상하면 눈앞에서 나무들이 서서히 움직이기 시작해야 하는데, 아무것도 나타나지 않았다. 불어오는 바람을 받아 나무들은 부랑자들이 불어대는 휘파람처럼 윙윙 소리를 내야 하는데, 들리는 소리라고는 내 등 뒤에서 쌔근쌔근 잠든 한은주의 규칙적인 숨소리뿐이었다. 그 숨소리를 듣지 않으려고 나는 귀를 틀어막았다. 그러나 눈앞에 어른거리는 것은 한은주의 그 보드라운 허벅다리와 따뜻하고 포근한 보지뿐이었다. 견디다 못한 나는 일어나 밖으로 나갔다. 밖에는 소리 없이 하얗게 눈이 쌓이고 있었다.

　　이렇게 몇 번 들락거리며 오줌을 누는 통에 그날 밤에는 다행히 오줌을 싸지 않았다. 그래서 기뻤다.

호랑이 보시

마을에는 때때로 호랑이가 나타났다. 나는 귀신이 무서워 밤에 밖으로 잘 나가지 않기 때문에 직접 본 적은 없지만, 호랑이를 봤다는 사람은 제법 있었다. 가령 동출이 할아버지는 윗마을 서낭당 앞에서 커다란 호랑이 한 마리를 봤다고 했다. 기염이 외할머니도 산나물을 뜯으러 갔다가 물부리 장수바위 위에 앉아 있는 호랑이를 봤다고 했다. 또 막내아들 때문에 죽은 천 영감도 살아생전에 자기 집 마당을 어슬렁거리는 커다란 호랑이를 몇 번 봤다고 했다.

확실히 호랑이가 마을로 내려오는 것 같았다. 눈이 하얗게 내린 어느 날 아침, 우리 집 마당에도 어마어마하게 큰 짐승 발자국이 찍혀 있었고, 동출이 할아버지는 그걸 보고 호랑이 발자국이라고 했다. 계모는 얼굴이 새파랗게 질렸고, 누나는 와들와들 떨었다. 그러나 아버지는 비시시 웃을 뿐이었다. 동출이 할아버지가 떠난 뒤 아버지는 이렇게 말했다.

"호랑이는 무슨 호랑이……"

"저게 호랑이 발자국이 아니면 뭐여요?"

계모가 반박하며 말했다.

"뭔 짐승이 왔다 갔겠지. 고양이나 살쾡이나……"

아버지가 말했다. 계모는 어처구니없다는 듯이 말했다.

"저렇게 큰 고양이나 살쾡이가 어디 있어요?"

아버지는 좀 짜증스러워하는 목소리로 말했다.

"요즘 세상에 호랑이는 무슨 호랑이……"

나도 아버지의 말이 맞는다고 생각했다. 아버지는 밤마다 나뭇짐을 지고 읍내까지 가지만 한 번도 호랑이를 만난 적은 없었으니 말이다. 이렇듯 아버지의 생각은 언제나 과학적이다. 요즘 세상에 무슨 호랑이가 있겠는가? 동출이 할아버지나 기염이 외할머니나 천 영감이 봤다는 것은 호랑이가 아니라 호랑이로 둔갑한 산신령일 것이다. 그도 그럴 것이 호랑이를 봤다는 사람은 많아도 호랑이한테 잡아먹힌 사람은 없었다. 그것이 진짜 호랑이였다면 왜 동출이 할아버지나 기염이 외할머니나 천 영감을 잡아먹지 않고 내버려 두었겠는가.

물론 대산 깊은 데 들어가면 아직도 호랑이가 있을지 모른다. 장수바위가 있는 물부리에도 실제로 호랑이가 살고 있을 가능성이 있기는 하다. 왜냐하면 내가 언젠가 한번은 물부리 장수바위 근처에서 호랑이 울음소리 같은 것을 직접 들었으니 말이다. 물론 동출이는 그것이 물부리 폭포에서 나는 물소리라고 했다. 그러나 나는 동출이의 말을 믿지 않는다. 물부리 장수바위 근처에서 나는 소리는 호랑이 소리가 아니라면 용마의 울음소리라고 보는 것이 맞다. 그도 그럴 것이 물부리 장수바위 밑에는 질경이 씨앗을 세상에 뿌린 아기 장수가 묻혀 있으니 장수를 잃은 용마가 우는 것은 당연한 일이다.

어쨌든 대산 깊은 골짜기나 물부리에 호랑이가 산다고 해도 그 호랑이가 마을까지 내려왔다고 믿는 것은 과학적인 생각이 아니다. 미신이다. 지난가을에 다녀온 태화사 뒤편 태화산에는 확실히 호랑이가 살고 있었다. 그건 아버지도 부인하지 못할 것이다. 왜냐하면 주지 스님 한 분이 실제로 호랑이한테 잡아먹혔고, 그 뼈를 묻은 무덤이 실제로 법당 바로 뒤에 있으니 말이다.

옛날에 태화사는 지독하게 가난한 절이었다고 한다. 선방에 대중은 먹을 것이 없어 멀건 조죽 한 그릇으로 하루 끼니를 때웠다. 그래서 오늘날까지도 사람들은 종종 '태화사 중놈들 조죽 먹듯 한다.'고 말하는데, 이 말은 '너무나 가난해서 굶기를 밥 먹듯 한다.'는 뜻이다.

이렇게 가난했으니 절 살림을 맡은 주지 스님은 얼마나 힘들었겠는가? 새벽같이 나가 늦도록 탁발하러 다니지만 선방에서 좌선하는 대중에게 조죽 한 그릇 먹이기도 벅찼으니 말이다. 그래서 그 스님은 입버릇처럼 '내가 호랑이 보시를 해야 하는데…… 내가 호랑이 보시를 해야 하는데……'하고 말했다고 한다. 말하자면 자신이 호랑이한테 잡아먹히기를 간절히 염원했다는 말이다. 왜냐하면 호랑이는 영물이라서 먹이를 잡으면 아무데서나 먹지 않고 반드시 명당으로 물고 가서 먹는데, 호랑이가 먹다 남긴 자기 해골을 그 자리에 묻어주면 명당에 묘를 쓰는 셈이고, 그렇게 되면 태화사 절 살림이 나아져 선방에서 공부하는 대중에게 이밥은 아니더라도 배고프지 않게 먹일 수 있을 거라고 믿었다.

그러던 어느 날 밤, 탁발하고 돌아오는데 정말 커다란 호랑이 한 마리가 길목을 지키고 있었다고 한다. 스님은 너무나 반가워 호랑이 앞에서 합장하고 허리를 굽혀 절했다. 그리고 탁발한 것을 절에 갖다 놓고 금방 다시 올 테니 조금만 기다려 달라고 했다. 그러고는 부리나케 절로 올라가 짊어지고 온 걸망을 툇마루에 던져두고 호랑이에게로 달려갔다.

이튿날 아침, 주지 스님은 보이지 않고 주지 스님의 걸망만 툇마루에 던져져 있는 걸 보고 선방 대중은 스님이 그토록 호랑이 보시를 소원하시더니 마침내 그리 하셨다고 생각했다. 그래서 선방의 중들이 모두 나와 주지 스님의 해골을 찾아 온 산을 누비고 다녔다.

그러나 어찌 된 영문인지 주지 스님의 해골은 도무지 찾을 수가 없었다. 그렇게 몇 날 며칠을 찾아 헤매던 중 아주 우연히 법당 바로 뒤편 가시덩굴 속에 뭔가 희끄무레한 것을 발견하게 되었다. 뭔가 하고 들여다보니, 그것이 바로 호랑이가 뜯어 먹고 남긴 주지 스님의 해골이었다.

처음에 대중은 모두 의아해했다. 가시덩굴로 뒤덮인 그곳은 명당은커녕 아무짝에도 쓸모없는 땅처럼 보였으니 말이다. 그러나 어쩔 수 없었다. 주지 스님의 유언대로 그 자리에 스님의 해골을 묻어줄 수밖에 달리 도리가 없었다.

대중은 너도나도 낫을 들고 가시덩굴을 쳐냈다. 그런데 가시덩굴을 모두 쳐내고 보니, 아닌 게 아니라 그 자리가 더없이 좋은 명당이었다. 법당 바로 뒤편이라는 것이 좀 문제가 되긴 했지만, 그 자리에 묘를 썼다. 그래서 그렇게 되었는지는 모르지만, 그 후로 태화사에는 신도도 늘고 살림도 나아지면서 대중은 그 맹물 같은 조죽 대신에 옥수수와 팥을 넣어 푹 삶은, 제법 걸쭉한 죽을 먹을 수 있었고, 때로는 옥수수밥이나 찰수수밥을 해 먹기도 했다. 우리 집처럼 설이나 추석에 돼지고기를 두 근이나 사서 맛있는 국을 끓여 먹지는 못하겠지만, 옥수수밥에 달콤한 고구마까지 넣어 먹게 되었다.

호랑이한테 보시한 스님, acrylic on canvas 65x53cm, 2021.. ⓒ 하일지

가영이 어머니가 일 년에 두 번 그 먼 태화사까지 가는 것도 호랑이가 잡아먹은 그 주지 스님이 불쌍해서일 것이다. 그러나 장리 먹기를 무서워하는 계모는 예배당은 말할 것도 없고 절에도 가지 않았다. 따라서 천당은 말할 것도 없고 극락에도 가지 못할 것이다. 게다가 이 세상에 어떤 계모도 천당이나 극락에 간 사례는 없다.

그야 어쨌든, 이 이야기만 들어봐도 태화산에는 분명히 호랑이가 살고 있다. 그렇다고 해서 우리 마을에 나타나는 호랑이가 태화산에서 왔다고 볼 수는 없다. 태화산에서 우리 남천까지 오는 길은 강에 가로막혔기 때문이다. 물론 강물이 꽁꽁 얼어붙는 겨울에는 얼음 위로 건너올 수 있겠지만, 강을 건너면 읍내가 있고 읍내에는 총을 찬 순경도 있어서 오기가 쉽지는 않을 것이다.

그렇다면 우리 마을에 나타나는 호랑이는 무엇인가? 그것은 실제 호랑이가 아니라 산신령이 호랑이로 둔갑해서 내려오는 것이라고 보는 것이 옳다. 요즘 세상에 호랑이는 없을지 몰라도 산신령은 확실히 있다. 가령, 멀골에 사는 달섭이네 집 뒤편 문수봉만 해도 그렇다. 달섭이 누나 엄지영한테 장가간 만 오천 년 된 떡갈나무도 사실은 그냥 나무가 아니라 문수봉 산신령의 현신이라고 주장하는 사람도 있었다. 이 주장에 일리가 있는 것이, 만 오천 년 된 떡갈나무가 커다란 자지를 꺼내 보였을 때 자기 눈앞에 서 있는 것은 떡갈나무가 아니라 장대한 기골에 흰 수염이 눈부신 너무도 신비롭고 아름다운 할아버지였다고, 엄지영은 말하고 있으니 말이다. 천하에 구두쇠인 태돌 영감이 죽고 나면 전 재산을 떡갈나무한테 물려주겠다고 했던 것도 그 나무가 그냥 나무가 아니라 문수봉 산신령의 현신임을 알고 있었기 때문일 것이다.

산신령은 비단 문수봉에만 있지 않다. 우리 집 뒤편 있는 약사봉에도 있는데, 우리 누나도 직접 봤다고 했다. 약사봉 뒤편 콩밭에서 일하던 아버지와 계모에게 점심밥을 갖다주려고 산길을 가던 누나는 길을 잃고 헤맸다. 장맛비 뒤에 돋아난 넝쿨이 오솔길을 뒤덮어버렸기 때문이었다. 그렇게 한참 헤매는데, 흰 수염이 난 할아버지가 나타나 빙그레 웃으면서 들고 있던 기다란 지팡이로 풀숲을 헤쳐줬다. 할아버지의 지팡이가 헤친 곳에 길이 있었다. 멍청한 누나는 할아버지가 약사봉 산신령님인 줄도 모르고 그저 '할아버지 고맙습니다.'하고는 그 길을 따라갔다. 다행히도 약사봉 산신령님은 문수봉 산신령님처럼 음탕하지는 않았다.

몰지각한 계모도 산신령이 있다는 말만은 믿는 것 같았다. 그래서 그랬겠지만, 새벽에 내가 오줌을 싸고 있으면 계모는 내 깝대기를 벗겨내면서 이렇게 소리치곤 했다.

"아이고, 신령님요! 대체 이 일을 어쩌면 좋은가요?"

겨울 이야기

겨울이 들면서 아버지는 멀리 산판에 일하러 갔다. 동출이의 아버지와 작은아버지, 그리고 오석기의 아버지도 함께 떠났다. 계모와 누나는 아랫방에 들여놓은 가마니틀로 온종일 가마니를 짰고, 동출이와 나는 산에 나무하러 다녔다.

동출이는 일을 잘했다. 몇 차례 낫질하면 금방 나뭇단이 만들어졌다. 이렇게 몇 차례 단을 만들면 어느새 실한 나무 한 짐이 완성되었다. 그러나 나는 아무리 해도 그렇게 되지 않았다. 내가 만든 나뭇단은 엉성하고 가벼웠다. 그런 나뭇단을 모아 지게에 실으면 부피만 컸지, 실속이 없어서 바람만 불어도 쓰러질 것 같았다.

내가 지고 온 나뭇짐을 보고 계모는 혀를 차며 말했다.

"이래 가지고 어떻게 먹고살래?"

어떨 때는 이런 핀잔을 주기도 했다.

"동출이 똥이나 먹어라."

그런 계모를 향해서 한번은 누나가 쏘아붙이는 듯한 목소리로 이렇게 말한 적이 있었다.

"그런 건 가르쳐서 뭐 하게요?"

이렇게 말하는 누나의 표정과 목소리가 예사롭지 않다고 생각했던지 계모는 다소 당황한 표정으로 말했다.

"얘가 무슨 소릴 하나? 살아가려면 뭐든 배워둬야 하는 거야."

어쩌면 계모의 말이 맞을지도 모른다. 하는 일 없이 집에만 들앉아 있으면 잡생각만 할 테니 말이다. 내가 하는 잡생각이란 주로 한은주와 씹하는 상상이었다.

보발에 다녀온 후로 그 애와 씹하는 장면을 상상하다 보면 그 애 몸의 따뜻한 체온과 부드러운 촉감으로 온몸이 사르르 녹는 것만 같았다. 그것은 가영이와 씹하는 상상을 할 때와 확실히 다른 느낌이었다. 가영이가 한은주보다 훨씬 예쁘기는 해도 그런 따뜻한 체온과 부드러운 촉감이 상상되지는 않았다.

우리는 항상 어둠 속에 있었다. 어둠 속에서는 한은주의 숨소리만 들려왔고, 나는 그 애의 부드러운 허벅다리와 따뜻한 보지를 더듬어 찾았다. 어둠은 귀신의 땅이지만, 편안하고 달콤한 휴식의 세계일 수도 있음을 처음 알았다.

그러나 그 긴 겨울을 나는 한은주와 함께하는 어둠에 갇혀 있지만은 않았다. 때때로 나는 산판에 간 아버지를 걱정하기도 했다. 산판에는 이따금 사고가 나 인부들이 다치거나 죽기도 했다. 굳이 말하지는 않았지만 우리 식구는 저마다 아버지를 걱정하고 있었다. 때때로 계모는 어린 이복동생에게 이렇게 말하곤 했다.

"아버지 언제 오시는지 머리 한번 긁어봐라."

계모는 어린 이복동생이 무심코 뒤통수를 긁으면 아버지가 돌아올 때가 아직 멀었다는 뜻으로, 앞이마를 긁으면 이제 돌아올 때가 되었다는 뜻으로 해석했다.

겨울도 막바지에 이른 어느 늦은 밤에 아버지는 마침내 돌아왔다.

우리는 반갑게 아버지를 맞이했다.

"왜 이렇게 늦게 왔어요?"

늦은 저녁상을 차려온 계모가 물었다.

"걸어서 오다 보니 늦었지."

"산판에서 여기까지 백 리 길을 걸어서 왔단 말인가요?"

누나가 말했다.

"그럼 어떡해, 차가 없는걸."

아버지가 말했다. 나는 사람이 백 리 길을 걸을 수도 있나 생각했다.

"점심은 어떻게 했어요?"

계모가 물었다. 그러자 아버지는 허허 웃으며 말했다.

"오늘 점심은 참 잘 먹었네."

아버지는 점심을 어디서 어떻게 먹었는지 들려줬다.

아버지는 오석기의 아버지와 길동무가 되어 산판에서 쓰던 톱을 한 자루씩 들고 집으로 돌아오고 있었다고 한다. 그런데 점심때가 지나자 배가 좀 고팠다. 때마침 어상천을 지나던 참이라 오석기의 아버지에게 어디서 요기나 하고 가자고 했다. 오석기의 아버지는 막걸리 한 사발이면 될 것 같은데, 어쨌든 어디든 들어가자고 했다. 그래서 두 사람은 그 작은 면 소재지를 오락가락하며 요기할 만한 집을 찾았다. 그러나 장날이 아니라서 문을 연 집이 없었다. 그렇게 한참을 찾던 중 어느 집을 들여다보니 제법 음식상도 오가는 것이 장사하는 것 같았다. 그래서 두 사람은 안으로 들어갔다.

그러자 청년 하나가 달려나와 반갑게 두 길손을 맞이했다. 그 청년의 안내를 받아 자리를 잡고 앉은 아버지와 오석기의 아버지는 밥

한 상과 막걸리 한 사발을 주문했다. 그런데 조금 있으니 아주 잘 차린 밥상을 두 청년이 받쳐 들고 들어왔다. 상에는 소고깃국에 전도 있고 떡도 있는 게 예사 밥상이 아니었다. 게다가 밥이 두 그릇이나 놓여 있고, 주전자에는 술이 한 되나 들어 있었다.

오석기의 아버지는 밥 한 상과 막걸리 한 사발만 주문했는데, 왜 두 상을 차려왔느냐며 밥 한 그릇과 국 한 그릇은 물리라고 했다. 그리고 막걸리는 한 사발만 달라고 했다. 이렇게 잘 차린 밥상이라면 필시 값이 비쌀 거라고 생각했을 것이다.

그러나 청년은 밥 생각이 없으면 안 드셔도 되니 그냥 두시고, 막걸리는 드실 만큼 드시고 남기시면 된다고 했다. 그런데도 오석기의 아버지는 아무래도 부담이 되었던지 밥 한 그릇과 국 한 그릇을 기어이 물렸다.

친절한 청년은 오석기의 아버지 앞에 공손히 무릎을 꿇고 술잔에 가득히 막걸리를 따랐다. 물론 그 청년은 내 아버지에게도 술을 권했지만, 아버지는 술을 드시지 않기에 사양했다.

아버지는 배불리 잘 드셨다. 오석기의 아버지는 반찬을 안주 삼아 막걸리를 두 사발이나 마셨다. 식사가 끝나고 아버지가 청년을 불러 얼마냐고 묻자, 청년은 돈은 안 받는다고 했다. 너무나도 뜻밖의 말에 아버지와 오석기의 아버지는 어안이 벙벙해졌다. 그런 두 길손에게 청년은, 오늘이 집주인 생일이어서 대접한 것이라고 했다. 너무나 고맙고 미안해서 아버지와 오석기의 아버지는 가게에 가 소주 한 병을 사들고 돌아와 생일을 맞은 집주인에게 감사의 인사를 드렸다. 그리고 다시 길을 떠났다.

이 이야기를 들으면서 나는 지난봄 물건을 팔러 왔던 상이군인들에게 너무 심하게 대했던 일이 기억나 갑자기 부끄러워졌다. 아무래도 내가 도회지에서 살다 온 아이라 약아빠졌을지 모른다는 생각이 들었다. 물건 하나 팔지 못하고 난감한 표정으로 물러가던 그 상이군인들이 몹시 불쌍하게 느껴졌다. 그리고 밤마다 씹하는 상상에나 빠져 지내는 못된 아들을 둔 내 아버지를 배불리 먹여 보낸 그 집주인을 생각하면서 또 부끄러워졌다. 나처럼 나쁜 아이는 오래 살면 안 된다는 생각이 들기도 했다.

김화의 안경과 팬티스타킹

　새로 부임한 전도사의 딸 김화는 예쁜 아이였다. 가영이도 예쁘지만 가영이를 무색하게 할 만큼 세련되게 예쁜 아이였다. 단정한 옷차림에 검은색 긴 스타킹을 신고 있어 날씬했다. 도회지에서 온 아이라는 걸 한눈에 알 수 있었다.

　담임 선생님을 따라 김화가 처음 교실에 모습을 나타냈을 때 우리는 모두 감탄했다. 인형처럼 예쁜 아이가 안경을 쓰고 있었기 때문이다.

　선생님 중에도 안경 쓴 분이 몇 있긴 했지만, 안경이라는 것은 주로 할아버지들이나 쓰는 것이었다. 그런 안경을 국민학교 6학년짜리 계집아이가 쓰고 있다는 것은 놀랍고 신기한 일이었다. 그 안경 때문인지는 몰라도 김화는 더욱 예쁘고 깜찍해 보였다. 담임 선생님은 김화가 시력이 나빠서 안경을 쓴다고 했다. 아이들은 자기도 시력이 나빠 안경을 쓸 수만 있다면 얼마나 좋을까 생각했을 것이다. 계집아이 중 몇몇은 저희끼리 이렇게 속삭였다.

　"어떻게 하면 시력이 나빠져?"

　"지렁이를 먹으면 눈이 나빠진대. 지렁이는 눈이 없으니까."

　계집아이들의 이런 대화를 엿들으며, 나는 속으로 웃었다. 지렁이는 봉사의 눈도 뜨게 한다는 걸 알고 있었으니 말이다.

　김화가 우리에게 준 충격은 비단 안경만은 아니었다. 들리는 말에 따르면 김화가 피아노도 친다는 것이었다. 예배당에 다니는 성남이가 들려주는 말에 따르면 김화가 피아노를 친다는 것이었다.

풍금이라면 또 몰라도 피아노를 친다는 말에 우리는 성남이의 말을 믿지 못했다. 우리 면에는 학교에 풍금이 한 대 있을 뿐 피아노라는 것은 있지도 않은데 어떻게 김화가 피아노를 치겠는가 하고 생각했기 때문이다.

"정말이야. 전도사님이 오실 때 피아노를 한 대를 싣고 왔는데, 김화가 교회에서 그 피아노로 찬송가 반주를 넣는 걸 내가 직접 봤단 말이야."

성남이가 말했다. 우리는 전도사가 가져왔다는 피아노를 보기 위하여, 그리고 김화가 피아노 치는 걸 보기 위하여 예배당으로 몰려갔다. 창문을 통해 들여다본 예배당 안에는 아닌 게 아니라 학교 풍금처럼 생기긴 했지만 풍금보다 훨씬 크고 우람한 검은 기계 한 대가 놓여 있었다. 그러나 그때는 일요일이 아니었기 때문에 예배당 안은 텅 비어 있었다. 저렇게 커다란 기계를 김화가 친다는 것이 나는 믿어지지 않았다.

일요일 아침 우리는 김화가 피아노 치는 걸 보기 위하여 십리 길을 걸어 예배당으로 갔다. 예배당 앞에는 우리뿐 아니라 다른 부락에서 온 아이들로 이미 북새통을 이루고 있었다. 배를 타고 강을 건너온 아이도 있었고, 재를 넘어서 온 아이들도 있었다. 김화의 아버지인 전도사는 무척 흐뭇해하는 표정으로 우리에게 말했다.

"모두 들어와. 여기는 예수님의 집이니까 누구나 들어올 수 있어."

우리는 우르르 예배당 안으로 들어갔다. 예수쟁이들을 재수 없다고 생각했던 나도 어쩔 수 없이 예배당 안으로 들어갔다. 김화가 피아노 치는 걸 내 눈으로 확인하려면 어쩔 수 없는 일이었다.

예배당 안에는 자리가 충분하지 않았으므로 아이들은 주로 마룻바닥에 앉았다. 피아노가 잘 보이는 위치에 자리를 잡으려고 아이들 사이에는 잠시 자리다툼이 벌어지기도 했다. 운 좋게도 나는 피아노 바로 아래 마룻바닥에 자리를 잡고 앉을 수 있었다.

이윽고 안경을 쓴 김화가 나타났다. 그리고 정말 김화는 커다란 피아노 앞으로 망설이지도 않고 냉큼 다가와 앉았다. 잠시 자세를 가다듬던 김화는 마침내 피아노를 치기 시작했다. 풍금 소리와는 확연히 다른 피아노 소리가 울려 퍼졌고 잠시 후 교인들은 그 소리에 맞추어 찬송가를 부르기 시작했다. 국민학교에 다니는 계집아이가 이렇게 많은 사람 앞에서 당당하게 피아노를 치다니, 그리고 그 계집아이가 치는 피아노에 맞추어 어른들이 노래를 부르다니, 정말 놀라운 일이었다. 지난겨울 동출이와 함께 나무를 하러 다녔던 내 모습이 문득 떠오르면서 나는 내가 너무나 초라하게 느껴졌다. 나보다 한 살 많은 동출이에게도, 예쁘고 정갈한 뒤란을 가진 가영이에게도, 돈이 많은 정미소 집 영철이에게도, 대호 집 장손자 상구에게도 기가 죽지 않았던 내가 마침내 기가 죽은 것이었다.

그런데 그날 정말로 나를 기죽인 것은 김화가 쓰고 있는 안경도 아니었고, 그 애가 피아노를 친다는 사실도 아니었다. 그것은 검은 스타킹을 신은 그 애의 날씬한 두 다리였다. 나는 피아노 바로 아래 마룻바닥에 자리를 잡고 앉아 있었기 때문에 피아노 건반을 두드리는 그 애의 손은 잘 볼 수 없었다. 그 대신에 그 애의 아랫도리는 아주 자세히 볼 수 있었다. 그 날씬한 두 다리는 음악에 맞추어 간간이 율동을 하는 것처럼 보였는데, 그 움직임이 너무나 예쁘고 멋져 보였다.

내가 김화의 아랫도리를 넋을 놓고 바라보고 있으려니까 곁에 앉은 아이 하나가 내 귓전에 대고 말했다.

"저건 그냥 스타킹이 아니라 '팬티스타킹'이라고 하는 거야. 양말처럼 신는 것이 아니라 팬티처럼 통째로 입는 거야."

저런 것으로 단단히 감추고 있으니 내가 설령 내 자지를 보여준다고 해도 김화는 절대 자기 보지를 보여줄 것 같지 않았다. 내가 하얀 줄이 세 개나 그어진 주번 반장 완장을 차고 있다고 할지라도 말이다. 따라서 김화와는 씹을 할 수도 없겠다는 생각에 나는 좌절감에 사로잡히고 있었다.

김화는 공부도 잘했다. 책도 잘 읽었고 노래도 잘했다. 음악 시간에는 담임 선생님 대신 김화가 풍금을 치기도 했다. 선생님들마저도 그런 김화를 좋아했다. 정말이지 무엇 하나 모자라는 것이 없는 아이였다. 굳이 모자라는 것이 있다면, 안경을 벗으면 당달봉사처럼 앞을 잘 보지 못한다는 것뿐이었다. 김화가 나타나고부터 나는 한은주와 씹하는 상상을 하는 것도 시시하게 느껴졌다.

그러던 어느 날, 학교가 발칵 뒤집어졌다. 학교 뒤쪽 우물가에서 세수하려고 김화가 잠시 안경을 벗어놓았는데, 세수하는 사이에 안경이 없어진 것이다.

선생님들은 김화의 안경을 찾아주려고 엄청나게 애썼다. 그때 우물가에는 김화 말고도 열댓 명의 계집아이와 사내아이가 있었다는데, 선생님들은 그 아이들을 모두 교무실로 불러서 샅샅이 호주머니를 뒤

진 것은 물론이고, 곽씨 아저씨는 밧줄을 타고 우물 속으로 들어가 우물 밑바닥을 샅샅이 뒤졌다. 조회 시간에 교장 선생님은 전교생을 상대로 '자수하여 광명 찾자'고 훈시했고, 전도사는 또 예배당에서 잃어버린 딸의 안경에 관해 설교했다고 한다. 그러나 김화의 안경은 끝내 나타나지 않았다. 김화는 결국 새로 안경을 맞추기 위하여 버스를 타고 멀리 충주까지 갔다 와야 했기 때문에 이틀간 학교에 빠질 수밖에 없었다.

이 사건 이후 사내아이들은 김화의 안경을 무서워하게 되었고, 계집아이들은 김화의 팬티스타킹을 미워하게 되었다. 그러나 나는 이상하게도 안경과 팬티스타킹이 벗겨진 김화의 모습을 상상하면서, 그런 김화와 씹하는 상상에 빠져들었다.

봄 손님

　봄이 왔다. 추녀 밑 제비 둥지에 다시 제비들이 찾아왔다. 그 무렵 어느 날 저녁나절, 외지에서 온 손님이 우리 집을 찾아왔다.

　첩첩 산이 에워싼 풍경이 신기하다는 듯 잠시 둘러보던 그 손님은 이윽고 우리 집 마당으로 들어섰다. 그리고 여기가 '단양이네 집이냐?' 하고 물었다. 그런데 내가 미처 대답하기도 전에 누나가 허둥지둥 달려나왔다. 그리고 대뜸 그 낯선 손님을 붙들고 울기 시작했다. 그런 누나를 부둥켜안고 손님도 울었다. 그러면서 말했다.

　"우리 단양이가 단양에 와서 살고 있구나."

　알고 보니 그 손님은 죽은 내 어머니의 남동생, 그러니까 내 진짜 외삼촌이었다. 누나는 죽었지만, 누나가 남겨놓은 두 조카가 어떻게 사는지 보고 싶었던 것 같았다.

　그러나 나는 외삼촌을 알아보지 못했다. 어릴 때 봤겠지만 너무 오래전 일이라 내게 그런 외삼촌이 있다는 사실조차 모르고 있었다.

　아버지는 외삼촌의 손을 잡은 채 한동안 말이 없었다. 그러다가 잠시 후 목이 멘 소리로 말했다.

　"어떻게 알고 여기까지 찾아왔는가?"

　"단양이가 편지를 보내서 주소를 알았습니다."

　계모는 무슨 죄라도 지은 사람처럼 안절부절못하고 있었다.

그날 밤 아버지와 외삼촌은 긴한 이야기를 나누는 것 같았다. 그리고 이튿날 아침에 떠났다.

나는 외삼촌이 그렇게 빨리 떠나는 것이 여간 서운하지 않았다. 그래서 학교 가는 길에 하리 나루터까지 외삼촌을 바래다줬다.

버스를 타기 전에 외삼촌은 내게 백 원짜리 다섯 장을 주며 아버지와 계모에게는 말하지 말고 학용품을 사라고 했다. 그러나 나는 받지 않았다. 십 원이나 이십 원이라면 몰라도 오백 원은 내게 너무 큰돈이었다. 일 년에 두 차례 소풍 가는 날도 나는 집에서 십 원 넘게 받아 본 적이 없었다. 십 원이면 그 화한 사이다 한 병에 과자 한 봉지까지 살 수 있었다. 사이다 백 병을 살 수도 있는 오백 원이라는 돈을 보자 나는 갑자기 좀 무서워졌다.

내가 받지 않으려고 하자 외삼촌은 그걸 내 바지 주머니에 쑤셔넣었고, 나는 그걸 꺼내 외삼촌의 바지 주머니에 쑤셔넣었다. 외삼촌은 그걸 꺼내 내 책가방에 쑤셔넣고는 버스에 올라탔다. 나는 책가방에 든 돈을 꺼내 버스 안으로 던져줬다. 그러자 외삼촌도 더는 어쩔 수 없는 것 같았다. 버스에 탄 외삼촌은 나를 내다보며 손을 흔들었다. 나도 손을 흔들었다.

외삼촌이 떠났지만, 누나는 서운하지도 않은지 싱글벙글 웃고 있었다. 알고 보니 그날 밤 외삼촌이 아버지에게 단양이가 그토록 원하는 일이니 서울로 불러 당분간 자기 집에 머물게 하면서 공장에 일하러 다니게 하는 것이 어떻겠느냐고 상의했고, 아버지는 마침내 허락했던 것이다.

외삼촌이 떠난 뒤 누나는 부지런히 떠날 채비를 했다. 옷가지와 겨울에 살이 트지 않게 바르던 동동 구리무, 정을수 아저씨한테서 물려받은 『사씨남정기』『유충렬전』『숙영낭자전』『춘향전』『심청전』 그리고 『장화홍련전』『콩쥐팥쥐전』까지도 보통이에 쌌다. 계모는 그런 누나를 말없이 지켜봤다. 나는 그런 누나가 좀 한심하게 여겨졌다. 다른 책이야 상관없지만, 『장화홍련전』과 『콩쥐팥쥐전』까지 계모가 지켜보는 앞에서 챙겨 넣다니, 참 눈치도 없고 생각도 모자란 것이 틀림없었다. 그런 누나가 서울에서 어떻게 살아갈지 걱정스러웠다.

누나는 실로 5년 만에 산과 강으로 둘러막힌, 귀신들이 우글거리는 이 마을을 벗어나게 되었다. 그런 누나를 지켜보면서 계모는 좀 못마땅해하는 표정을 짓고 있었다. 누나가 떠나면 혼자 감당해야 할 일들이 벌써부터 걱정되는 것 같았다. 그러면서도 계모는 떠나는 누나를 위해 새로 나왔다는 백프로로 만든 분홍색 블라우스와 주름치마, 그리고 꽃이 새겨진 코고무신 한 켤레를 사 줬다. 누나는 무척 고마워했다.

그런 누나에게 나는 몇 가지 주의 사항을 말해줬다. 첫째, 서울에 가더라도 방앗간 집 영숙이처럼 껌을 딱딱딱 소리내 씹지 말 것, 둘째, '부라자'라고 하는 젖통 가리개를 차고 다니지 말 것, 셋째, '미니스카토'라는 짧은 치마를 입지 말 것, 넷째, 뒷굽이 높은 빼닥구두를 신지 말 것, 다섯째, 가설극장에 영화 구경을 가더라도, 끝나면 즉시 집으로 돌아올 것. 내가 일러주는 주의 사항을 다 듣고 난 누나는 알았다고 했다. 그제야 나는 마음이 놓였다.

집을 떠나기 전에 누나는 홀짝홀짝 울면서 계모에게 말했다.

"미안해 엄마! 엄마가 이렇게 고생하는데 내가 떠나서."

그러자 계모가 퉁명스럽게 말했다.

"미친년, 아니 다행이다."

말은 이렇게 했지만 계모도 좀 서운했던지 눈시울을 붉히며 콧물을 훌쩍거렸다. 누나가 외삼촌댁에서 공밥을 얻어먹을 수만은 없다고 생각했던 아버지는 누나가 먹을 입쌀 한 말을 하리 나루터까지 져다주려고 누나와 함께 집을 나섰다. 나와 두 이복동생도 학교 가는 길에 누나를 바래다주러 보퉁이를 들고 집을 떠나는 누나 뒤를 따랐다.

때마침 학교에 가는 길이라 봉남이도 달섭이도 우리와 함께했다. 그뿐 아니라 등굣길에서 만난 많은 아이가 우리와 함께했다. 개중에는 빨간 보지 조춘자도 있었고, 재수 없는 박노마도 있었다. 그렇게 많은 아이가 우리와 함께했던 것은 분홍색 백프로 블라우스에 군청색 주름치마를 입고, 꽃무늬 코고무신을 신고 읍내로 향하는 누나가 전에 없이 예뻤기 때문일 것이다.

"단양아, 단양 가니?"

우편 배달하러 가던 권 체부가 누나를 보고 물었다. 권 체부의 이 말에 아이들은 까르르 웃었다. 누나는 부끄러운 듯 쌔액 웃을 뿐 무어라 미처 대답하지 못하고 있었다. 누나는 자기 이름이 하필이면 단양이라는 걸 늘 부끄러워했다. 그런 누나를 대신해서 이복동생 하나가 소리치듯 말했다.

"단양 누나 단양이 아니라 서울 가요."

이렇게 말하는 이복동생은 자부심에 찬 표정을 짓고 있었다. 권 체부는 놀란 표정으로 물었다.

"혼자서?"

신바람이 난 이복동생이 되받았다.

서울로 떠나는 누나, acrylic on canvas 65x33cm, 2021. © 하일지

Hailji'21

"그럼 혼자 가지 떼로 가나요?"

아이들이 까르르 웃었다. 어른이 하시는 말씀에 이렇게 대거리를 하다니, 후처 소생은 버릇이 없다는 옛말 하나 틀린 게 없다는 생각에 나는 철없는 이복동생들의 장래가 새삼 걱정되었다.

아랫마을 서낭당에는 가영이를 비롯한 몇몇 여자 아이가 떠나가는 누나를 보려고 기다리고 있었다.

"언니 가?"

가영이는 누나에게 이렇게 말했다. 누나는 반가워하는 표정으로 말했다.

"응, 가영이구나! 그래, 난 간다!"

이렇게 말하는 누나의 표정과 목소리는 언젠가 동출이와 내가 개구리 다섯 마리를 잡아다 줬을 때 허도가 '고맙다, 고맙다' 하던 때와 닮아 보여서 나도 모르게 울컥했다.

그러나 나는 가영이를 볼 낯이 없었다. 언제부터인지는 모르지만 나는 가영이 대신에 한은주나 김화와 씹하는 상상에 빠져 지내고 있었기 때문이다. 그래서 나는 때때로 가영이가 정을수 아저씨의 그 티티새를 닮은 아주머니처럼 불쌍하게 느껴졌다. 그런 불쌍한 가영이를 위로해주려면 내 지지를 보어주는 것이 도리이겠지만, 내 자지는 이미 그 재수 없는 박노마가 봐버렸기 때문에 차마 그럴 수도 없었다.

"가면 언제 와?"

가영이가 물었다. 누나는 잠시 생각하다가 대답했다.

"몰라."

누나의 말을 엿들은 나는 누나도 허도처럼 영영 돌아오지 않을지도 모른다는 불길한 생각에 사로잡혔다. 그래서 액운을 물리치려고 그 자리에서 세 번 침을 뱉고 세 번 깨금발 뛰기를 했다.

그런데 그때 중학교 2학년인 방앗간 집 아들 영철이도 우리와 합류했다. 그는 누나를 위아래로 한 번 훑어보고 나서 내게 물었다.

"야! 너네 누나 저렇게 촌스럽게 차려입고 어디 가니?"

나는 화가 치밀어 대답하지 않았다. 눈치 없는 이복동생이 나를 대신해서 말했다.

"우리 누나 서울 간다."

그 말을 들은 영철이는 비웃는 듯한 표정으로 말했다.

"식모살이 가니?"

이렇게 말하면서도 영철이는 힐끔힐끔 가영이를 살폈다. 언제부터인지 영철이는 가영이를 넘보고 있었다.

"아니야! 우리 누나 공장에 취직해서 돈 많이 벌 거야."

이복동생이 영철이를 향해 소리치듯 말했다.

"무슨 공장? 성냥 공장?"

영철이는 비아냥거리듯 말했다. 그러고는 이런 노래를 불렀다.

인천에 성냥 공장
성냥 공장 아가씨
치마 밑에 감추어
한 갑 두 갑 훔치내다
치마 밑에 불이 붙었네.

정말이지 나는 영철이에게 주먹을 한방 날리고 싶었다. 그러나 그렇게 할 수도 없었다. 누나를 배웅하러 가면서 영철이와 싸움을 벌일 수도 없었다.

하리 나루터까지 함께 갔던 아이들은 누나와 작별했다. 가영이도 누나에게 작별인사를 했다.

"언니 잘 가!"

그리고 다른 아이들과 함께 학교 쪽으로 갔다. 그러나 나와 두 이복동생은 지각하더라도 마지막까지 누나를 배웅해야 했기 때문에 나룻터에 그대로 남아 있었다.

누나가 떠난 뒤로 나는 씹하는 상상을 하지 않았다. 한은주하고도 김화하고도 씹하는 상상을 하지 않았다. 그도 그럴 것이 씹하는 상상을 하려고 들면 누나 얼굴이 자꾸 떠올랐기 때문이다. 그리고 그 무렵부터 나는 자다가 오줌을 싸지 않았다.

난쟁이가 되어 돌아온 사람들

봄 가뭄이 길어지면서 온달성 아래 동굴에서 흘러나오던 물이 끊겼다. 엄청나게 쏟아져 나오던 물은 위력을 잃고 도랑물처럼 졸졸졸 흘렀고, 검은 동굴은 아가리를 더 크게 벌리고 있었다. 이무기가 산다는 동굴 앞 거대한 소도 물이 줄어 조그마한 웅덩이가 되어버렸다. 따라서 동굴 아래 제재소도 이제 작동을 멈추었다. 지난해 쥐손이풀을 뜯으러 기염이와 함께 왔을 때와는 딴판이었다.

동호 할아버지는 온달성 동굴에 물길이 끊어진 것은 사십 년 만이라면서 나라에 변고가 생길 징조라고 했다. 나는 서울 간 누나를 걱정했다. 전쟁이라도 난다면 누나를 다시 보지 못하게 될지도 모를 일이었다.

동호 할아버지를 비롯한 몇몇 노인은 사십 년 전 물길이 끊겼을 때 횃불을 들고 동굴 속으로 들어갔던 일을 기억했다. 거기에는 별별 것이 다 있다고 했다. 사람 형상도 있고, 온갖 짐승 형상도 있고, 집 모양을 한 것도 있고…… 심지어는 과일과 떡도 있고, 온갖 산해진미를 차려놓은 밥상도 있다고 했다.

"그럼 실컷 잡수셨겠네요?"

듣고 있던 계모가 침을 꼴깍 삼키며 말했다. 계모도 나처럼 배가 고픈 것 같았다. 전에 없이 계모가 좀 불쌍하게 느껴졌다.

"웬걸요. 굴속에서 만져보면 송편도 시루떡도 말랑말랑해서 먹을 수 있을 것 같지만, 그걸 가지고 밖으로 나오면 금방 딱딱하게 굳어서 돌멩이가 되는 걸요."

동호 할아버지가 말했다.

"그럼 굴속에서 실컷 드시고 나오지 그랬어요?"

주책바가지 계모가 다시 말했다. 점잖은 동호 할아버지는 이 말에 대해서는 굳이 대답하지 않았다. 그 대신 더 놀라운 이야기를 들려줬으니, 굴속으로 십 리쯤 들어가면 어디서 닭 울음소리가 들려온다고 했다. 멀지 않은 곳에 사람 사는 마을이 있는 것 같았지만, 더 깊이 들어갈 수 없었다고 한다. 그도 그럴 것이 그때 난데없이 바람이 불어와 들고 있던 횃불이 금방이라도 꺼질 것 같았기 때문이다. 그 깜깜한 굴속에서 횃불이 꺼지면 정말 큰일이었다.

그런데 동호 할아버지보다 더 깊이 들어갔던 사람도 있었다. 바로 그 재수 없는 박노마의 할머니였다. 처녀 시절에 박노마의 할머니는 도망간 염소를 찾으러 굴속으로 깊이 들어갔다고 한다. 까마귀 눈알을 먹어 귀신까지 볼 수 있는 박노마의 할머니는 횃불이 꺼지는 것도 두려워하지 않고 수십 리를 더 걸어 들어갔다. 가다 보니 논벌이 나타났고, 논빌 저편에는 올망졸망 초가집이 모여 있는 마을이 나타났고, 저녁밥을 짓고 있는지 집집이 연기가 피어오르고 있었다. 마을 뒤쪽에는 정자가 있었는데, 거기서 흰 수염을 기른 두 노인이 장기를 두고 있었다. 박노마의 할머니는 그 정자까지 걸어가 노인들에게 여기가 대체 무슨 마을이냐고 물었다. 그러나 노인들은 아무 말도 들리지 않는지, 돌아보지도 않고 장기만 두고 있었다. 박노마의 할머니는 혹시 이 노인들이 죽은 혼령이 아닌가 싶어 자세히 살펴봤다. 그러나 그렇지는 않았다. 그래서 다시 한번 똑같이 물었지만, 반응은 마찬가지였다. 그래서 이 두 노인이 어쩌면 아랫마을 작은 진 영감의 할머니처럼 박속 먹은 귀머거리는 아닐까 생각했다고 한다. 그러나 귀머거리는 아닌 것 같았다. 그도 그럴 것이 장기를 두던 두 노인은 주거니 받거니 이야기를 나누고 있었으니 말이다. 그러나 박노마의 할머니는 두 노인의 대화를 들을 수 없었다고 했다. 듣고 있던 내가 말했다.

"그건 당연해요, 할머니! 그 굴속에 공기가 없으니 말을 해도 소리가 퍼져나가지 않았던 거예요. 그러니까 들을 수 없었던 거지요."

박노마의 할머니는 두어 번 고개를 끄덕이며 말했다.

"그 말이 맞는 것도 같네. 그때 나는 숨이 차서 더는 거기 있을 수가 없었으니까 말이야. 그래서 돌아올 수밖에 없었지."

이렇게 말하는 박노마의 할머니에게 내가 덧붙여 말했다.

"미신을 타파하고 과학적으로만 생각해보면 모든 건 금방 이해가 가는 거예요, 할머니."

그러나 박노마의 할머니는 내 말에 대꾸하지 않고 계속했다.

"그런데 지금까지도 이해가 가지 않는 게 하나 있는데, 그 노인들은 나를 눈앞에 두고도 보지 못하는 것 같았다는 거야. 내 눈에는 그 노인들이 뚜렷이 보이는데 그 노인들의 눈에는 내가 보이지 않는 것 같았단 말이야."

이 말에 대해서는 어떻게 대답해야 할지 나도 알 수 없었다. 박노마의 할머니는 계속해서 말했다.

"돌아오는 길에 보니 농부 한 사람이 소에 쟁기를 걸고 논을 갈고

은밀붕굴속 사람들, acrylic on canvas 65x53cm, 2021. ⓒ 하일지

있었어. 그래서 나는 그 농부한테로 가 이 마을이 대체 무슨 마을인지 물어봤어."

"그랬더니 뭐라고 합디까?"

나의 계모가 물었다. 그러나 계모의 말은 귀에 들리지도 않는다는 듯이 박노마의 할머니는 이야기를 계속했다.

"그 농부는 내가 옛날에 저승에 갔을 때 봤던 뱃사공처럼 기골이 장대했어. 그리고 그 농부가 부리는 소는 하얀색이었어."

듣고 있던 내가 소리치듯 말했다.

"그건 당연한 거예요, 할머니. 굴속에는 햇빛이 들지 않기 때문에 색깔을 구별할 수가 없는 거예요. 그래서 밝은색은 모두 하얗고, 어두운 색은 모두 까맣거나 회색으로 보이는 거예요."

박노마의 할머니는 두어 번 고개를 끄덕였다. 그리고 계속했다.

"그런데 정말 이상한 것은 내 눈에는 뚜렷이 그 농부가 보이는데, 그 농부의 눈에는 내가 보이지 않는 것 같았다는 거야. 내가 그 농부 바로 눈앞에서 손을 막 흔들어대며 여기가 대체 무슨 마을이냐고 소리를 질러가며 물었지만, 내 말을 듣지 못한 것은 말할 것도 없고 나를 보지도 못한 것 같았으니 말야."

이 말에 대해서는 무어라 말해야 할지 나도 알 수 없었다. 그런데 바로 그 순간 나는 문득 깨달았다. 그래서 소리쳤다.

"아! 이제 알겠어요. 그 사람들에게는 우리가 귀신인 거예요. 그래서 우리를 볼 수도 없고 우리가 하는 말을 들을 수도 없는 거예요."

내 말에 일리가 있다고 생각했던지 박노마의 할머니는 고개를 끄덕였다. 다소 흥분한 목소리로 나는 계속해서 덧붙였다.

"물론 그 사람들도 까마귀 눈알을 먹는다면 우리를 볼 수 있을 거예요. 그러나 그 깊은 굴속에 까마귀가 살지는 않을 거예요. 그렇지요, 할머니?"

그로부터 열흘쯤 뒤에 동굴 속 물길이 완전히 끊기면서 바닥이 드러났다. 그래서 사람들은 저마다 횃불을 들고 사십 년 만에 다시 동굴 안으로 들어갔다. 동출이도 달섭이도 그리고 봉남이도, 심지어 흡시에게 씨 동냥해서 낳은 진수도 들어갔다. 무서워서 그랬겠지만, 오석기는 작년 여름 문둥이가 불렀던 '오 솔레미오'를 부르며 들어갔다.

그러나 나는 들어가지 않았다. 굳이 들어가지 않아도 동굴 속 사정을 손바닥 들여다보듯이 훤히 알 것 같았기 때문이다. 그리고 자칫 잘못 들어갔다가 갑자기 거대한 물이 쏟아져 나온다면 그 물길에 휩쓸려 꼼짝 없이 죽을 텐데, 그러면 서울에 간 누나를 더는 지켜주지 못할 거라고 생각했기 때문이다. 그러나 좀 더 정직하게 말하면, 비록 횃불을 들고 있다고는 하지만, 동굴 속에서 기다리고 있을 그 깊은 어둠이 너무 무서웠다. 귀신도 도깨비도 백년 묵은 여우도, 그리고 순경마저도 괴롭히지 못했던 자신을 괴롭혔던 것은 별빛마저 없는 완전한 어둠이었다고, 아버지는 말했다. 어둠이 얼마나 무서운지도 모르고 탄광 속으로 들어가는 광부들처럼 꾸역꾸역 동굴 속으로 들어간 동출이와 달섭이와 봉남이, 그리고 흡시한테서 씨 동냥을 받아 낳은 진수는 얼마나 어리석은지, 나는 동굴 밖에서 혼자 쪼그리고 앉아 생각했다. 누구보다도 불쌍한 사람은 '오 솔레미오'를 부르며 들어간 오석기였다. 그도 그럴 것이 다시는 빠져나올 수 없는 어둠 속으로 들어가는 오석기는 그때 흡사 장님 같았기 때문이다.

다시는 돌아오지 못할 동출이와 달섭이와 봉남이와 흡시한테서 씨를 받아 낳은 진수, 그리고 그 불쌍한 오석기를 위해 나는 눈물을 글썽이며 명복을 빌었다.

　그런데 바로 그때였다. 그 거대한 동굴에서 한 무리의 난장이들이 걸어 나왔다. 손등으로 눈물을 훔치며 자세히 보니 그 난장이는 동출이와 달섭이와 봉남이와 흡시와 씹을 해서 낳았다는 진수, 그리고 '오 솔레미오'를 부르며 들어갔던 오석기였다. 비록 난쟁이가 되어 돌아오기는 했지만, 죽지 않고 살아서 돌아왔다는 것만도 너무나 고마워 나는 엉엉 소리 내 울었다.

시체 찾기

읍내에 새 건물이 지어지고 있었다. 지붕 없는 건물이 될 거라고들 했다. 지붕 없는 건물이라니, 사람들은 상상이 잘 되지 않는 것 같았다.

우리 마을 시엽이도 그 지붕 없는 건물을 짓는 공사판에 품을 팔았다. 그 건물이 완성되면 농협이 들어설 거라고 했다.

"지붕 없는 집을 짓다니, 그런 사특한 집을 지으면 안 좋은데……"

동호 할아버지는 혼잣말처럼 중얼거렸다. 그런데 동호 할아버지의 예언이 맞아떨어졌다. 그 공사를 주관하는 농협 직원 한 사람이 강에서 수영하다가 물에 휩쓸려 사라진 것이다.

농협과 유가족은 시체를 찾으려고 잠수 잘하는 사람들을 모집했다. 많은 사람이 자원했다. 그 일을 하면 매일 보통 품삯의 두 배를 주고, 시체를 찾아낸 사람에게는 특별히 그 돈의 열 배를 준다고 했기 때문이다. 우리 마을 시엽이도 공사판 일을 중단하고 시체 찾는 일에 자원했다. 잠수라고 하면 남천의 시엽이도 둘째가라면 서러워할 사람이었으니 말이다.

많은 사람이 물안경을 쓰고 물속으로 들어가 강바닥을 뒤지고 다녔다. 그러나 처음에 생각했던 것과 달리 시체를 쉬 찾을 수 없었다. 하루, 이틀, 사흘…… 시간이 흐를수록 유가족은 애가 탔고, 그래서 일당을 두 배로 올렸다. 보상이 적어서 시체 찾는 일을 소홀히 할지도 모른다고 생각한 것 같았다.

"물고기들이 벌써 다 뜯어 먹었을 텐데, 그게 여태 남아 있겠나?"

"물에 떠내려 가서 어디 처박혔을지 어떻게 알고 그걸 찾아."

어른들은 그렇게 말했다. 어른들이 하는 말을 엿들으면서 나는 물고기들이 다 뜯어 먹어버렸을 시체를 왜 굳이 찾으려 하는 걸까 생각했다. 그리고 그걸 찾으면 얼마나 끔찍하고 무서울까 하는 생각도 했다. 그래서 나는 계모에게 물었다, 왜 굳이 시체를 찾으려 하는지. 그러자 계모는 나를 나무라며 말했다.

"어이구, 이 철대가리 없는 놈! 죽은 사람 가족이야 여북하겠니?"

그러나 나는 도무지 이해할 수 없었다. 물고기가 뜯어 먹은 흉측한 시체를 찾은들 뭐가 좋을까 싶었다. 그러나 굳이 그런 말을 하지는 않았다. 그랬다가는 계모에게 또 핀잔을 받을 것 같았기 때문이다.

며칠 뒤 동출이와 나는 강가로 나갔다. 때마침 하루 일과가 끝나는 시간이라서 물에서 나온 잠수부들이 옷을 갈아입고 있었다. 그런데 그때 나는 놀라운 걸 발견했다. 모든 잠수부의 자지가 박수만 것처럼 훌렁 까졌고, 박수만처럼 시꺼먼 머리카락을 붙여 놓았던 것이다. 나는 동출이에게 저 사람들이 왜 모두 자지에 머리카락을 붙이고 다니느냐고 물었다. 그러자 동출이기 대답했다.

"바보야, 저건 머리카락이 아니라 털이야, 털! 어른이 되면 다 저렇게 털이 나는 거야!"

어안이 벙벙해진 나는 아무 말도 못했다. 동출이가 말했다.

"우리도 나중에 크면 저런 게 나."

그러나 나는 동출이의 말을 인정할 수 없었다. 공부도 지지리 못하는 동출이가 뭘 알겠는가 싶었고, 저런 더러운 것이 내 자지에도 난다는 사실이 참을 수 없이 불쾌했으며, 그리고 무엇보다도 만약 그걸 인정하게 되면 그동안 박수만을 재수 없는 놈이라고 생각했던 내가 나쁜 놈이 되기 때문이었다. 그래서 나는 동출이에게 다시 물었다.

"사람에게 이는 왜 나겠니?"

나의 이 느닷없는 물음에 동출이는 의아해하는 표정을 짓고 있다가 대답했다.

"그야 뭐 밥을 씹기 위해서지."

"그렇지? 그럼 눈은 왜 생겼겠니?"

"보기 위해서."

"그렇지? 그럼 코는?"

"숨을 쉬기 위해서."

"그럼 자지는?"

"오줌을 누기 위해서."

"그렇지? 이렇게 우리 몸의 모든 부분은 다 생겨난 까닭이 있는 거야. 그렇다면 자지에 난 저 털은? 만약 저게 저절로 났다면, 왜 저런 털이 생겼겠니?"

동출이는 대답을 찾지 못했다. 나는 다그치듯 다시 물었다.

"저런 더러운 털이, 그것도 하필이면 자지에 시커멓게 나야 할 까닭이 대체 뭐겠니?"

동출이는 여전히 대답하지 못했다. 잠시 후 내가 말했다.

"나야 할 까닭이 없지? 나야 할 까닭이 전혀 없는 것이 날 턱이 없어. 옆구리에 뿔이 나지 않는 것처럼 말이야."

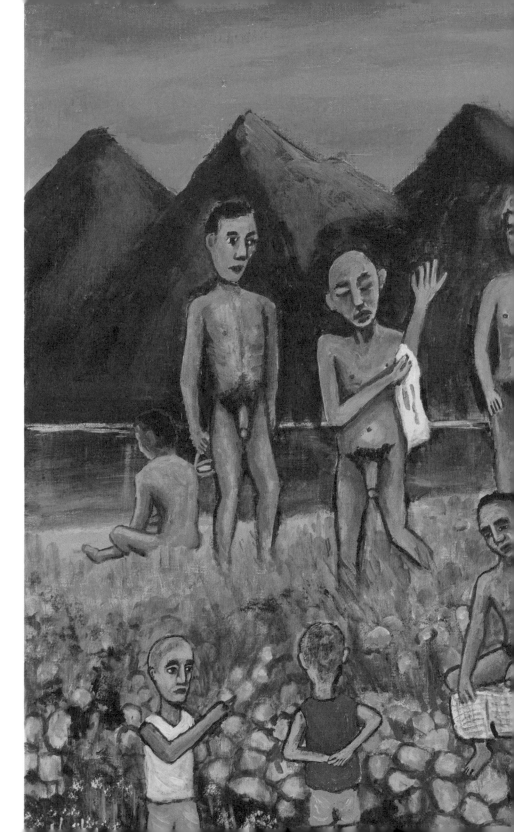

장수부들의 자지, acrylic on canvas 72.5x60.5cm, 2021, ⓒ 하일지

동출이는 불만스러운 표정을 짓고 있었다. 나는 계속했다.

"저 자지에 있는 저 시커먼 것은 저절로 난 것이 아니라 일부러 붙여 놓은 거야. 멋을 내기 위해서."

내 말에 반박할 말을 찾고 있는 듯 동출이는 잠시 생각에 잠겨 있었다. 그러다가 문득 생각이 났다는 듯이 말했다.

"그럼 할아버지들 수염은? 수염도 나야 할 까닭이 아무것도 없잖아. 그런데도 할아버지가 되면 저절로 나잖아."

동출이의 이 말을 받아 내가 말했다.

"수염은 달라. 수염은 나야 할 분명한 까닭이 있어. 수염은 할아버지를 표시하는 데 꼭 필요한 거야. 할아버지한테 수염이 없다고 생각해봐. 그러면 누가 공경하겠어? 설날에 새배도 하지 않을 거야. 몇 해전에 죽은 김 선달네 흡시를 봐. 흡시는 나이가 아주 많았지만 수염이 없어서 아무도 공경하지 않았고, 아무도 새배하러 가지 않았어."

동출이는 할 말이 없는 것 같았다. 나는 결론적으로 말했다.

"저 시커먼 걸 저절로 난 털이라고 생각하고, 우리도 나중에 크면 저런 게 난다고 생각하는 건 미신이야. 미신을 타파하고 과학적으로 생각하면 모든 건 금방 알 수 있는 거야."

동출이는 고개를 끄덕였다. 나는 굳이 말하지 않았지만, 매사에 과학적으로 생각하지 못하고 미신에 사로잡혀 살아가는 동출이의 장래가 걱정되었다.

하루 일과를 마치고 돌아온 시엽이는 강물 속에서 본 것들을 이야기했다. 북벽 밑에는 수심이 너무나 깊어 도저히 밑바닥까지 내려가 볼 수가 없었다고 했다. 그리고 또 어디에 가면 사람보다 큰 물고기들이 천천히 헤엄치고 있는데, 무서워서 가까이 갈 수도 없었다고 했다. 그런가 하면 또 어디에서는 흡사 사람처럼 코도 있고 눈도 있고 입도 있는 얼굴이 달린 물고기들이 산다고 했다.

농협 직원의 시체는 열사흘 만에 마침내 발견되었다. 사고가 난 지점에서 무려 30리나 떨어진 강 하류에서 찾았다고 한다. 시엽이 말로는 거기에서 물이 두 갈래로 갈리는데, 한쪽은 수로가 넓고 다른 한쪽은 수로가 좁았다. 잠수부는 그 좁은 수로로 커다란 물고기들이 몰려가는 걸 보고 물고기들을 따라갔다고 한다. 그리고 마침내 물고기들이 바글거리며 뜯어 먹는 시체를 찾았다고 했다. 시엽이는 이렇게 이야기하면서 자기가 시체를 찾아내지 못해 못내 아쉬워했다.

"그렇게 멀리까지 떠내려 갔을 줄은 몰랐지."

시엽이가 말했다.

"형체나 알아볼 수 있었을까?"

듣고 있던 누군가가 물었다.

"열사흘 동안이나 물고기한테 뜯겼는데, 무슨 형체가 남아 있었겠어."

시엽이가 말했다.

"그럼, 그게 그 사람 시체라는 건 어떻게 알았어?"

또 다른 누군가가 물었다.

"시계를 보고 알아냈지. 그 사람이 차고 있던 손목시계가 물속에서도 작동하고 있었대."

열사흘 동안 물속에 잠겨 있었는데도 시계가 작동하고 있었다니, 듣고 있던 사람들은 믿지 못하겠다는 표정을 지었다. 사람들이 이런

방수 시계, acrylic on canvas 72.5x60.5cm, 2021. ⓒ 하일지

의문을 품으리라고 예상했던지 시엽이가 덧붙여 말했다.

"좋은 시계에는 물이 안 들어간대. 그런 시계를 '방수 시계'라고 하는데 물속에 한 달이고 일 년이고 넣어놔도 물 한 방울 안 들어간대. 한번 밥을 주면 한 달 동안 밥을 안 줘도 돌아간대."

듣고 있던 사람 중 누군가가 혼잣말처럼 중얼거렸다.

"그런 좋은 시계를 찬 사람이 죽다니…… 얼마나 죽기 싫었을까?"

복수

정미소 집 영철이는 자기네 정미소 사진이 어느 신문 한 귀퉁이에 났다고 자랑했다. 그러나 무엇 때문에 났는지는 알 수 없었다. 영철이가 하는 말이 참말인지 거짓말인지 확인해볼 길도 없었다. 아무도 신문을 보지 않으니 말이다. 그래서 아이들은 영철이가 늘어놓는 자랑을 그냥 듣고 있을 수밖에 없었다.

영철이는 또, 열여덟 살만 되면 장가보내주겠다고, 자기 어머니와 큰형이 말했다고 자랑했다. 열여덟에 장가가는 것이 좋은 일인지 알 수 없었기에 우리는 아무 말도 하지 않았다. 그런데도 영철이는 계속해서 떠벌렸다.

"난 말이야, 난 가영이한테 장가갈 거야, 피가영."

그 순간 아이들은 빠르게 서로 눈길을 교환했다. 아무래도 영철이가 해서는 안 될 말까지 했다고 생각하는 것 같았다.

"피가영이가 너 같은 애한테 왜 시집가겠니?"

내가 말했다. 영철이는 인상을 찌푸렸다. 운동화 발로 날 걷어차고 싶었겠지만 일단은 참는 것 같았다. 우리 일행은 주번 활동을 마치고 귀가하는 주번들이고 내가 주번 반장이라는 걸 영철이도 알고 있는 것 같았다.

"내가 어째서? 우리 집은 정미소도 있는데?"

영철이가 말했다.

"그게 네 거냐? 영태, 영국이, 영식이, 네 동생 영수, 그리고 너, 이렇게 5형제가 나누면 뭐가 남아?"

나는 전에 없이 침착하게 말했다. 주번 반장으로서 체통을 지켜야 했기 때문이다. 영철이의 두 눈에는 불길이 이글거리는 것 같았다. 그러나 아이들의 표정은 통쾌하다는 듯했다. 나는 내친김에 계속했다.

"너는 공부도 못하고, 싸움도 못하는 데다가 비겁하잖아. 그런데 가영이가 왜 너 같은 멍청한 애한테 시집가겠어?"

더는 화를 참을 수 없었던지 영철이는 책가방을 길가에 던져놓고 싸울 자세를 취했다. 나도 책가방을 내려놓고 자세를 취했다. 아이들이 우리 둘을 둘러쌌다.

영철이는 나를 향해 발길질을 했다. 나는 피했다. 나도 영철이를 향해 발길질을 했다. 영철이도 피했다. 영철이는 내 무릎을 찼다. 나도 영철이의 무릎을 찼다. 영철이는 가소롭다는 표정으로 씨익 웃었다. 고무신을 신은 내 발길질이 전혀 아프지 않은 것 같았다. 영철이는 다시 나를 향해 발길질을 했다. 나도 발길질을 했다. 그러나 재수 없게도 내 고무신이 벗겨져 저만치 날아갔다. 나는 신발을 주워 신으려고 작전 타임을 요청할 수밖에 없었다. 둘러서서 보고 있던 봉남이가, 한쪽은 운동화를 신고 다른 한쪽은 고무신을 신고 하는 싸움은 정정당당하지가 않다고 하면서 둘 다 맨발로 싸워야 한다고 말했다. 그러나 영철이는 태권도 자세를 취한 채 가소롭다는 미소를 짓고 있을 뿐 끝내 봉남이의 제안을 받아들이지 않았다. 그래서 싸움은 계속되었다.

영철이는 다시 나를 향해 발을 들어올렸다. 나는 손으로 그의 다리를 잡았다. 나한테 다리가 잡힌 영철이의 얼굴에 당황한 기색이 역력했다. 나는 그런 그를 확 떠밀었다. 내게서 다리가 풀려난 영철이는 다시 태권도 자세를 취했다. 그때부터 영철이는 함부로 나를 차지 못했다. 그래서 나와 영철이는 태권도 자세를 취한 채 빙빙 돌기만 했다.

"잘한다. 중학생이 국민학생하고 싸움이나 하고?"

지나가던 청년 하나가 이런 말을 했다. 그러나 영철이는 이 싸움을 절대 그만둘 수 없다는 표정이었다. 나도 마찬가지였다.

영철이는 다시 나를 찼다. 고무신을 신고 있어서 발길질에는 아무래도 불리한 나는 주먹으로 그의 얼굴을 때렸다. 제법 아팠을 것이다. 그러나 영철이는 내색하지 않았다. 영철이와 나는 다시 태권도 자세를 취한 채 빙빙 돌기 시작했다.

그때 마침 한 무리의 계집아이들이 지나갔다. 그중에는 가영이도 끼어 있었다.

"야! 뭐 그렇게 시시하냐? 싸우려면 좀 화끈하게 싸워!"

계집아이 중 하나가 이렇게 말했다. 그러자 다른 계집아이들도 "맞아!"하고 맞장구를 쳤다. 게다가 상근이까지 한 마디 거들었다.

"야, 중학생이 뭐 그렇게 싸움을 못하냐?"

이렇게 되자 영철이는 다시 나를 향해 발을 들어올렸다. 나는 손으로 그의 다리를 잡았다. 이번에는 놓아주지 않았다. 영철이는 내 손에 잡힌 다리를 빼내려고 애를 쓰고 있었다. 그런 영철이를 몇 발짝 밀고 가다가 나는 확 떠밀어버렸다. 영철이는 길가 봇도랑에 가 처박혀버렸다. 계집아이들은 까르르 웃음을 터트렸다. 그러나 가영이는 돌아보지도 않고 그냥 지나갔다. 도랑에 처박힌 영철이는 겁에 질린 표정으로 엉엉 울기 시작했다. 바로 그 순간을 가영이가 돌아보지도 않은 것이 나는 약간 서운했다.

"야! 잘 했다, 잘 했어!"

병근이가 소리쳤다. 계집아이들은 까르르 웃으며 몰려갔다. 나는 그 계집아이들이 본 걸 본 그대로 가영이에게 전해줬으면 좋겠다고 생각했다.

도랑에 빠져 흠뻑 젖은 영철이는 돌맹이를 집어 들었다. 그러나 영철이는 그것으로 날 때릴 수는 없었다. 왜냐하면 아이들이 달려들어 말렸기 때문이다.

"내가 그냥 참을 줄 알아? 복수할 거야! 복수하고 말 거야!"

영철이는 이렇게 소리치고 있었다. 나는 그의 말이 좀 무서웠다. 왜냐하면 영철이 같이 비겁한 아이는 자기 집으로 가 칼을 들고 올 수도 있으니 말이다. 다행히도 영철이는 그렇게까지 하지는 않았다.

커다란 물고기한테 강간당한 처녀

용수마을 처녀 하나가 달밤에 용수에서 목욕을 하다가 커다란 물고기한테 강간당했다고 한다. 나는 강간이 뭐냐고 물었다. 그러자 누군가가 '강제로 씹하는 것'이라고 말해줬다. 나는 이맛살을 찌푸렸다.

용수마을에는 용수가 있었다. 용수에는 땅속에서부터 물이 퐁퐁 솟아오르고 있었다. 용수 밑바닥 여기저기에는 굵은 모래들이 보글보글 솟아오르고 있는데, 그걸 보면 물이 솟아오른다는 걸 알 수 있었다. 물이 솟아오르는 그 구멍을 통해 밑으로 내려가면 땅 밑 세계가 있다는 말도 있었다.

그러나 용수 한가운데는 너무 깊어서 바닥이 잘 보이지 않았다. 명주실 끝에 돌을 매달아 용수 한가운데 내려 보면 명주실 한 뭉치가 다 풀리도록 돌이 바닥에 가 닿지 않는다고 한다. 그런 용수에서 용수마을 처녀는 혼자 목욕을 하고 있었다고 한다. 밤이라 아무도 보는 사람이 없다고 생각해서 그렇게 했겠지만 팬티마저 벗어버린 알몸으로 헤엄을 치고 있었다고 한다. 그렇게 헤엄을 치고 있을 때 잉어처럼 보이는 커다란 물고기 한 마리가 나타나 처녀와 함께 헤엄을 치고 있었다고 한다. 그 물고기가 얼마나 크고 아름다웠던지 온달장군 같았다고 한다. 듣고 있던 상구가 말했다.

"용수물은 너무 맑아 그런 큰 물고기는 살지 않는데?"

듣고 보니 그 말도 일리가 있었다. 상구는 확실히 아는 것이 많았다. 그야 어쨌든 그 큰 물고기를 보자 처음에 처녀는 겁이 났다고 한다. 그러나 물고기가 자신을 헤칠 것 같지는 않아서 그냥 물고기와 함께 헤엄을 치며 놀고 있었다고 한다. 처녀는 조심스레 손을 뻗어 그 멋진 물고기의 등을 만져 보기도 하고 배를 쓸어 보기도 했다고 한다. 점점 더 대범해진 처녀는 물고기의 모가지를 껴안아보기도 하고, 등에 올라타기도 했다고 한다. 물고기도 처녀와 함께 노는 것이 즐거운지 장난을 치듯이 처녀의 젖가슴이나 배, 그리고 사타구니를 스치며 지나가기도 했다고 한다.

처음에는 물고기가 그저 장난치는 줄로만 알았다고 한다. 그런데 점차 물고기는 처녀의 가랑이 사이로 배를 들이밀어 처녀의 보지에 몸을 비벼댔다. 처녀는 한 번도 경험해보지 못한 쩌릿한 쾌감이 사타구니 사이에서 시작해서 온몸에 퍼지는 걸 느꼈다. 그제야 처녀는 뭔가 좀 이상하다는 생각이 들었다. 그래서 물가를 향해 헤엄치기 시작했다. 그러나 물고기는 그런 처녀를 따라와 사타구니로 몸을 비집고 들이밀었다. 그러니 처녀는 제대로 헤엄칠 수도 없어 기진맥진해졌다.

가까스로 얕은 곳까지 헤엄쳐 나온 처녀는 기운이 빠져 가랑이를 벌린 채 벌러덩 드러누웠다. 거기까지 그 큰 물고기가 따라오지는 못할 거라고 생각했다. 그런데 그때 커다란 물고기가 나타나 지친 처녀의 사타구니 사이로 몸을 들이밀어 씹을 해버렸다. 커다란 대가리는 물 밖으로 내민 채 말이다. 커다란 아가리를 딱 벌린 채 온몸을 부르르 떨면서 물고기는 처녀의 보지에 대고 하얀 호르몬을 근 한 바가지나 뿜어냈다. 처녀는 뜨거운 기운이 보지를 통해 몸속으로 확 빨려 들어오는 것 같았다. 그리고 처녀는 혼절해버렸다.

그 후로도 얼마 동안 물고기는 처녀 위에 올라탄 채 간헐적으로 몸을 떨고 있었다. 그러다 마침내 처녀의 몸에서 떨어져 용수 속으로 유유히 사라졌다. 물고기가 사라진 자리에 물은 물고기가 흘린 호르몬으로 쌀뜨물처럼 부옇게 되어 있었다. 그제야 처녀는 물고기가 자신을 범했음을 깨닫고 울기 시작했다.

"그건 물고기가 아니라 용수에 사는 용왕일 거야."

동호 할아버지가 말했다.

"용왕이 아니라 용수 밑 지하에 사는 지신이 물고기로 둔갑한 거 아닐까요?"

문배가 동호 할아버지에게 물었다.

"그럴 수도 있지. 그나저나 용수가 어떤 곳인 줄 알고 한밤중에 처녀가 혼자 들어가 헤엄을 쳐? 거기는 남자들도 밤에는 혼자 못 가."

동호 할아버지가 말했다. 듣고 있던 박수만이가 빙글빙글 웃으며 말했다.

"물고기는 좋았겠어요. 한밤중에 발가벗은 처녀 혼자 수영하고 있었으니 얼마나 좋았겠어요."

"아암! 좋았겠지."

다른 누군가가 이렇게 말하며 허허허 웃었다.

"어디 물고기만 좋았겠어? 처녀도 좋았겠지. 온달장군 같은 멋진 물고기였다면……"

또 누군가는 이렇게 말했다. 나는 이해할 수 없었다. 강간당하고 기절했다가 깨어나 울고 있었다는 불쌍한 처녀를 두고 좋았을 거라

커다란 물고기에게 강간당하는 처녀, acrylic on canvas 65x53cm, 2021. © 하일지

니…… 나로서는 도무지 이해할 수 없었다. 그때 시엽이가 말했다.

"남자는 힘만 빼지 진짜 재미는 여자가 다 본다고 하잖아."

그때까지 아무 말 하지 않고 듣고만 있었던 큰 진 영감이 거들었다.

"그래서 옛 성현도 이런 말을 했지. 남녀가 합방할 때 느끼는 재미의 합을 열이라고 하면 그중 일은 남자가 보고, 구는 여자가 본다고."

큰 진 영감의 이 말에 누군가가 탄복하며 말했다.

"아하! 그래서 처녀가 한번 그 맛을 보면 동네 말뚝이 남아나지 않는다고 하는군요?"

시엽이가 끼어들었다.

"큰 진 영감네 밤나무 밤꽃 향기에 어라연 청상과부 목을 매단다는 노래도 못들어 봤나?"

"그 처녀도 좀 이상해. 아무도 본 사람이 없는데 누가 그날밤 일을 그렇게 세세히 떠벌렸겠어? 그 처녀가 스스로 떠벌린 게 아니라면 말이야. 얼마나 좋았으면 강간당한 걸 자랑질하였겠어?"

"듣고 보니 그렇네. 동네 건달한테 당했으면 창피스러워 말이나 하겠어?"

그때 또 다른 누군가가 말했다.

"그나저나 그 물고기를 풍기문란 죄로 잡아다가 멍석말이라도 해야 할 것 같아요."

사람들이 와르르 웃었다. 그리고 이제 그 처녀가 아이를 낳으면 물고기를 낳느냐 사람을 낳느냐는 문제를 두고 토론하고 있었다.

"지렁이 씨를 받아 낳은 게 견훤이잖아. 혹시 알아, 물고기 씨를 받아 그 처녀도 온달장군 같이 생긴 왕을 낳을지?"

이 사건을 두고 사람들의 이야기는 끝없이 이어졌다. 나는 내가 가영이를 강간하는 장면을 상상해봤다. 그러나 그것은 전혀 상상이 되지 않았다. 그래서 다시 한은주를 강간하는 장면을 상상해봤다. 그것도 제대로 되지 않았다. 그래서 나는 김화를 강간하는 장면을 상상하기 시작했다.

김화는 피아노를 치고 있다. 피아노 밑 마룻바닥에 앉은 나는 김화의 가슴이며 배며 허벅다리를 어루만진다. 처음에 김화는 내가 장난으로 그러는 줄로만 알고 그냥 내버려둔다. 나는 김화의 치마 밑으로 손을 넣어 그 검은 팬티스타킹을 벗겨 내린다. 팬티스타킹 속에 감추어져 있던 김화의 하얀 보지가 마침내 모습을 드러낸다. 나는 그걸 만진다. 그제야 김화는 겁먹은 얼굴로 달아난다. 그러나 김화는 멀리 달아날 수가 없다. 왜냐하면 안경이 벗겨졌기 때문이다. 앞을 보지 못하는 김화는 빠져나가려고 버둥거리다가 기운이 빠져 뒤로 발라당 자빠진다. 나는 김화의 팬티스타킹을 완전히 벗겨낸다. 김화는 뒤집어진 풍뎅이처럼 하얀 두 다리를 바동거린다. 나는 그런 김화의 가랑이에 비집고 들어가 씹을 한다.

나는 또 달이 휘영청 밝은 밤 용수에서 혼자 헤엄치는 김화를 강간하는 장면을 상상했다. 발가벗은 김화는 용수에서 혼자 헤엄치고 있다. 나는 물고기처럼 유유히 김화 곁에서 헤엄친다. 그러면서 김화의 가슴이며 배며 사타구니를 스친다. 처음에는 내가 장난치는 줄로만 알았던 김화는 마침내 물가를 향해 허겁지겁 달아나기 시작한다. 그러나 앞을 보지 못하는 김화는 멀리 달아날 수 없다. 가까스로 얕은 곳까지 간 김화는 기운이 빠져 가랑이를 벌린 채 뒤로 벌렁 나자빠진다. 나는 그런 김화의 가랑이로 몸을 들이밀어 호르몬을 쏟는다. 강간당했다는 걸 깨달은 김화는 울고 있다.

이런 상상을 하던 나는 갑자기 내가 무서워졌다. 누나는 지금 서울에 가 돈을 벌려고 고생하고 있는데 나는 김화를 강간하는 상상에 빠져 있다니, 갑자기 누나가 불쌍해졌다. 나는 내가 지렁이가 된 것 같았다.

그로부터 얼마 뒤 이상한 일이 벌어졌다. 커다란 물고기한테 강간당한 용수마을 처녀는 밤낮없이 용수에 가 그 물고기를 기다렸다고 한다. 그날밤에 맛본 씹의 기쁨을 잊지 못했기 때문이라고 한다. 그러나 그 물고기는 두 번 다시 나타나지 않았다. 그도 그럴 것이, 그 처녀가 동네방네 자랑질을 하고 다닌다는 걸 물고기도 알아버렸기 때문이라고 한다. 기다리다 지친 처녀는 치마를 뒤집어쓴 채 용수에 뛰어들어 죽었다.

처녀의 이야기를 듣고 난 아버지가 말했다.

"그래서, 자기 행복은 남에게 자랑하지 말라고 했지."

물레방앗간 나그네

물레방앗간에 낯선 사람들이 와 며칠째 기거하고 있다는 소문이 돌았다. 우리는 무서워했다. 물레방앗간에 기거하는 나그네는 거지이거나 문둥이거나 부랑자들일 가능성이 크기 때문이다. 그런 사람들은 대부분 마을에 동냥하러 왔다.

그런데 이번에 온 물레방앗간 나그네는 며칠째 동냥도 오지 않았다. 그래서 마을 사람들은 궁금해지기 시작했다. 들리는 말에 따르면 중년 남자 한 사람과 어린 딸 셋, 이렇게 네 명이 와서 기거하고 있다고 했다. 그 말로 미루어보면 문둥이나 부랑자는 아닌 것 같았다.

저녁 식사를 마친 마을 사람들은 시원한 정자나무 밑에 둘러앉아 더위를 식히고 있었다. 그러던 중 동출이 아버지가 말했다.

"불도 없을 텐데 그 깜깜한 방앗간에서 어떻게 지내지?"

오석기의 아버지도 말했다.

"모기는 또 얼마나 많을고?"

나의 아버지가 말했다.

"동냥도 안 오니, 저러다 굶어죽는 거 아닌지 모르겠네."

어른들은 아무래도 걱정되는지 나와 동출이에게 물레방앗간에 가서 그 나그네를 좀 불러오라고 했다. 그냥 오라고 하면 그 사람이 듣기에 기분 나쁠 수도 있으니 '여기 시원한 데 오셔서 이야기도 좀 하면서 놀다 가시라고 합디다'하고 말하라고 했다. 동출이와 나는 물레방 앗간으로 갔다.

예상했던 것과 달리 물레방앗간 안에는 조그마한 촛불 하나가 켜 있었다. 그 촛불을 사이에 두고 계집아이 셋이 올망졸망 둘러앉았고, 약간 떨어진 뒤편에 중년 남자 한 사람이 앉아 있었다. 계집아이들은 각각 국민학교 1학년, 3학년, 5학년쯤 되어 보이는데, 하나같이 얼굴이 동그랬다.

우리가 문을 열고 들여다보자 네 사람은 겁먹은 표정으로 바라봤 다. 이렇게 겁 많은 사람들을 무서워했다는 것이 우스울 지경이었다. 동출이와 나는 그 사람들이 겁먹지 않게 하려고 최대한 예의를 갖추어 부드럽게 말했다.

"저기 정자나무 밑에 계시는 마을 어른들이 여기 방앗간 안이 더 울 것 같으니 오셔서 이야기도 좀 나누며 놀다 가시라고 합디다."

그러나 네 사람의 나그네는 경계를 풀지 않았다. 겁먹은 어린 딸 들과 어린 딸들을 거느린 아버지를 안심시키기에는 아무래도 부족한 것 같아서 나는 한 마디 덧붙였다.

"여긴 불도 없고 모기도 많을 텐데 어떻게 지내시는지 마을 어른 들이 걱정히고 계십니다."

그제야 중년 남자는 안심한 듯한 표정으로 말했다.

"아이고! 고맙구만. 걱정해줘서 고맙구만."

5학년쯤 되어 보이는 제일 큰 계집아이의 얼굴에도 안도의 미소 가 번지고 있었다. 그러나 중년 남자는 망설였다. 어린 딸들을 두고 가 는 것이 걱정이 되는 것 같았다.

잠시 우왕좌왕하던 그는 딸들에게 말했다.

"내 가서 조금만 놀다올게. 그래도 되겠지?"

큰딸이 "그렇게 하세요."하고 말했다. 그래도 안심이 안 되는지 남자는 다시 말했다.

"멀리 가는 게 아니야. 바로 저기, 저 나무 밑에. 그렇게 오래 있진 않을 거야."

다른 두 딸도 갔다 오라고 했다. 그런데도 남자는 큰딸에게 무슨 일이 있으면 저 나무 밑으로 오라고 지시했다. 그리고 마침내 물레방앗간을 나섰다. 세 딸들은 쪼르르 달려나와 아버지를 배웅했다.

우리를 따라 정자나무 밑으로 온 나그네는 사람들에게 정중히 인사했다. 어른들은 그 나그네에게 자리를 내주며 앉으라고 했다. 밝은 데서 보니 물레방앗간 나그네는 우리 아버지나 동출이 아버지와 비슷한 나이로 보이는데 옷차림은 그런대로 깨끗했다. 거지는 아닌 것 같았다.

"방앗간 안에 모기가 많을 텐데……"

동출이 아버지가 말했다. 나그네는, 모기가 있긴 있는데 그다지 많지는 않다고 했다

"호롱불도 없이 어두워서 어떻게 지냅니까?"

오석기의 아버지가 물었다. 나그네는, 양초가 있어서 그걸로 불을 밝힌다고 했다.

"그 동안 식사는 어떻게 하셨나요?"

나의 아버지가 물었다. 나그네는 잠시 주뼛거리다가 말했다.

"이 마을 분들께는 폐를 끼치고 싶지 않아서……"

"음식을 끓여 드시는가요?"

나의 아버지가 다그쳐 물었다.

"끓여 먹는 건 아니고……"

"그럼 굶었나요?"

동출이 아버지가 다그쳤다. 나그네는 잠시 머뭇거리다가 말했다.

"어린 애들도 있다고 들었는데 굶으면 안 되지."

오석기의 아버지가 말했다. 나그네는 다시 주뼛거리며 말했다.

"굶은 건 아니고…… 이 마을 분들께는 폐를 끼치고 싶지 않아서…… 저 개울 건너 마을에 가서……"

듣고 있던 사람들은 알 만하다는 듯이 고개를 끄덕였다. 동출이 아버지가 말했다.

"폐랄 게 뭐 있습니까? 그러지 말고 내일 아침에는 우리 집에도 오세요. 저기 보이는 저 집이 우리 집인데 내일 아침에 애를 보내세요."

나그네는 몹시 면구스러워하며 그렇게 하겠다고 말했다.

어른들은 이제 나그네에게 어디서 왔느냐고 물었다. 나그네는 내가 잘 모르는 어느 고장에서 왔다고 했다. 어른들은 또 나그네가 어디로 가느냐고 물었다. 나그네는 대산 깊은 곳에 들어가 화전이나 일궈 볼까 하고 왔다고 했다.

오석기의 아버지는, 아무도 살지 않는 그 깊은 산속에 어린 아이들을 데리고 들어가 어떻게 살 거냐고 걱정스러운 표정으로 말했다. 이 말을 들은 나그네는 저 산속에는 사는 사람이 아무도 없느냐고 물었다.

"살기는 두 집이 살지만 산이 너무 깊고 넓어서 아무도 살지 않는 거나 마찬가지랍니다."

동출이 아버지가 말했다. 그러나 그런 것은 나그네에게 별문제가 되지 않는 것 같았다. 그의 흥미를 끄는 것은 오직 한 가지, 수백 년 수천 년 동안 사람의 발길이 거의 닿지 않았던 저 산속에는 오랫동안 낙엽이 떨어져 썩었기 때문에 흙이 푹신푹신할 것이고, 매우 비옥할 것이기 때문에 뭐든 심기만 하면 잘 자랄 거라는 점이었다. 이렇게 말하는 그는 약간 희망에 들떠 있는 것처럼 보였다. 그러나 나그네는 농사꾼처럼 보이지는 않았다.

동출이 아버지는 또, 대산에 들어가 화전을 일궈 농사지으려면 최소한의 준비, 가령 화전을 일굴 연장이라든가 땅에 심을 씨앗이라든가 얼마간 먹을 양식은 있어야 할 텐데, 그런 준비는 해왔느냐고 물었다. 그러나 나그네는 이렇다 할 대답을 하지 못했다.

그 밖에도 마을 어른들은 저 산속에 들어가면 어느 골짜기에 사람 사는 집이 있는지, 그들이 주로 어떤 농사를 짓는지도 말해줬다. 혹시 어려운 일이 생기면 그들에게 연락하라고 했다. 나그네는 그러겠다고 대답했다.

이런 이야기를 하면서도 마을 어른들은 그 나그네가 어쩌다가 이 깊은 산촌에까지 들어오게 되었는지, 세 딸의 어머니는 어떻게 되었는지 등속의 문제에 관해서는 굳이 묻지 않았다. 묻지 않아도 짐작할 수 있었을 것이다.

시원한 정자나무 밑에 앉아 마을 사람들과 이런 이야기를 나누는 것이 나그네에게는 그런대로 쾌적했던 것 같았다. 처음과 달리 경계심도 많이 풀어진 것 같았다. 그러나 그 나그네는 오랫동안 마을 사람들과 자리를 함께할 수 없었다. 왜냐하면 그때 어둠 속을 걸어온 동그란 얼굴의 세 딸이 '어버지 언제 오세요?'하고 물었기 때문이다. 아버지가 없는 물레방앗간에 있으려니 좀 무서웠던 것 같았다. 그러자 나그네는 '응, 갈게'하며 서둘러 자리에서 일어났다.

"내일 아침에 저 아이 중 하나를 우리 집에 꼭 보내세요."

동출이 아버지가 나그네에게 말했다. 나그네는 그렇게 하겠다고 대답했다.

"내일 저녁에도 여기 와서 쉬다 가세요."

오석기의 아버지도 말했다. 나그네는 그렇게 하겠다고 대답했다.

아버지와 함께 떠나면서 얼굴이 동그란 큰딸이 핼끔 우리 쪽을 돌아봤다. 그런데 그때 나는 누나의 얼굴을 떠올렸다. 우리가 이 마을에 처음 왔을 때 누나의 모습이 꼭 저랬을 거라는 생각이 들었다. 그리고 저 아이도 어쩌면 이곳으로 오기 전 주변 사람들로부터 입이라도 하나 덜게 어디 식모살이라도 보내면 어떻겠느냐는 말을 듣고 공포에 찬 표정으로 서럽게 엉엉 울면서 '아버지, 저도 데리고 가 주세요.'하고 애원했고, 그 모습이 불쌍해서 아버지가 데려왔을 거라는 생각이 들었다. 나는 갑자기 서울 간 누나가 그리워졌다.

이튿날, 얼굴이 동그란 나그네의 딸은 동출이네 집에 밥을 얻으러 오지 않았고, 그 딸의 아버지는 저녁때가 되어도 정자나무 밑으로 놀러오지 않았다. 정자나무 밑에서 놀다간 뒤 그 짧은 여름밤 사이에 네 사람은 온데간데없이 사라져버렸던 것이다.

그들이 사라졌다는 걸 가장 먼저 알게 된 사람은 오석기의 아버지였다. 논에 물을 대려고 이른 새벽에 방앗간 앞을 지나던 오석기의 아버지는 문득 방앗간 안을 들여다봤다. 그런데 나그네와 세 딸은 이미 사라지고 없었다. 그들이 사라진 빈 방앗간에는 타다 남은 조그마한 양초 동강 하나만 달랑 남아 있었다. 정말이지 촛불이 꺼질 때 피어오르는 한 줄기 연기처럼 사라졌던 것이다.

목신의 노래

물레방앗간 나그네가 사라진 것은 참으로 이상한 일이었다. 동호 할아버지는 아무래도 그 사람들이 실제 사람이 아니라 방앗간 목신들일 거라고 했다. 그렇지 않고서야 그 짧은 여름밤 사이에 온데간데없이 사라질 수가 있느냐는 것이다.

물론 동출이 아버지도 오석기의 아버지도 내 아버지도 그 말을 믿지 못하는 눈치였다. 나도 그랬다. 내가 본 그 사람들이 귀신이었다고 하기에는 너무나 평범하고 초라하고 겁도 많았다. 굳이 특이한 점을 찾자면 세 딸의 얼굴이 모두 동그랗다는 것뿐이었다. 그런데도 나는 내가 봤던 사람들이 귀신이었을지도 모른다고 생각하자 갑자기 좀 무서워졌다.

그때 내 가짜 외할아버지인 큰 진 영감이 혼잣말처럼 중얼거렸다.

"물레방앗간은 온통 나무로 되어 있어서 수많은 목신이 깃들어 있는 게 당연하시. ㄱ 복신늘이 사람 모습으로 현신했던 거라고 보는 것도 바이 틀린 말은 아녀."

평소에는 입이 무거워 말을 거의 하지 않는 큰 진 영감이 이렇게 말하는 것은 극히 예외적인 일이었다. 동출이 아버지도, 오석기의 아버지도, 내 아버지도 여전히 믿지 못하는 듯했다. 그런데도 나는 백양나무가 된 성춘희도 사람 모습으로 현신하면 좋겠다고 생각했다.

"그런데 한 가지 이상한 점이 있긴 있어요. 그날 밤 그 사람은 이 마을에 폐를 끼치고 싶지 않아서 개울 건너 마을에 밥 동냥을 다닌다고 했는데, 개울 건너 어느 집에도 그 사람들이 동냥 왔다는 말은 못 들었어요."

오석기의 아버지가 말했다. 듣고 있던 동출이 아버지도 말했다.

"그럼, 그 사나흘 동안 아무것도 안 먹고 굶었다는 말인가?"

정자나무 밑에 앉은 사람들 사이에 잠시 무거운 침묵이 흘렀다. 그 사람들이 굶었을지도 모른다고 생각하자 갑자기 마음이 편치 않은 것 같았다. 그 어색한 침묵을 깨려고 내가 큰 진 영감에게 물었다.

"옛날에도 방앗간 목신이 나타난 적이 있나요, 할아버지?"

나의 물음에 동호 할아버지가 대신 말했다.

"있고말고. 사변 나던 해 봄에는 방앗간에서 허연 노인이 나타나 보자보손하려면 남자들은 모두 양백지간에 바람 풍 자가 붙은 곳으로 가라고 했지."

듣고 있던 가영이 오빠가 물었다.

"그 말은 『정감록』에도 나오던데, 양백지간에 바람 풍 자가 붙은 곳이 어딘가요?"

한문을 배운 가영이 오빠는 동호 할아버지 말을 알아듣는 듯했다.

"양백지간이라면 소백산과 태백산 사이를 말하는 거 아니겠어? 소백 태백 사이에 있는 바람 풍자 붙은 곳이 어디겠어? 그건 의풍이야. 그해 마침 의풍에 산판이 열려 남자들은 모두 그리로 일하러 갔지. 그 덕분에 모두 살아남았던 거야. 그 전쟁 통에도 의풍에는 총소리 하나 들리지 않을 만큼 조용했거든."

이 말에 대해서는 동출이 아버지도 오석기의 아버지도 부인하지 못했다. 그도 그럴 것이 동출이 아버지도 오석기의 아버지도 전쟁 중에 의풍 산판에 가 일하고 있었기 때문에 살아남은 사람들이었으니 말이다.

"그 말을 듣지 않고 태극기를 흔들어댔던 박달 영감의 큰아들 남식이는 폭격기에서 쏴대는 기관단총을 맞고 죽었지."

큰 진 영감이 혼잣말처럼 중얼거렸다. 나는 문배와 씹했다는 소문이 퍼지면서 영영 마을 떠난 상구 큰어머니의 남편 위에 형님이 있었다는 사실에 깜짝 놀랐다.

"남식이는 정말 미남이었지. 똑똑해서 말도 잘했고. 그런 남식이가 피범벅이 되어 죽어 나자빠져 있는 걸 보고 남식이 동생 남수는 넋을 잃어버렸지. 그길로 남수는 속초인가 양양인가 하는 곳으로 떠나버렸어."

듣고 있던 나는 그제야 모든 것을 이해할 수 있을 것 같았다. 언젠가 내가 봤던 그 영화에나 나올 법한 신사 아저씨, 상구 큰어머니의 남편이 이 마을을 떠났던 것은 물레방앗간 목신의 말을 거역하고 태극기를 꺼내 흔들었던 형 때문이라는 것을 말이다.

"대동아전쟁이 나던 해에도 그랬지."

큰 진 영감은 다시 혼잣말처럼 중얼거렸다. 큰 진 영감의 말을 받아 동호 할아버지가 말했다.

"대동아전쟁이 나던 해에는 방앗간에 지팡이 짚은 꼬부랑 할망구가 나타났어. 그 할망구는 처녀들한테 길쌈하러 가라고 했지."

"그게 무슨 말이에요?"

가영이 오빠가 물었다. 동호 할아버지는 가영이 오빠의 물음에 대답도 하지 않고 계속했다.

"때마침 삼베 값이 폭등해서 마을 처녀들은 너도나도 의풍 삼밭으로 일하러 떠났어. 의풍 삼밭으로 떠나지 않았더라면 처녀들은 정신대로 잡혀갔을 거야."

그러나 허연 영감이나 꼬부랑 할망구가 등장하는 이런 이야기는 너무도 뻔한 옛날이야기 같아서 별 흥미가 없었다. 문제는 그날 밤에 본 얼굴이 동그란 세 딸과 그 아버지가 사람으로 현신한 물레방앗간 목신이냐는 것이었지만, 그것을 증명할 확실한 증거는 아무것도 없었다. 그래서 이야기는 지지부진해졌고, 사람들은 이제 방앗간 나그네를 잊어갔다.

그 무렵에 소두영네 소가 죽었다. 소두영 삼 남매를 따라 일 년 동안 줄기차게 학교에 다녔던 늙은 소는 결국 지쳐서 쓰러지고 말았다. 소두영 삼 남매는 말할 것도 없고, 우리도 모두 슬퍼했다. 처음 이 소식을 들은 계집아이 하나가 홀짝홀짝 울기 시작했고, 그것이 도화선이 되어 교실 안 모든 계집아이가 구슬프게 울었다. 가영이도 두 손에 얼굴을 파묻은 채 어깨를 들먹였다. 심지어 사내아이 중에도 콧물을 훌쩍거리는 아이가 있었다. 선생님들도 슬펐던지 조회 시간에 죽은 소두영네 소의 명복을 빌고자 일동 묵념을 했다. 그리고 두영이, 두식이, 두희 반에서 약간의 돈을 거두어 소를 잃어버린 급우에게 작은 위로의 선물을 전달했다.

그 와중에도 나는 이따금 물레방앗간 나그네를 생각했다. 나는 그들이 사람이 아니라 차라리 목신이었다면 좋겠다고 생각했다. 내가 비

목신의 노래, acrylic on canvas 65x53cm, 2021. ⓒ 하일지

록 귀신을 무서워하기는 하지만, 만약 그 나그네가 목신이 아니라 사람이었다면 사나흘 동안 굶었다는 말이 되는데, 그랬다면 얼마나 배가 고팠을까 하는 생각이 들었기 때문이다. 나뿐 아니라 어른들도 그렇게 생각했을 것이다. 그러나 생각을 입 밖에 낸 사람은 없었다.

그러던 어느 날 나는 또 빈혈로 쓰러졌다. 그래서 조퇴하고 눈부신 여름 오전 햇살 속을 걸어 혼자 집으로 돌아왔다. 징검다리를 건너 물레방앗간을 향해 걷던 나는 너무나 놀라 걸음을 멈추었다. 눈부신 햇살이 쏟아지는 물레방앗간 앞에 얼굴이 동그란 세 딸이 앉아 이런 노래를 부르고 있었다.

산에는 산
들에는 들
그래서 산들산들
산들바람이 분다.
에헤라 에헤라디야
산들바람이 분다

저기 저 문수봉
코가 큰 울 오빠는
코가 커서
난리 났네
에헤라 에헤라디야
난리가 났네

아편쟁이는 아편을 하고
노름쟁이는 노름을 하네
에헤라 에헤라디야
바람이 부네

얼굴이 동그란 물레방앗간 어린 목신들이 부르는 노랫소리는 피어오르는 아지랑이처럼 내 귓전에서 가물거리고 있었다.

가영이의 소원

여름 방학이 막바지에 다다른 8월 중순의 어느 날, 서울에 갔던 누나가 갑자기 내려왔다. 공장에서 사흘간의 여름휴가를 줬다고 했다.

떠날 때와 달리 누나는 동그라미 무늬가 있는 산뜻한 하늘색 원피스를 입고 있었고, 그다지 굽이 높지 않은 샌들을 신고 있었다. 우리는 무척 반가워했다.

누나는 아버지와 계모에게 모시처럼 보이는 얇은 여름 옷 한 벌씩을, 이복동생들에게는 장난감을, 그리고 내게는 운동화 한 켤레를 선물로 사 왔다.

"단양이한테 옷을 다 얻어 입다니, 천지가 개벽을 하겠네."

계모는 흐뭇해하는 표정으로 이렇게 말했다. 누나가 가져온 선물이 그런대로 마음에 드는 것 같았다.

"휴가가 사흘밖에 안 된다면서 그 먼 길을 뭐 하러 내려왔나?"

고작 이틀 밤 자고 떠난다는 말에 아버지는 벌써부터 서운한지 이렇게 말했다. 그런데 그때 누나는 뜻밖의 대답을 했다. 나를 서울로 데려가려고 왔다는 것이다. 그렇게 말하는 누나의 표정을 보니 비장한 결심이라도 한 것 같았다. 아버지와 계모도 나도 어안이 벙벙해졌다.

"학교는 어떻게 하고?"

황당해하는 표정으로 아버지가 물었다.

"전학시켜야지요."

누나가 말했다. 아버지와 계모도, 나도 미처 대답을 찾지 못하고 있었다. 잠시 후 계모가 말했다.

"몇 달만 있으면 졸업인데, 졸업이라도 한 뒤에 데려가지."

나는 계모의 이 말이 옳다고 생각했다. 그러나 누나가 말했다.

"엄마는 몰라서 그래. 졸업하고 가면 너무 늦어. 하루라도 빨리 전학시켜야 해. 이 촌구석에서 일등 해도 서울 가면 중간에도 못 들어. 그런 성적으로는 3류 중학밖에 못 가. 서울 애들이 얼마나 똑똑한지 엄마는 몰라서 그래."

이 말을 들으면서 나는 말끝마다 '엄마는 몰라서 그래.'하고 계모에게 면박을 주는 누나가 염려스러웠다. 비록 계모가 누나를 고생시키긴 했지만, 그렇다고 그렇게 함부로 말하면 계모가 얼마나 섭섭하겠는가 말이다. 서울 가 몇 달 지내는 사이에 누나가 이렇게 오만방자해지다니, 나는 이 점에 대해서도 누나가 떠날 때 주의 사항에 넣어 미리 일러두지 않았던 것을 후회했다.

아버지는 아무 말도 하지 않았다. 그런 아버지를 다그치듯 누나가 말했다.

"빨리 결정해주셔야 해요, 아버지. 전학증도 떼야 하니까요. 제가 걱정하는 건 지금 방학이라 선생들이 없어서 전학증을 떼지 못하면 어쩌나 하는 거예요."

잠시 아무 말 없던 아버지가 말했다.

"알았다. 생각해보겠다."

이튿날 아침 아버지는 나를 서울로 보내기로 했다고 말했다. 그

결정이 떨어지기가 무섭게 누나는 내 전학증을 떼려고 나와 함께 학교로 갔다. 누나가 걱정했던 것과 달리 학교에는 당직 선생님 한 분이 나와 있었다. 그러나 본가가 충주인 우리 담임 선생님은 없어서 나는 작별 인사도 하지 못했다.

계모도 그날 하루 바쁘게 움직였다. 내가 입고 갈 회색 반바지와 회색 셔츠, 그리고 가을 운동회 때 입는 검은 팬티와 런닝 셔츠를 사러 읍내를 다녀와야 했고, 내가 입던 옷가지들을 모두 꺼내 보퉁이에 싸야 했다.

"꼭 무슨 피난 보퉁이 싸는 것 같다."

보퉁이를 싸면서 계모가 말했다.

너무나 급히 떠나는 바람에 나는 동무들에게 작별 인사할 겨를도 없었다. 기염이가 떠날 때도 꼭 이랬을 거라는 생각이 들었다.

그날 밤 나는 갑자기 가영이가 보고 싶어졌다. 가영이한테만은 작별 인사를 하고 떠나는 것이 옳다는 생각이 들었다. 그러나 그 애를 찾아갈 용기가 나지 않았다. 가영이를 잊은 채 나는 한동안 다른 계집아이들과 씹하는 상상에 빠져 지냈으니, 내가 저지른 죄가 너무 크다고 생각했기 때문이다.

이튿날 아침 누나는 감자 한 포대를 머리에 이고 집을 나섰고, 나는 내 책가방과 옷가지가 든 보퉁이를 들고 따라나섰다. 방학 때가 아니었다면 등굣길의 많은 아이가 우리를 따라 하리 나루터까지 갔겠지만, 이복동생 둘 말고는 아무도 없었다. 서운한 마음에 좌우를 두리번거리고 있으려니 누나가 말했다.

"뒤돌아보지 마! 앞만 보고 가!"

이렇게 말하는 누나는 몇 달 전과 달리 독재자가 되어 있었다.

다행히도, 내가 떠난다는 소식을 들은 동출이와 병근이가 달려왔다. 그리고 동출이한테서 내 소식을 들은 가영이가 서낭당께서 우리를 기다리고 있었다. 내가 떠난다는 소식을 가영이에게 알려준 동출이가 고마웠다.

"언니 벌써 떠나는 거야?"

가영이가 누나에게 말했다.

"아, 가영이구나! 너 더 예뻐졌네."

누나가 말했다.

"그제 저녁에 왔다면서 왜 벌써 떠나?"

가영이가 물었다.

"응, 휴가가 고작 사흘이거든. 내일 아침에 또 일하러 가야 해."

누나가 말했다. 잠시 후 가영이는 나를 돌아보며 말했다.

"너도 가는구나?"

나는 말없이 고개를 끄덕였다.

가영이도 우리를 바래다주려고 하리 나루터까지 따라왔다. 누나는 가영이에게 날씨도 더운데 거기까지 갈 거 뭐 있느냐면서 그냥 들어가라고 했다. 그러나 가영이는, 지난가을에 내가 태화사 갔다 오는 육십 리 길을 함께 가줬는데 하리 나루터까지야 배웅해주지 못하겠느냐며 따라왔다.

하리 나루터에서 버스를 기다리는 동안 가영이가 내게 물었다.

"떠나니까 좋지?"

나는 어떻게 대답해야 할지 몰라 잠시 망설이다가 말했다.

"그냥 뭐…… 방학 때 또 오지 뭐."

그런데 그때 가영이가 말했다.

"오지 마."

뜻밖의 말에 나는 약간 당황해서 물었다.

"왜?"

그러자 가영이가 말했다.

"오면 뭐 해? 떠날 때는 뒤돌아보지 않는 거야."

가영이의 말에 나는 잠시 멍해졌다. 가영이가 말했다.

"너 옛날에 너희 아버지 중절모 쓰고 우리 집에 왔던 거 기억나?"

내가 기억난다고 말하자 가영이가 웃으며 말했다.

"너 그때 엄청 웃겼어. 커다란 모자를 쓰고 있는 모습이 꼭 허수아비 같았어."

나는 좀 멋쩍게 웃었다. 가영이가 계속했다.

"그런데 멋있었어. 그리고 네가 돌아간 뒤에 우리 오빠가 뭐라고 했는지 알아?"

"뭐라고 했어?"

가영이는 잠시 망설이다가 배시시 웃으며 말했다.

"네가 보통 놈이 아니래. 장차 큰사람이 될 거라고 했어."

듣기에 그리 나쁘지는 않았지만, 나는 가영이가 날 격려하려고 꾸며낸 이야기라고 생각했다. 나는 납작한 돌멩이를 하나 찾아 들고 강물 위로 물수제비를 떴다.

"너 작년 가을 태화사에 갔을 때 기억나?"

나는 고개를 끄덕였다.

"그때 네가 나한테, 부처님한테 무슨 소원을 빌었느냐고 물었던 거 기억나?"

나는 고개를 끄덕였다.

"그리고 네가 떠날 때 말해주기로 약속했던 것도 기억나?"

나는 다시 고개를 끄덕였다. 잠시 망설이던 가영이가 마침내 입을 열었다.

"그래. 네가 이제 떠나니까 그때 내가 무슨 소원을 빌었는지 말해줄게."

나는 가영이를 바라보고 있었다. 그 애는 말끄러미 나를 올려다보며 말했다.

"그때 나는 태화사 부처님께 네가 꼭 서울에 가서 일류 중학교 고등학교 대학교를 마치고 미국 영국 독일 프랑스에도 갈 수 있게 해달라고 빌었어."

그 애의 이 너무나도 뜻밖의 말에 나는 어안이 벙벙해져서 물었다.

"왜? 왜 나를 위해서 소원을 빌었어?"

가영이는 약간 쓸쓸한 표정을 짓고 있었다. 그러나 애써 방긋 웃어 보이며 장난치듯 말했다.

"왜냐하면 그때 너는 태화사 부처님께 날 데려다줬으니까."

버스가 왔다.

"잘 가!"

버스가 탈 찻배에 내가 오르려 할 때 가영이는 내게 말했다. 그 말이 얼마나 애잔하게 들렸던지 나는 가슴이 저려오는 것을 느꼈다. 버스를 실은 배가 강을 건너는 동안 저편 나루터에 서 있던 동출이와 병

가영이의 소원, acrylic on canvas 65x53cm, 2021. ⓒ 하일지

근이, 그리고 두 이복동생이 우리를 향해 손을 흔들었다. 그러나 약간 떨어진 곳에 혼자 오도카니 서 있는 가영이는 멀어져가는 우리를 바라만 보고 있었다.

강을 건넌 뒤 우리는 버스에 올랐고 버스는 신작로를 따라 달리기 시작했다. 신작로를 따라 줄지어 서 있던 미루나무들이 우리를 향해 달려오고 있었다. 돌아보면 나무들은 무리를 지어 달려가고 있었다.

계모

　지금 생각해보면 그날 하리 나루터에서 '잘 가!'하고 말했던 가영이의 그 애잔한 작별의 말이 그 애가 내게 했던 마지막 말이었다. 내가 외지로 나와 고등학교에 다닐 때 그 애는 매포 어딘가로 시집갔고, 며느리가 얼마나 예쁘고 사랑스러웠던지 시아버지는 틈만 나면 마을 사람들에게 며느리 자랑을 했고, 그것이 아니꼬웠던지 듣고 있던 사람 하나가 '천방지축마골피, 쌍놈 중에서도 최고 쌍놈인 피가 며느리를 보고 뭐가 그렇게 좋다고 자랑질을 하느냐'고 면박을 줬고, 피가영의 시아버지는 너무나 속이 상해 담배 곳간에 들어가 농약을 마시고 자살해 버렸고, 며느리 하나 잘못 들여 그 선량한 시아버지가 죽었으니 그 죄를 장차 어떻게 감당하겠느냐면서 피가영 또한 농약을 마시고 자살해버렸기 때문이다. 이 뜻밖의 비보가 젊은 시절의 나를 오랫동안 힘들게 했던 것은 말할 것도 없다.

　그야 어쨌든, 가영이가 태화사 부처님 앞에서 소원을 빌어주어서 그렇게 되었는지는 모르지만, 훗날 나는 서울에서 중학교 고등학교 대학교를 무사히 마쳤고, 그리고 정말로 미국 영국 독일 프랑스를 무시로 드나드는 사람이 되었다. 대학을 졸업한 뒤 나는 외교관이 되었기 때문이다. 그러나 가영이 오빠의 예언과는 달리 나는 그다지 큰사람이 되지는 못했다.

가엾의 죽음, acrylic on canvas 65x53cm, 2021, ⓒ 하일지

그렇게 여러 나라를 돌아다니면서도 나는 정작 그 온갖 귀신이 살아 숨쉬던 마을에는 단 한 차례밖에 가지 못했다. 내가 대학 3학년 때였는데, 겨울 산판에 벌목공으로 일하러 갔던 아버지가 쓰러지는 나무에 깔려 죽었다는 부음을 받고서였다.

장례식이 끝난 뒤 계모는 내가 오랫동안 잊고 있던 물건 하나를 꺼내 건네주며 말했다.

"아버지가 돌아가셨으니 이제 이건 네가 자져가거라."

그것은 아버지의 중절모가 든 모자 함이었다. 나는 그때까지도 그것을 계모가 간직하고 있었다는 사실에 약간 경이감을 느끼며 함을 열어봤다. 함 속에는 세월을 견디지 못해 귀퉁이가 누르스름하게 탈색된 아버지의 중절모가 들어 있었다. 나는 이걸 왜 이복동생들한테 주지 않고 나한테 주느냐고 물었다. 그러자 계모가 말했다.

"네가 우리 집안의 장남이잖아."

나는 말없이 내려다보다가 모자 속을 보려고 뒤집었다. 모자 속에는 오래전에 아버지가 나를 위해 덧댔던 두 겹의 마분지가 그때까지도 그대로 끼워져 있었다.

계모는 그 후로도 근 20년을 더 살다가 죽었다. 그러나 나는 부음을 받고도 갈 수 없었다. 그때 나는 코펜하겐에 체류하고 있었고, 내가 빠져서는 안 될 중요한 일이 있기도 했지만, 부음을 받은 즉시 출발한다고 해도 파리 앵커리지 도쿄를 거쳐 서울, 그리고 청량리에서 기차를 타고 단양, 단양에서는 택시를 타고 달려간다고 해도 내가 도착했을 때는 이미 장례식도 끝나 있을 것 같았기 때문이다. 장례식에도 가지 못했으니 이복동생들은 틀림없이 나에 대해 서운함을 느꼈을 것이다. 그래서 그렇게 되었는지는 모르지만, 서로 남남처럼 내왕도 뜸해졌고, 마침내는 그 동생들이 어디서 무엇을 하며 사는지 소식마저 끊어졌다.

누나는 나를 키워낸 것을 스스로 만족스러워했다. 그러나 아무리 생각해도 나는 그다지 행복한 것 같지는 않다. 그도 그럴 것이, 일찍이 그 재수 없는 박노마에게 내 자지를 보여주고 말았기 때문에 그렇게 되어버렸는지는 모르지만, 육십을 목전에 둔 나이가 되도록 나는 보리 깜부기 칠해줄 사람도 없는 처지가 되고 말았으니 말이다.

물론, 그 긴 세월에 여자가 없었던 건 아니었다. 아니 어쩌면 젊은 시절 한때 나는 너무나 많은 여자에게 내 자지를 보여줬을지도 모른다. 그리고 바로 그것이 문제였을지도 모르겠다. 그렇기는 하지만 나한테도 핑곗거리는 있다. 내가 만난 어떤 여자를 위해서도 정을수 아저씨의 그 동굴이 있는 밭을 사고 싶은 심정이 되지는 못했다는 것이다. 그래서 나는 평생을 독신으로 살 수밖에 없었다.

그러던 어느 가을날이었다. 나는 문득 태화사로 가려고 걸었던, 상리 나루터에서 백화리 쪽으로 난 소나무 사이로 난 그 빨간 황톳길과 들국화가 피어 있던 공동묘지, 그리고 백화로 가는 길모퉁이에서 본 강물이 미칠 듯이 그리워졌다. 나는 혼자 차를 몰아 그 귀신들의 땅을 향해 달렸다.

까마득히 멀게만 느껴졌던 그곳에 나는 불과 세 시간 만에 다다랐다. 길은 모두 포장되고, 강 위로는 다리가 놓여 있었다.

옛날 집들이 대부분 사라져서 내가 살았던 그 뒤란 없는 집이 어디쯤 있었는지도 제대로 가늠할 수 없었다. 내가 그 예쁘고 정갈한 뒤란에 홀렸던 피가영의 집이 있던 자리에는 여름 피서객들을 위한 펜션이 들어서 있었다. 눈에 익은 산세와 아랫마을 서낭당이 있던 자리에 서 있는 느티나무 몇 그루가 아니었다면 여기가 옛날에 내가 살았던 마을인지 의심할 정도였다. 다만 하나, 도창골 어귀에 있는 허도가 살던 오두막집만이 이상하게도 그때까지 사라지지 않고 남아 있었다.

마을을 잠시 둘러보던 나는 다시 태화사 가는 길로 천천히 차를 몰았다. 백화리로 건너가는 상리 나루터에도 다리가 놓여 있었다.

그런데 다리를 건너 백화리로 가는 길은 오래전에 이미 포장되어 버려서 내가 그토록 그리워했던 그 빨간 황톳길은 볼 수 없었다. 들국화가 피어 있던 공동묘지도 사라졌고, 그 자리에는 가축 사료 공장이 들어서 있었다. 백화리에서 태화사로 오르는 길도 모두 포장되어 남천에서 태화사까지 삼십 리 길을 나는 불과 이십 분 만에 갔다.

태화사도 많이 바뀐 것 같았다. 전에 없던 건물들이 들어서 여기가 과연 옛날에 왔던 그 절인가 하는 생각이 들 지경이었다. 경내를 잠시 둘러보던 나는 옛날에 가영이가 나를 위해 소원을 빌었던 법당 안으로 들어갔다.

그런데 법당 안에서 나는 옛날에 내가 봤던 것을 발견할 수 있었다. 그것은 불상 좌우에 있는 나한상과 사천왕상이었다. 그 무서운 얼굴을 한 조상들을 다시 보자 얼마나 반가웠던지, 눈시울이 확 달아오르는 것 같았다.

나는 옛날에 가영이가 그렇게 했듯이 불상 앞에서 열댓 번 절을 올렸다. 처음에는 가영이의 명복을 빌고 싶었다. 그러나 절하는 동안 깜박 잊어버렸다. 그래서 아무 생각 없이 절만 했다. 그리고 그 정겨운 나한상을 비롯해서 법당안의 물건을 하나하나 꼼꼼히 살펴보면서 천천히 법당 안을 둘러봤다. 그러던 나는 뜻밖의 물건 하나를 발견하고 걸음을 멈추었다.

그것은 예불할 때 두드리는 법당 안 소종이었다. 그 종이가 내 눈길을 사로잡았던 것은 거기에 이런 글이 새겨져 있었기 때문이다.

佛蘭西國 芭里市 生馬路洞 三十七番地
(불란서국 파리시 생마로동 37번지)

그런데 그뿐이 아니었다. 거기에는 내 이름 석 자도 새겨져 있었다. 아마도 나와 동명이인인 어떤 사람을 위해 누가 이 종을 시주한 것이겠거니 생각했다. 그런데 다음 순간, 정신이 번쩍 들었다. 프랑스 파리 생마르땡 37번지는 내가 처음으로 발령을 받아 파리에서 살았던 내 아파트 주소였던 것이다.

처음에 나는 가영이가 나를 위해 이 절에 시주한 건 아닐까 생각했다. 그러나 가영이는 아니었다. 내가 파리에 살 때 가영이는 이미 이 세상 사람이 아니었으니 말이다. 가영이가 아니라면 대체 누가 이 절에 이 종을 내 이름으로 시주했을까 생각해봤다. 그리고 다음 순간에야 깨달았다. 그 사람은 틀림없이 나의 계모였다.

아버지가 죽고 여러 해가 지난 뒤에 계모는 이 절에 내 이름과 주소를 새겨 이 종을 시주했다. 그런데도 이해가 가지 않는 것이 하나 있었다. 계모는 왜 이 종에 자기가 낳은 세 아들의 이름을 새기지 않고, 내 이름만 새겼을까. 나는 법당 밖으로 나와 서울에 있는 누나에게 전

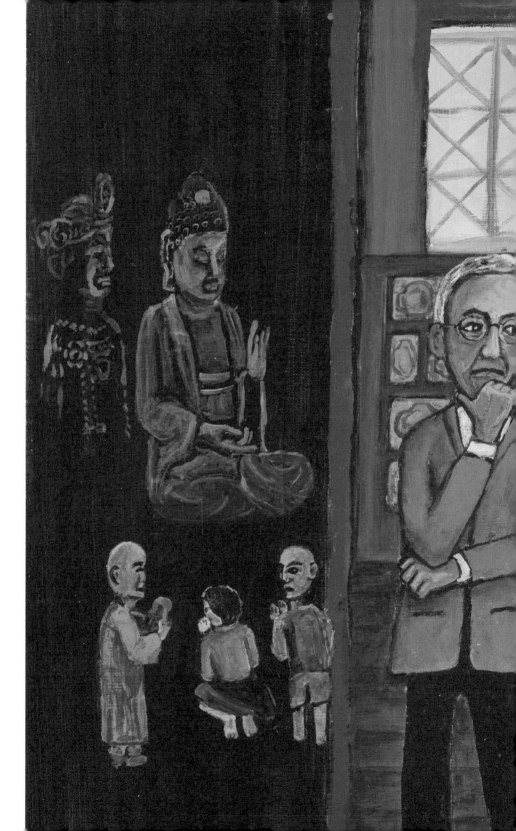

개모의 종, acrylic on canvas 65x53cm, 2021. ⓒ 하윤지

화했다. 내 이야기를 들은 누나가 문득 생각이 났다는 듯이 말했다.

"맞아. 그러고 보니 오래전에 언젠가 뜬금없이 엄마가 서울에 찾아왔어. 네가 사는 프랑스 집 주소를 한문으로 어떻게 쓰는지 알아보기 위해서. 나는 그게 뭔 소린가 했지."

나는 법당 앞마당을 초조하게 서성이면서 전화기에 대고 물었다.

"그렇지만 왜 내 이름만 새겨 넣었을까, 동생들도 있는데?"

그러자 누나는 말했다.

"네가 장남이니까 네 이름만 새겨 넣은 거지. 옛날 사람들은 비록 자기가 낳은 아들이 있어도 보리깜부기 칠해줄 사람은 오직 장남밖에 없다고 생각했으니까."

늦가을 법당 앞마당에는 저녁 어스름이 깔리고 있었다.

늙은 떡갈나무한테 시집간 처녀 이야기

발행일 2022년 10월 15일
지은이 | 하일지
펴낸이 | 김문영
펴낸곳 | 이숲
등록 | 제406-3010000251002008000086호.
주소 | 경기도 파주시 책향기로 320, 2-206
전화 | 02-2235-5580
팩스 | 02-6442-5581
홈페이지 | www.esoope.com
페이스북 | facebook.com/EsoopPublishing
Email | esoope@naver.com
ISBN | 979-11-91131-40-6 03810